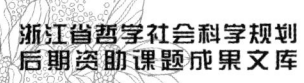
浙江省哲学社会科学规划
后期资助课题成果文库

天使与鸽子

盖斯凯尔小说研究

陈礼珍 著

The Angel
and
the Dove

中国社会科学出版社

图书在版编目(CIP)数据

天使与鸽子：盖斯凯尔小说研究 / 陈礼珍著. —北京：中国社会科学出版社，2018.12（2022.8 重印）

（浙江省哲学社会科学规划后期资助课题成果文库）

ISBN 978-7-5203-3451-8

Ⅰ.①天… Ⅱ.①陈… Ⅲ.①盖斯凯尔（Gaskell，E. C. 1810-1865)-小说研究 Ⅳ.①I561.074

中国版本图书馆 CIP 数据核字（2018）第 248830 号

出 版 人	赵剑英
责任编辑	慈明亮
责任校对	夏慧萍
责任印制	戴　宽

出　　版	中国社会科学出版社
社　　址	北京鼓楼西大街甲 158 号
邮　　编	100720
网　　址	http：//www.csspw.cn
发 行 部	010-84083685
门 市 部	010-84029450
经　　销	新华书店及其他书店
印刷装订	北京君升印刷有限公司
版　　次	2018 年 12 月第 1 版
印　　次	2022 年 8 月第 2 次印刷

开　　本	710×1000　1/16
印　　张	10.5
插　　页	2
字　　数	181 千字
定　　价	48.00 元

凡购买中国社会科学出版社图书，如有质量问题请与本社营销中心联系调换
电话：010-84083683
版权所有　侵权必究

目　录

绪论 ……………………………………………………………………（1）
第一章　"如鸽子展翅高飞"：盖斯凯尔的女性地位叙事构想 ………（9）
　第一节　盖斯凯尔与维多利亚时代女性问题 ……………………（10）
　第二节　盖斯凯尔提升女性地位叙事构想的两重性 ……………（14）
第二章　《克兰福德镇》故事与话语的离散力量 …………………（21）
　第一节　单身女子的"过剩"危机 …………………………………（22）
　第二节　并未贯穿始终的非情节型叙事 …………………………（29）
　　一　契合克兰福德镇生活方式的非情节型叙事 ………………（30）
　　二　不可或缺的注解：并非连载造就的非情节型叙事 ………（36）
　　三　放弃与抉择：女性集体力量的消散 ………………………（40）
　第三节　"雅致经济"：批判与反讽的两重叙事离散力量 ………（43）
　　一　"雅致'经济'"的戏仿式批判 ………………………………（44）
　　二　"雅致经济"的反讽式揭露 …………………………………（49）
　　三　"雅致经济"对现代化进程的反思 …………………………（58）
　第四节　女性乌托邦叙事：故事与话语的断裂 …………………（61）
　　一　脆弱的女性乌托邦：女性社区在故事层与话语层的断裂 …（61）
　　二　核心事件对男女两极分割的强化 …………………………（64）
　　三　盖斯凯尔女性乌托邦叙事的两重性 ………………………（68）
**第三章　走出家门的"天使"：《北方与南方》的人物塑造与
　　　　　转喻体系** ………………………………………………（72）
　第一节　维多利亚社会空间分界行为中的性别政治 ……………（73）
　第二节　黑尔夫妇与玛格丽特：功能性人物所创造的发展
　　　　　空间 ……………………………………………………（78）
　　一　理查德·黑尔："女性化"的男人？ …………………………（79）
　　二　父母—子女形象塑造策略造就的女性力量发展空间 ……（84）

第三节　公共领域中的玛格丽特：性别与社会空间的转喻
　　　　　　体系…………………………………………………………（89）
　　　　一　玛格丽特与南方的转喻意义链条 …………………………（90）
　　　　二　公共领域中的玛格丽特：女性力量叙述的两重性 ………（93）
第四章　《妻子与女儿》女性地位叙事的两重性 ……………………（101）
　　第一节　围绕莫莉女性"中心意识"的争论与评述 …………（101）
　　第二节　打破"女性的沉默"：自由间接引语的混成式叙述
　　　　　　声音………………………………………………………（108）
　　　　一　莫莉的沉默 ………………………………………………（109）
　　　　二　自由间接引语与女性主体意识的弱化 …………………（112）
　　第三节　视线、限知视角与莫莉眼中的世界 …………………（117）
　　　　一　女性视线与莫莉的眼光 …………………………………（118）
　　　　二　莫莉的眼光：女性凝视？ ………………………………（121）
　　第四节　并非叙述女性力量：身体与视线的道德驱魔效用………（129）
结语 ………………………………………………………………………（138）
引用文献 …………………………………………………………………（142）
附录一　盖斯凯尔研究简论 ……………………………………………（150）
附录二　盖斯凯尔生平与作品年表 ……………………………………（153）
索引 ………………………………………………………………………（156）
后记 ………………………………………………………………………（164）

绪 论

伊丽莎白·盖斯凯尔（Elizabeth Cleghorn Gaskell, 1810—1865）婚前名为伊丽莎白·史蒂文森（Elizabeth Stevenson），1810年9月29日出生在切尔西，父亲是苏格兰籍的神体一位论教派（Unitarian）牧师，后在伦敦财政部门供职。伊丽莎白刚满周岁，母亲就去世了，童年在柴郡纳茨福德的姨妈家度过。1821年她去寄宿学校就读，1828年回到父亲身边。1832年，伊丽莎白与神体一位论派牧师威廉·盖斯凯尔结婚，成为英国文学史上为人所熟知的"盖斯凯尔夫人"，定居曼彻斯特。盖斯凯尔（盖斯凯尔夫人）[①]于19世纪30年代中后期开始在杂志上发表短篇小说，40年代中后期进入写作盛期。1848年她匿名发表了第一部长篇小说《玛丽·巴顿》（*Mary Barton*），有对中下层人民悲惨生活的刻画和对社会残酷现实的描写，在读者界和评论界引起极大的轰动。一举成名之后，盖斯凯尔受狄更斯之邀为他的杂志供稿，她为此创作了一部描写乡村单身女子社区生活的幽默风俗小说，1851年12月到1853年5月间以连载的形式发表，这就是《克兰福德镇》（*Cranford*）。1853年盖斯凯尔发表了《路得》（*Ruth*），对堕落女子和单身母亲题材的大胆处理引发了轩然大波。1854年9月到1855年1月间，盖斯凯尔开始连载《北方与南方》，描写北方工业文明和南方农业文明的冲突与融合。1857年她出版了《夏洛特·勃朗特传》（*The Life of Charlotte Brontë*）。此书的出版同样引发了非议，批评者说她为了美化勃朗特的形象而杜撰故事。此后相当长一段时期内，她将精力放在短篇小说创作上，直到1863年才发表一部以法国大革命时期为背景的长篇小

[①] 伊丽莎白·盖斯凯尔一直被称为"盖斯凯尔夫人"（Mrs. Gaskell）。自20世纪90年代中期以后，"盖斯凯尔研究协会"（Gaskell Society, 1985）已达成共识，倾向于在研究著述中直接用"盖斯凯尔"称呼她。本书在行文中遵循国际学界的最新惯例。

说《西尔维娅的恋人》(Sylvia's Lovers)。1864 年 8 月，她开始连载代表自己小说最高成就的《妻子与女儿》(Wives and Daughters)。1865 年 11 月 12 日，当小说还剩最后一个章节时，盖斯凯尔心脏病突发，在汉普郡的新居里溘然长逝。

盖斯凯尔的文学声誉在一百余年间历经沉浮。在 19 世纪中后期，她主要以"工业小说"《玛丽·巴顿》闻名，到了 19 世纪末，她的代表作换成了家庭题材小说《克兰福德镇》，声名随着时光消逝而逐渐黯淡。等到 20 世纪初，境况稍有起色，却在三四十年代又被学界巨擘 F. R. 利维斯和戴维·塞西尔略显专断的论断再次放逐到文学荣誉殿堂的边缘处。利维斯对英国维多利亚文学研究界在二三十年代推崇特罗洛普（Anthony Trollope）、夏洛特·杨格（Charlotte Mary Yonge）、柯林斯（Wilkie Collins）和盖斯凯尔等人的潮流嗤之以鼻，尤其对批评界将盖斯凯尔与奥斯丁和乔治·艾略特放在一起并称为经典作家一事感到义愤填膺。为了凸显他的英国小说史上"伟大的传统"脉络，利维斯毫不留情地将盖斯凯尔斥为"次要作家"。[1] 塞西尔如此评述盖斯凯尔在女性问题上的姿态："盖斯凯尔最突出的特质是女性气质（femininity）。"[2] 不过他对此并非抱有赞许的态度，而是责怪盖斯凯尔过于驯服，满足于当时社会将妇女限制在家庭领域的做法。塞西尔给盖斯凯尔下了一个论断："在维多利亚女性温驯的鸽舍里，她们（夏洛特·勃朗特和乔治·艾略特）是雄鹰。而我们只需看一眼盖斯凯尔夫人的画像，看她那妩媚面纱下柔和的眼神，立刻就知道她是一只鸽子。"[3] 塞西尔这个评价影响深远，使盖斯凯尔的声誉在很长一段时间内都被贴上保守和消极的标签。抛开激进的女权主义思维定势不谈，塞西尔关于"鸽子"的判语精准地道出了盖斯凯尔的生活状态。在维多利亚文化语境中，"鸽子"代表着纯洁与忠诚。[4] 盖斯凯尔在维多利亚

---

[1] F. R. Leavis, *The Great Tradition*, New York: New York UP, 1963, pp. 1-2.

[2] David Cecil, *Early Victorian Novelists: Essays in Revaluation*, Harmondsworth: Penguin, 1948, p. 152.

[3] Ibid. 括号中内容为引者注。

[4] 鸽子和雄鹰的意向在《圣经》与希腊、罗马文化中多次出现，英国宗教和世俗生活中一直沿用"鸽子"和"雄鹰"这对意象来喻说平和温婉与强力悍勇的对比。约翰·道恩（John Donne）在作于 17 世纪末的"宣布成圣"（The Canonization）诗里就写到二者的共存问题"And we in us find the eagle and the dove"。

时代确实是一位颇有纯洁与忠诚美誉的淑女作家。

到了20世纪中期以后，批评界的风向有了一百八十度的转弯，盖斯凯尔的几部作品被奉为"工业小说"的正统，文学声誉有所复苏。① 盖斯凯尔研究在20世纪末再度勃兴，成了维多利亚文学研究中的热点。随着盖斯凯尔文学声望的节节高涨，英国主管文化的官方机构也做出积极姿态来认可她的文学成就：2010年9月25日，威斯敏斯特教堂举行了仪式，将盖斯凯尔的名字绘在诗人角的花窗玻璃上，以此纪念她的两百周年诞辰。② 盖斯凯尔终于跻身英国诗人角中为数不多的、被主流文化机构经典化和正统化的卓越女作家之列。至此，盖斯凯尔在英国文学史上长期以来的模糊地位问题终于有了一个堪称明朗的标识。

盖斯凯尔终生过着波澜不惊的英式中产阶级生活，以居家为主，在作品中也喜欢描写居家生活。她似乎在传递着这样一种理念：婚姻与家庭是女性的理想归宿。盖斯凯尔的生活看起来完全顺应和接受了维多利亚社会在家庭分工上男人掌管外事、女人打理家务的意识形态切割。此乃根据性别差异而做出的切割，深层原因在于强化女性对男权社会的臣服。③ 朱迪斯·牛顿（Judith Newton）对盖斯凯尔这种"幼稚"和"自满"的做法感到愤懑不平，她认为，盖斯凯尔不仅赞美了这种将女性纳入狭窄家庭领域的意识形态，并且还扬扬自得地将其一股脑儿全盘展现给我们。④ 其实朱迪斯·牛顿对盖斯凯尔的谴责过于情绪化和简单化，不过她在这里表达的并非单纯是个人的愤懑，而是代表了女性主义运动潮流中长期以来对盖斯凯尔存在的不满。在这些女性主义学者看来，盖斯凯尔的生活和作品都是

---

① See Patsy Stoneman, *Elizabeth Gaskell*, Manchester: Manchester UP, 2006, p. 3.

② 诗人角的"哈伯德纪念彩绘花窗"（Hubbard）于1994年建成，盖斯凯尔是第七位留名其上的作家，之前分别是：亚历山大·蒲柏（1994年），罗伯特·赫里克（Robert Herrick, 1591-1674, 1994年），奥斯卡·王尔德（1995年），A. E. 豪斯曼（1996年），弗朗西斯·伯尼（2002年），克里斯托弗·马洛（2002年）。

③ 这个问题在丁尼生的长诗《公主》中被老国王总结和表达得最为精辟："男人若需砝码，女人不吝天平急献之；此法永不移，如大地之根基，万物之底端；男人外出耕作，女人忙碌家中；男人舞刀弄枪，女人穿针引线；男人多用理智，女人更有情感；男人发号施令，女人惟命是从；不然，万物皆乱"。Alfred Tennyson, *Alfred Tennyson: A Critical Edition of the Major Authors*, New York: Oxford UP, 2000, p. 178.

④ Deanna L. Davis, "Feminist Critics and Literary Mothers: Daughters Reading Elizabeth Gaskell", *Signs: A Journal of Woman in Culture and Society*, Vol. 17, 1992, p. 515.

在维护维多利亚父权制社会文化叙事中的道德神话——"家中天使"（the Angel in the House）的形象。

"家中天使"一说源于考文垂·帕特莫（Coventry Patmore）于1854年发表的同名诗歌，它在19世纪后半期成为流行的文化符号，专门用来指称维多利亚社会"理想中"的女性：为丈夫、子女和家务奉献一切的贤妻良母。赞美理想化女性是西方文学中源远流长的传统，但是维多利亚时代的文化叙事中对"家中天使"概念的颂扬则含有更加明显的父权意识形态：通过文学话语的重复和衍生，不断强化这一理想化的概念，客观上达到了使女性将其内化进潜意识的作用，以此维持社会基于性别差异而产生的意识形态切割。除了考文垂·帕特莫这首广为流传的诗歌外，批评界认为罗斯金（John Ruskin）的《皇后花园》《芝麻与百合》的序言以及《手握钉子的命运女神》（Fors Clavigera）等系列作品对女性的理想化构想也在一定程度上强化了"家中天使"的形象。

从19世纪末期以后兴起的女性主义立场看来，即便是盖斯凯尔这种兼顾事业与家庭的做法也是不利于女性彰显权力。她们认为维多利亚时代的文化叙事强化了对女性的奴役，将女性活动和施展权利的领域限定在家中，女性因为家庭职责而失去了发展自我的机遇。在女性主义的理论视野中，盖斯凯尔所持有的这种观点是对父权社会意识形态的臣服，是弱者的表现，她毫无察觉地将男性投射到女性身上的欲望和凝视内化成自己的潜意识，并以此来支配自己的言行。关于女性在父权制社会中的身份认同问题，学术界有多种阐释理论，很多女性主义心理学家使用"恋父情结"模型来解释家庭关系，如南希·乔多罗（Nancy Chodorow）认为"女性被要求通过父亲的眼睛来观察世界"，伊林·卡沙克（Ellyn Kaschak）提出了"安提戈涅模型"，认为生活在父权制文化中的女性"需要重建被男性凝视碎片化的自我"，卡罗·吉利甘（Carol Gilligan）等学者指出这种自我的片段化分裂通常发生在青春期，"女性会内化父权制为她们的身体和思想制定的观念，开始怀疑自己的思想和欲望"[①]。女性主义认为女性要想获得解放和发展自我的机会，就应该突破家庭领域的界限，打破父权社会对女性劳动分工的歧视和压迫。这一思想立场的明确肇始者是弗吉尼

---

① Ruth O. Saxton, *The Girl：Constructions of the Girl in Contemporary Fiction by Women*, New York：St. Martin's Press, 1998, p.4.

亚·沃尔夫，她对此最著名的论断出现在《女人的职业》一文中：女人要想写作，就得"杀死家中天使"。① 沃尔夫的思想对现代女性主义运动思潮有着重要影响，她所倡导的女性主义理念在很大程度上左右了后来批评家对盖斯凯尔的判断，使他们在解读盖斯凯尔时很难摆脱先入为主的定见，然后在评论盖斯凯尔时又不断用叙事力量强调和塑造盖斯凯尔性格保守的一面，这在很大程度上就难免以偏概全了。实际上，即便强烈主张"杀死家中天使"的弗吉尼亚·沃尔夫也在一定程度上认识到了盖斯凯尔写作提升女性整体地位的强烈道德关怀。作为称职的评论家，她能够客观看待盖斯凯尔的贡献，认为盖斯凯尔与夏洛特·勃朗特比起来，是个"更具有民主意识的作家""或许缺乏个性"，但与勃朗特不同，盖斯凯尔的世界是"每个人的世界"。②

盖斯凯尔在生活中通过参加慈善事业、救助落难女性以及支持女性运动等实际行为参与维多利亚社会的妇女维权事业。对维多利亚时代的这些"家中天使"来说，她们参与到公共领域的体面机会并不多，根据家庭出身不同，常见的途径是进厂务工、从事慈善事业或者当作家。女性成为作家，并将自己的作品发表供读者阅读这一行为本身就使自己具有了公共性，而她们正是将写作当成施展自己公共影响力的工具。苏珊·兰瑟指出：

> 到了19世纪中叶前后，以英美两国为首的一些女性作家用小说建构起一种"独立的"（separate）家庭"领域"（domestic sphere），它虽非正统之道，却也颇具道德权威。19世纪女性主义、废奴运动、工会运动和禁酒运动，以及其他带有激进色彩的改革运动的历史凸显出的情况是，女性似乎具有更强的道德感，以此为据，她们便可以通过与家庭和宗教相关的话语来插手公共领域。③

---

① See Laura Marcus, "Woolf's Feminism and Feminism's Woolf", *The Cambridge Companion to Virginia Woolf*, ed. Sue Roe and Susan Sellers, Cambridge: Cambridge UP, 2000, p. 225.

② Lisa Low, "Refusing to Hit Back: Virginia Woolf and the Impersonality Question", *Virginia Woolf and the Essay*, ed. Beth Carole Rosenberg and Jeanne Dubino, Hampshire: Macmillan, 1997, p. 260.

③ Susan Sniader Lanser, *Fictions of Authority*, Ithaca & London: Cornell UP, 1992, p. 239.

在兰瑟看来，女性可以通过与家庭和宗教有关的话语来间接插手公共领域，女性作家除了可以在实际生活中通过慈善或者政治活动插手公共领域以外，她们还有另一种实现女性权威的途径：通过文学的虚构叙事，在象征的世界里使小说的女性人物施展自己的道德力量，间接参与到政治和经济生活的公共领域。

早在她的第一部长篇小说《玛丽·巴顿》中，盖斯凯尔就关注女性地位与公共领域问题。盖斯凯尔在这部小说中涉及经济压迫、工会运动、阶级斗争和法庭辩护等公共话语。《玛丽·巴顿》的出版使盖斯凯尔遭到很多非议和攻击。对于她遭受攻击的深层次的原因，林德纳（Christoph Lindner）的评述一语中的：盖斯凯尔（在小说中涉足政治经济学）跨越了维多利亚社会给女性作家划定的界限，"她作为一名女作家潜入了在十九世纪被认为是属于男人们的领域"①。《克兰福德镇》则通过更为间接和委婉的策略来涉足公共领域。她在其中用保守却更加稳健的方式关注女性社区的家庭生活与家庭话语，以此来凸显女性的集体力量。紧随《克兰福德镇》之后，她立刻发表了一部比《玛丽·巴顿》更典型的作品《北方与南方》（North and South），以此表达自己让女性直接进入公共领域参与政治生活的愿望。其中最有代表性的场景是女主角玛格丽特直面暴动的工人，挺身而出保护男主人公桑顿。玛格丽特属于英国小说史上最早跨出女性家庭领域而进入政治公共领域的女性作家之列。在《北方与南方》之后，盖斯凯尔的性别立场更趋保守。她在最后一部作品《妻子与女儿》（Wives and Daughters）里将注意力聚焦于家庭领域，塑造了一个逐渐走向淑女典范的女主角。盖斯凯尔的收官之作比早期作品在性别立场上显得更保守，不仅如此，她的早期作品在性别问题叙事上还或明或暗地表现出两重性。

盖斯凯尔对女性问题的关注已经为批评界所注意，但是长期以来，她在小说故事内容和话语表达两个层面对女性生存境遇和情感体验的思考并没有得到较为透彻的剖析，其中所具有的建设性意义及其局限性也没有得到充分发掘。无论是生活中还是创作中的盖斯凯尔在女性问题上都表现出既进步又保守的两重性。就她的小说而言，不仅单部作品具有此种两重

---

① 殷企平：《在"进步"的车轮之下：重读〈玛丽·巴顿〉》，《外国文学评论》2005年第1期。

性，而且不同作品之间，有的较为进步，有的又较为保守，构成超越具体作品的更大范围内的两重性。以往的论著往往以单向度的批评视野看待这些问题，要么从传统阐释定见出发，贬低盖斯凯尔小说有意或无意体现出的萌发状态的女性意识，要么又从女性主义理论的固定框架着手，在性别政治上过度拔高盖斯凯尔小说对女性问题的思考。到目前为止，批评界忽略了其文本中存在的各种叙事结构和性别政治的两重性。这不仅容易造成扭曲作品含义，难以看到其中的丰富内涵，也容易忽略作品中重要的深层内涵。

盖斯凯尔通过《克兰福德镇》（1853）和《北方与南方》（1855）来建构自己在家庭领域和公共领域提升女性地位的构想，[①] 在故事与话语两个层面体现出性别立场上的两重性。《妻子与女儿》（1866）这部后期作品通过故事与话语两个层面的互动来描述女主角逐渐走向维多利亚淑女典范的过程，更为保守的性别立场与早期作品形成了某种对照。盖斯凯尔通过不同叙事模式的虚构作品为维多利亚时代女性建构自身地位做出努力，同时她在意识形态立场上的两重性又使她的作品具有难以摆脱的不同程度的保守性，导致作品中不断出现叙事两重性和悖论。即便在早期作品中，盖斯凯尔在建构女性理想地位的同时又披露或无意识地暴露出理想本身的虚幻性，而这种复杂性迄今为止未引起批评界的关注。批评界也忽略了盖斯凯尔在《妻子与女儿》这部后期作品中故事内容和话语层次交互作用的复杂和微妙。本书还注意揭示盖斯凯尔在叙述女性地位的过程中，对现代性的深刻思考和回应。

《克兰福德镇》是一部很有特色的作品，经常被归入西方女性乌托邦

---

① 公共领域（public sphere）概念非常复杂，在文学批评领域影响力最大的是哈贝马斯和阿伦特。不同理论家在它的外延和内涵上具有很大的差异。维多利亚文学研究界对"公众领域"一词的使用在内涵与外延上与阿伦特以及哈贝马斯意义上的"公共领域"存在重叠，更多的却是差异。它一般指家庭私密空间与社会公众空间的区别，有些接近亚里士多德的古典式"公共领域"概念（"私人生活领域与公共生活领域的区别对应于家庭领域与政治领域的区别，而至少从古代城邦兴起以来，家庭领域和政治领域就一直是作为两个不同的、分离的领域而存在"），但它与城邦与政治生活没有太大关联，仅用二元对立的方式将人的生存空间分界为家庭领域与社会领域。由于国内约定俗成的译法，以及为了文内行文的统一，本书仍将其称为"公共领域"。参见汉娜·阿伦特《公共领域和私人领域》，刘锋译，汪晖、陈燕谷主编《文化与公共性》，生活·读书·新知三联书店1998年版，第62页。

小说传统中。它聚焦于一个由大龄单身女子组成的、具有乌托邦色彩的乡村女性社区。盖斯凯尔将其并置在真实的维多利亚社会旁边，建构了一段与女性集体力量有关的叙事，表达自己对维多利亚女性地位问题的反思。这是一部表面上较有积极女性主义意识的作品，而实际上在作品的深层出现了性别立场上话语与故事之间的断裂，构成相反走向。看到这种两重性才能较好地把握作品的深层意义和内涵。由于这部作品表层对女性乌托邦的建构，作品深层次上在性别立场上的两重性和复杂性最容易被忽略，也因此最具有挑战性和研究价值，本书首选这一作品作为研究对象。《北方与南方》和它的姊妹篇《玛丽·巴顿》一样，探讨工业化和阶级界限问题。这两部作品存在很大差异，但就研究盖斯凯尔对女性地位问题的叙述而言，她们之间存在高度的相似性，都具有性别立场上的两重性和复杂性。相比之下，批评界公认《北方与南方》在文体、叙事能力和意识形态内容等方面都更成熟，从文化冲突角度探讨了阶级问题，具有更宽广的生活视野。[①] 此外，作为跨越女性家庭领域疆界而进入公共领域的女性，玛格丽特·黑尔比玛丽·巴顿更有典型性。有鉴于此，《北方与南方》是更好的分析对象。盖斯凯尔的最后一部作品《妻子与女儿》被公认为她小说艺术成就的最高峰。《妻子与女儿》关注的是女主角莫莉如何在传统父权制框架内逐渐发展成维多利亚淑女典范的过程，其中所体现出来的具有维多利亚社会特色的保守性别立场和前面两部小说形成了比较鲜明的对照，构成一种更大范围内的两重性。特别值得关注的是，《妻子与女儿》展示了女主角向"淑女"发展的内心世界，所用叙述技巧被诸多女性主义作家用于刻画具有自主意识的女性人物角色，因此它在性别立场上具有一定的复合性，迫切需要加以探讨。从叙事形式与结构角度出发，能够考察到盖斯凯尔在女性地位问题上表现出来的复杂态度。

[①] See Pearl L. Brown, "From Elizabeth Gaskell's *Mary Barton* to Her *North and South*: Progress or Decline for Women?" *Victorian Literature and Culture*, Vol. 28, 2000, pp. 345-358.

第一章

"如鸽子展翅高飞"：盖斯凯尔的女性地位叙事构想

　　1835年春，初为人母的伊丽莎白·盖斯凯尔开始写日记，记录女儿玛丽安（Marianne，1834—1920）的成长历程。这便是作家盖斯凯尔写作生涯的开端。1836年夏，伊丽莎白·盖斯凯尔跟丈夫威廉合作完成诗歌《清贫绘》（Sketches Among the Poor），于1837年1月发表在知名文学刊物《布莱克伍德》杂志（Blackwood's Magazine）。盖斯凯尔结识了作家豪威特夫妇（William and Mary Howitt），常有书信往来。1838年5月，盖斯凯尔致信豪威特夫妇，用极为抒情和优美的笔调讲述童年时代乡村生活的美好记忆。此时的盖斯凯尔已经是两个孩子的母亲，可她跟当时很多年轻女子一样，仍然保持着对文学的热情和理想。她说道，每逢春季来临，草木蔓发，就想摆脱家中俗务，像鸟儿一样去大自然放飞自己，"可我恰巧是一个女人，不是鸟儿，有家庭的牵累，有职责要履行，此外，我没有翅膀如鸽子展翅高飞。要外出，就得坐马车，离不开车夫，故此我不得不待在家里，读你们的书，回想那些美好的景物，聊以慰藉平生"①。盖斯凯尔得知豪威特准备出版一本游记，便于当年8月18日再度去信，附文谈论她求学年代曾去过的一处名为Clopton Hall的古屋。豪威特夫妇是盖斯凯尔文学生涯的引路人，他们将盖斯凯尔的书信节选了部分匿名辑录在1840年出版的《胜地游记》（Visits to Remarkable Places）第3章。这是她首次以"一位女士"的身份独立刊载文字。② 至此，小说家盖斯凯尔正式

---

① Elizabeth Gaskell, *The Letters of Mrs. Gaskell*, Manchester: Manchester UP, 1997, p.14.
② 出版之初，豪威特并未给盖斯凯尔署名，仅指出作者是"一位与我通信的女士"。后来再版时注明"《玛丽·巴顿》的作者"。See Esther Alice Chadwick, *Mrs. Gaskell: Haunts, Homes, and Stories*, Cambridge: Cambridge UP, 2013, p.83.

登上英国文学星光灿烂的舞台。

第一节　盖斯凯尔与维多利亚时代女性问题

盖斯凯尔在家庭生活中的角色是传统妇女的典型缩影：在娘家是孝顺的女儿，婚后是贤惠的妻子和称职的母亲。盖斯凯尔完美地履行了自己作为牧师妻子和四个女儿的母亲应有的全部职责，并从中找到了人生乐趣，她对此毫不隐晦。盖斯凯尔在书信中多次表明自己作为家庭主妇的幸福优越感。1850 年 4 月 28 日，盖斯凯尔在写给朋友凯-夏托沃斯夫人（Kay-Shuttleworth）的信中说"感谢主的恩赐，身为妻子和母亲我一直倍感欢欣，为完成自己分内的事情而享有莫大的幸福……"① 与盖斯凯尔同时代的另外几位主要女作家在个性与生活经历方面无疑比她更有特色：玛利亚·埃奇沃思的独身主义、勃朗特姐妹的桀骜不驯、乔治·艾略特的"离经叛道"、哈莉特·马丁诺的雄心壮志②和夏洛特·杨格的宗教热忱。③ 相比之下，盖斯凯尔的人生经历似乎略显散淡而平庸。

维多利亚时代是新旧交替的历史时期，现代化进程正在深刻地影响着英国社会，当时的一个重大社会议题是女性问题（the Woman Question）。盖斯凯尔通过生活与写作对女性问题做出了回应。她自觉地跟同时代的众多女作家形成一个关系紧密的女性群体，经常评论和举荐她们的作品，提携年轻女作家，对很多人的写作风格和题材产生了重要影响。盖斯凯尔与夏洛特·勃朗特的亲密往来以及她的《夏洛特·勃朗特传》早已众所周知。其实盖斯凯尔和乔治·艾略特之间也互有书信往来，在 1859 年 3 月到 10 月，盖斯凯尔曾至少写过两封信给乔治·艾略特，④并至少在 9 封与其他人的书信往来中提到乔治·艾略特和她的作品。乔治·艾略特在写作

---

① Elizabeth Gaskell, *The Letters of Mrs. Gaskell*, Manchester: Manchester UP, 1997, p. 118.

② 哈莉特·马丁诺（Harriet Martineau, 1802–1876）试图通过小说阐释和普及政治经济学原理，著有多卷社会学专著，还是积极而坚定的废奴运动和女权运动倡导者。

③ 夏洛特·杨（Charlotte Mary Younge, 1823–1901）用多部小说宣扬高教会派，扩大"牛津运动"的影响。

④ Elizabeth Gaskell, *The Letters of Mrs. Gaskell*, Manchester: Manchester UP, 1997, pp. 559, 592.

第一章 "如鸽子展翅高飞"：盖斯凯尔的女性地位叙事构想

生涯开始以前就读过盖斯凯尔的书，并深受其影响。① 在争取妇女权利方面，盖斯凯尔也并不守旧。她一直通过道义和法律声援积极参加各种保护女性权益的社会活动，如关心和救助妓女等落难女性、② 参加残障女士救助协会、③ 联名参加要求修改已婚妇女财产法案的请愿，等等。④ 或许是出于个人因素的顾虑，就女权运动的立场而言，盖斯凯尔在社会交往的言谈中经常含糊其辞。但是她的确曾明确地表达过自己的立场和态度，这在她1859年8月4日写给好友及出版商乔治·史密斯（George Smith）的信中体现得非常清楚："我想我会争取女性权力，致力于女权运动（I think I will go in for Women's Rights）。"⑤

宝琳·内斯托指出，"对盖斯凯尔来说，女人之间的联系既是自然的又是政治的，前者主要构筑在对母性共同的感情和经历的基础上，后者则基于女性共同的命运——她们都是社会和性别的被动受害者"。⑥ 盖斯凯尔确实认识到了女性在社会生活中受到的各种限制和压抑，很清楚女性被排除在政治和经济生活以外的原因，并且对此非常反感。1851年4月7日她在写给女儿玛丽安娜的信中说："很多人不喜欢女人涉足政治，他们说要想涉足这个领域首先需要扎实地掌握很多门科学才行，另外还需要逻辑训练，可受过这方面训练的女人屈指可数；他们还说女人往往不知道自己想干什么就开始学东西，学个一知半解然后就固守偏激和执拗的立场，那可是深思熟虑的男人们都不敢做的事。"⑦ 从盖斯凯尔的反讽语气中可以看出她对女性被限制在狭窄的家庭领域一事所持的立场，她认识到了女性之所以无法走出家庭领域进入公共领域的原因并不在女性本身，而在于

---

① See George Eliot, *The George Eliot Letters*, Vol. 3., New Haven: Yale UP, 1954, p. 198.

② Nancy Henry, "Elizabeth Gaskell and social transformation", *The Cambridge Companion to Elizabeth Gaskell*, Cambridge: Cambridge UP, 2007, p. 150.

③ 参见1853年4月7日她写给凯-夏托沃斯夫人（Kay-Shuttleworth）的信。Elizabeth Gaskell, *The Letters of Mrs. Gaskell*, Manchester: Manchester UP, 1997, p. 228.

④ 1856年3月14日，芭芭拉·蕾·史密斯（Barbara Leigh Smith）向国会提交了有三千名女性签名的请愿，呼吁修改已婚妇女财产法。其中有案可查的英国文化界较有名望的女性除了盖斯凯尔，还有Anna Blackwell, E. B Browning, Jane Welsh Carlyle, Harriet Martineau。See Lisa Surridge, *Bleak House: Marital Violence in Victorian Fiction*, Athens: Ohio UP, 2005, p. 85.

⑤ Elizabeth Gaskell, *The Letters of Mrs. Gaskell*, Manchester: Manchester UP, 1997, p. 567.

⑥ Pauline Nestor, *Female Friendships and Communities*, Oxford: Clarendon Press, 1985, p.206.

⑦ Elizabeth Gaskell, *The Letters of Mrs. Gaskell*, Manchester: Manchester UP, 1997, p. 148.

父权制社会对女性教育权利的剥夺。盖斯凯尔经常在书信中提到家庭中的夫妻关系和女性地位问题,她对这个问题所持的立场仍然是一如既往地温和,却又不乏女性权利意识。最典型的事例莫过于 1850 年 4 月她写给艾丽莎·福克斯(Eliza Fox)的书信,其中谈及自己和丈夫威廉之间的争执问题。她说:"我有点想回到过去,在那时,对和错似乎不像现在这么复杂,有时候我怯懦到希望(coward enough to wish)咱们又重新回到过去的黑暗之中,那时顺从是女人的唯一职责。不过即使那样,我也不信威廉可以对我发号施令。"①"怯懦到希望",这种自我剖析式的反省表现出盖斯凯尔对自己怯懦行为的正视与不满,这是她在女性意识问题上拒绝单向度思考的最好例证。她对维多利亚社会文化和社会舆论处处压制女性的现实非常不满,却又无法与之决裂,更无法改变它,只好在想象中回到女权意识兴起之前的"黑暗之中"。当然,盖斯凯尔并不是真的想倒退到女性完全唯命是从的旧时代,而只是构想出另外一个可能的世界,以替代她所处的世界。更重要的是,即使回到过去,她也有张扬自我和女性权利的决心——"不过即使那样,我也不信威廉可以对我发号施令"。盖斯凯尔不仅将骨子里的女性独立精神体现在书信和言谈中,还通过虚构叙事作品来寻求改变和提升女性地位。

盖斯凯尔确实是个贤妻良母,但这并不意味着她完全认同和受制于这种在社会分工上禁锢女性的行为。盖斯凯尔在信件和日记中除了表达作为妻子与母亲的幸福,也意识到女性自我发展的需要。1850 年 2 月她在写给艾丽莎·福克斯的信中说道:

> 有一件事再清楚不过了,如果将家庭职责视为至高无上的原则,那么女人非得放弃艺术家的生活不可。男人却不同,家庭职责只占他们生活的小部分。但我们现在说的是女人。当她们为日常生活中的琐事感到烦恼和疲惫不堪时,来到艺术的潜在世界寻求庇护,对她们来说是有益的……我相信家庭职责和自我发展二者之间是可以相互促进的。如果这些努力只是为了自我(self),那它们就是有害的,这点毫无疑问,这也是个体生活(individual life)所带来的一大危险;然而,我确信咱们都被委任以工作,它们是别人无法胜任的;那是我们的工

---

① Elizabeth Gaskell, *The Letters of Mrs. Gaskell*, Manchester: Manchester UP, 1997, p.109.

第一章 "如鸽子展翅高飞":盖斯凯尔的女性地位叙事构想

作;那是我们为了扩展神的国度必须做的事情;首先我们得知道自己是为何事而被委派到人间,对此我们务必明白无误(这是困难所在),然后就可以在工作中做到忘我,倾尽所能,将其完成。①

在这里,盖斯凯尔一如既往地表现出性格中隐忍、折中和调和的那面。她的生活准则和信条是共存和包容:女性既要有发展自我的权利意识,又要兼顾家庭职责。她批评的是这种只顾发展"自我"、完全不履行家庭职责的权利意识。这种做法也不符合社会主流意识形态,经常遭到文化界人士的诘难与讽刺。②

盖斯凯尔对女性权利与地位问题的关注不仅体现在生活中,她还在自己的作品中通过虚构叙事来或明或暗地表达自己构建女性地位的理想。有个现象深有意味——盖斯凯尔全部6部长篇小说的标题都和女性直接相关:《玛丽·巴顿》《克兰福德镇》《北方与南方》《路得》《西尔维娅的恋人》《妻子与女儿》。③ 此外,盖斯凯尔最有代表性的几个中短篇小说也清一色地以女性人物命名:《利比·马施的三个节日》("Libbie Marsh's Three Eras", 1847)、《莉兹·蕾》("Lizzie Leigh", 1850)、《拉德罗伯爵夫人》(*My Lady Ludlow*, 1858)、《女巫洛依斯》("Lois the Witch", 1859)、《菲利斯表妹》(*Cousin Phillis*, 1863)等。小说这种文学体裁自18世纪前期在英国兴起以来,以主人公的名字来命名整部作品算是一种常见的现象,自笛福、理查逊、菲尔丁以降,一直到盖斯凯尔所在的19世纪中期,斯摩莱特、弗朗西斯·伯尼、玛丽亚·埃奇沃思、司各特、勃朗特姐妹、狄更斯、萨克雷和乔治·艾略特等人都经常如此行事。然而像

---

① Elizabeth Gaskell, *The Letters of Mrs. Gaskell*, Manchester: Manchester UP, 1997, pp. 106-107.

② 狄更斯在《荒凉山庄》中也对此进行了辛辣的讽刺,他塑造了一个典型的反传统女性形象——"戴着望远镜的慈善家"杰利比夫人(Mrs. Jellyby, "the telescopic philanthropist")。她完全沉迷于拯救遥远的非洲难民的慈善事业,而她疏忽了自己近在咫尺的家庭职责,家庭事务一团糟。在女权运动兴起更早的法国情况同样如此,著名的讽刺画家奥诺雷·杜米埃早在1844年的石板画《女才子》系列中以"创作欲火中的母亲,洗澡水里的孩子"为题对这种情况予以了最辛辣的讽刺。See Honoré Daumier, "La mère est dans le feu de la composition, l'enfant est dans l'eau de la baignoire!" *Le Charivari*, February 26, 1844.

③ 《克兰福德镇》以地名的形式转喻了一个虚构的女性集体社区;《北方与南方》原本盖斯凯尔以故事女主角"玛格丽特·黑尔"(Margaret Hale)为名,后来她接受主编狄更斯的劝说改成现名。See Tessa Brodetsky, *Elizabeth Gaskell*, Leamington Spa: Berg, 1986, p. 53.

盖斯凯尔这样专注于叙述女性故事，并且一如既往地坚持将自己几乎全部重要著作的书名都盖上女性印记的作家却少之又少。作家对作品的命名都精心而谨慎，作品的标题与主题意义往往密切相关，前者对后者起到提示和暗示作用。在书名选择上，盖斯凯尔这种有意识的执着行为本身就足以说明她对女性问题的重视。

第二节 盖斯凯尔提升女性地位叙事构想的两重性

盖斯凯尔提升女性地位与力量的构想之所以会在批评界产生巨大的分歧，除了她在写作的主题选择和形式技巧上一直在发展变化这个事实以外，还有一个重要原因是她不同作品的伦理维度充满模棱两可的不确定性，这种现象导致小说叙事进程产生两重性。

在以往的研究中，不少批评家喜欢过度拔高或者简单化处理盖斯凯尔作品中所体现出来的女性意识，连很多盖斯凯尔研究的知名学者也不例外。譬如说，佩特西·斯通曼撰文提出要避免简单化地将盖斯凯尔的作品分割为"工业"或"家庭"小说，[①] 但她在论及盖斯凯尔作品中女性地位与权威问题的时候却又说道"……盖斯凯尔经常关注对权威的滥用问题，因此她的作品从整体上讲确实对维护男尊女卑的等级秩序构成挑战。"[②] 确如斯通曼所言，盖斯凯尔有很多作品含有挑战父权社会等级秩序的意识，但是出于自身女权思想的不彻底性，她处处体现出摇摆姿态和两重性。由于这些问题的存在，盖斯凯尔对父权社会等级制度的挑战往往自相矛盾，对提升女性地位与力量的构想也无法得到实现。

盖斯凯尔对事物变化持有批判性的抗拒和反思性的认同，这从她在不同作品中对它表现出的不同价值判断上可以看得出来，最明显的莫过于《北方与南方》对《玛丽·巴顿》的继承与发展了。批评家往往将它们视为工业小说的姊妹篇：《玛丽·巴顿》对工业化进程带来的贫富差距和阶级剥削问题进行了鲜明的批判，在其后的《北方与南方》中她立刻又从社会和文化角度肯定了工业资本主义的历史进步意义。约翰·库奇指出，西方批评界在20世纪80年代和90年代持有一种普遍认同的观点，即这

[①] See Patsy Stoneman, *Elizabeth Gaskell*, Manchester: Manchester UP, 2006, p.30.

[②] Ibid., pp.37-38.

第一章 "如鸽子展翅高飞"：盖斯凯尔的女性地位叙事构想

体现了盖斯凯尔是一名"自相抵触的社会分析家"。[1] 然而，如果我们细读盖斯凯尔的小说，就会发现持这种观点的人之所以会将她对待现代化进程的忧虑与反思视为自我矛盾，其根源在于他们以过于简单和静止的态度对待盖斯凯尔作品在伦理和道德维度呈现的不确定性。盖斯凯尔思维方式的不确定性体现在拒绝单向度地观察和考虑问题，时刻用思辨和批判的眼光关照事物；打破意识和认识过程中的确定性，注重思想本身和思想过程中的流动性与不确定性；避免绝对性的思维方式，而强调相对的必然性；认清和肯定事物的进步意义，同时对其消极的一面又做出否定，在它与周围语境的互动中呈现出自身的局限性。

思维方式的不确定性其实是盖斯凯尔措辞的一个标志性特点，不仅在小说中如此，在生活里也一样，这在她大量的书信中体现得非常明显。比如说1850年4月，她在写给艾丽莎·福克斯的信中告诉好友自己购置新房一事：

> ……我们买新房了。哈！我们真的买了！要不是因为花那么多钱，在良心上有些过意不去，我真的应该感到高兴才对，它真漂亮……你一定得来看看我们的房子，你来告诉我有没有做错，让我知道花这么多钱在买房这样贪图自我享乐的事上并没有错，可是很多人却贫苦不堪——这一点让我心有不安；最少是让其中的一个"我"（one of my "mes"），我有很多个"我"，这是让我感到折磨的事。我想，其中一个"我"是真正的基督徒（只不过别人称呼她为社会主义者和共产主义者），还有一个作为妻子和母亲的"我"，为家人的欢乐而感到欢乐，麦塔和威廉尤其高兴得不得了。我想，这是属于"社会"的自我（self）吧。但是，还有另一个自我，她对美与自在有完全的品味，为自己而欣喜。[2]

在这段短短的文字中，盖斯凯尔用曲折的笔法表现了复杂和矛盾的心

---

[1] John Kucich, *The Power of Lies: Transgression in Victorian Fiction*, Ithaca: Cornel UP, 1994, p. 123.

[2] 括号中的内容为原文所有。威廉（William）和麦塔（Meta）是盖斯凯尔丈夫和女儿玛格丽特的昵称。Elizabeth Gaskell, *The Letters of Mrs. Gaskell*, Manchester: Manchester UP, 1997, pp. 107–108.

态：从最开始的兴奋——"哈！"到内疚——"良心上过意不去"，再到慰藉——"你来告诉我没错"，再到内疚——"心有不安"。这段情感与意识的循环过程生动地表现出了盖斯凯尔思维的跳跃；它总是处在运动和变化之中，拒绝静止和固化，避免单向度地考虑问题，时刻保持思维方式的不确定性。①

盖斯凯尔思维方式的不确定性使她从不同角度观察事物，不会持有固定或一成不变的立场。这一点体现在行为上就是她极少从某个特定的立场出发评判事物。佩特西·斯通曼指出："一般说来，盖斯凯尔避免评判他人：'我尽量克制自己，不去妄评别人是对还是错'，她这一原则与玛丽·沃尔斯通克拉夫特一脉相承——'有限的规则永远都无法适用于无限的状况'。"② 玛丽·沃尔斯通克拉夫特虽然也坚持用变化和相对的眼光观察问题，可她在性别政治取向上的女性主义立场是明确而且坚定不移的。③ 盖斯凯尔思维方式的不确定性是导致她在女性权利问题上游移不定的一大原因。当然，更为重要的原因是，盖斯凯尔既关注女性的权利和地位，同时又深受维多利亚父权制意识形态的影响，在性别立场上摇摆不定，她的《妻子与女儿》更是大步地滑向了保守的一端。传统文学规约对现实主义小说具有立场和情感认同明晰化的诉求。盖斯凯尔在两种对立的立场之间游移，这种思维和写作方式不符合读者的阅读期待。或许正是出于这个原因，在盖斯凯尔声誉"复活"之前，她的作品在相当长的时期内在性别政治上既得不到传统批评家的赞扬，也得不到女性主义批评家的青睐。

性别立场上的不确定性和叙事过程中存在的两重性现象使盖斯凯尔的作品意义变得更加开放，为阐释结果的多样性埋下伏笔。有一个问题值得思考——长期以来，盖斯凯尔在作品中提升女性地位的构想并没有得到女

---

① 盖斯凯尔在此对"我"与"自我"多重人格的讨论具有惊人的现代意识。她在这封信中表达的思想比弗洛伊德提出现代心理学上的人格结构理论早了七十多年（1923年弗洛伊德才出版了《自我与本我》一书，详细阐述关于本我、自我和超我的人格结构理论）。

② See Patsy Stoneman, *Elizabeth Gaskell*, Manchester: Manchester UP, 2006, p. 20.

③ 玛丽·沃尔斯通克拉夫特（Mary Wollstonecraft, 1759-1797）在《女权辩护》（*A Vindication of the Rights of Woman*）及其他作品中激烈地反对父权社会制度体系。关于玛丽·沃尔斯通克拉夫特引发的巨大非议和谴责，See Miranda J. Burgess, *British Fiction and the Production of Social Order 1740-1830*, Cambridge: Cambridge UP, 2000, pp. 113-149.

性主义批评家的认可。这从20世纪70年代女性主义运动勃兴时期最有代表性的两部文学评论著作对她所表现出的冷淡与沉默可以看出来。在伊莱恩·肖瓦尔特的经典著作《她们自己的文学》中，虽然盖斯凯尔同样被列举为19世纪第一代女性小说家的杰出代表，可是与肖瓦尔特对夏洛特·勃朗特和乔治·艾略特等人的长篇评论和热情赞扬比起来，盖斯凯尔显然很受冷落。[1] 另一本在女性主义批评领域影响深远的大作，桑德拉·吉尔伯特（Sandra Gilbert）和苏珊·古巴（Susan Gubar）的《阁楼上的疯女人》，则有更深的偏见，在历数和谈论19世纪英美两国文学史中为维护加强女性力量和形象做出贡献的女作家时，盖斯凯尔的名字只是在讨论别人时偶尔顺便提及四五次而已，几乎快到被遗忘的边缘。[2]

对于这种现象，拉娜·萨米所持的观点在西方评论界很有典型性："虽然盖斯凯尔从女性的角度看待时代的社会问题……并且显示出了女性的情感，但是和夏洛特·勃朗特比起来，她绝不是一个女性主义者，也不是妇女权利的捍卫者。"[3] 与此同时，也有很多学者试图从不同角度来解释倾其一生力量来关注和描写女性的盖斯凯尔在女性主义批评家那里不受待见的原因。狄安娜·戴维斯指出："（盖斯凯尔）经常让女性主义批评家感到迷惑，她们在她的作品中找不到夏洛特·勃朗特和乔治·艾略特那样的抗议声，而正是这种抗议声使得这两位作家看起来很有现代女性的味道。"[4] 戴维斯的论断精辟而切中肯綮；然而，令人遗憾的是，虽然她在论文中以母亲与女儿的关系为主线提出一些对盖斯凯尔作品不同的看法，但是并没有以文本为依据来驳斥批评界长久以来的这种偏见。另外，更重要的是，狄安娜·戴维斯虽然从厘清问题的目的出发来解释盖斯凯尔不受女性主义批评家青睐的原因，但是同时她自己又带着传统的阐释定见来解读盖斯凯尔的作品：她仍然本着简·爱式女性意识来关照盖斯凯尔的作

---

[1] See Elaine Showalter, *A Literature of Their Own*, Princeton: Princeton UP, 1999, pp. 19, 338-341.

[2] See Deanna L. Davis, "Feminist Critics and Literary Mothers: Daughters Reading Elizabeth Gaskell", *Signs: A Journal of Woman in Culture and Society*, Vol. 17, No. 3, 1992, pp. 507, 515.

[3] Nancy S. Weyant, *Elizabeth Gaskell: An Annotated Guide to English Language Sources*, 1992-2001, p. 335.

[4] Deanna L. Davis, "Feminist Critics and Literary Mothers: Daughters Reading Elizabeth Gaskell", *Signs: A Journal of Woman in Culture and Society*, p. 507.

品，在其中寻找大胆表达自我解放和直接抗议社会父权运行机制的女性声音，其结果自然只能是失望。

盖斯凯尔作品中所表达的性别政治立场在传统批评与女性主义批评两头不讨好的状况持续了很多年。随着女性主义运动对自身理论和实践行为的省视，有的批评家开始重新考察盖斯凯尔的作品，打破过去持有的阐释定见，分析盖斯凯尔叙事技巧对作品主题的表达，及其在文化和意识形态领域的关联性。解构主义名家J. 希利斯·米勒和女性主义叙事学的开创人苏珊·兰瑟各自在他们叙事学领域有开创性意义的著作中都采用了盖斯凯尔的小说作为文本分析的对象。[①]

米勒主要是用解构主义方法探讨反讽在叙事意义形成过程中所起的作用，高度赞扬了盖斯凯尔作品中对文学和家庭生活中男性统治所进行的强有力的挑战。严格来讲，米勒的立场并不是女性主义的观照，但在反抗与消解父权制社会权力中心机制这个问题上他与女性主义者目标基本一致。米勒关于叙事线条的分离、断裂以及对意义的悬置等问题的分析很有启发意义，但他使用的是解构主义理论中模式化了的固定理论框架。米勒在讨论《克兰福德镇》的过程中注意到了它很有特色的情节叙述展开形式，也意识到了它在叙事性方面的偏离常规之处。然而，他没有进一步深入发掘《克兰福德镇》的情节展开形式与叙事性偏离二者之间的关系，更没有关注故事与话语之间的离散力量及其内涵。笔者正是从这个角度出发，讨论《克兰福德镇》在情节推进模式和抵制叙事性方面的试验，揭示作品故事与话语这两个层面的不同走向，进而解释这种叙事过程所具有的进步与保守的两重性质。

苏珊·兰瑟是从集体型叙述声音角度肯定盖斯凯尔在关注女性力量与权力领域的开创性历史意义，认为这种叙述策略发出了被边缘化和剥夺话语权的女性声音。她指出，与以前由男性叙述者讲述女性乌托邦故事的情形不同，盖斯凯尔通过女性叙述者玛丽·史密斯与克兰福德镇女性产生认同的"集体的'我'"（Communal "I"）发出了被边缘化和被剥夺了话语权的女性声音。[②] 兰瑟在书中也承认从某种意义上说作为个体的叙述者并不能完

[①] See Susan Sniader Lanser, *Fictions of Authority: Women Writers and Narrative Voice*, Ithaca & London: Cornell UP, 1992, pp. 239–254；J. 希利斯·米勒：《解读叙事》，申丹译，北京大学出版社2002年版，第155—224页。

[②] Ibid., p. 239.

全发出集体型的声音，但是她认为叙述者"毫不含糊地"接受这个女性社区的价值观并成为其中一员。① 或许兰瑟是出于维护《克兰福德镇》在女性集体声音领域开创地位的动机，她认为克兰福德镇是一个独立"女性领域"的乌托邦，它的力量甚至强大到可以短暂地吸引和同化（Cranfordize）代表外界父权力量的史密斯先生。② 兰瑟的这一观点在批评界很有典型意义，笔者认为，很多批评家之所以得出这个结论是因为忽视了《克兰福德镇》比较隐蔽的故事层与话语层之间的离散力量及其所造成的断裂，更没有注意到盖斯凯尔在叙述提升女性地位过程中所存在的两重性特质问题。

当然，也有一些女性主义批评家从性别政治角度出发，试图重新发掘和阐释盖斯凯尔小说对传统父权制社会的抵抗和颠覆作用，做出了很多新颖和激进的论断。希拉里·绍尔以文本为依据，从符号学与身体书写角度阐释盖斯凯尔作品对父权制度的颠覆性。她认为克兰福德镇的女性创造了一种特有的书写符号和文化符码，重新书写了自己的边缘性，她们是主动的书写者，而书中所有的男性角色都只是被动的阅读者。③ 绍尔的问题在于她对克兰福德镇男女世界的分野施行了"一刀切"的做法，激进的视野下过于强调二者的对立，忽视了这两种不同生活方式之间的相互影响和相互渗透，没有认识到盖斯凯尔在叙事过程中表现出的两重性，将价值判断偏向了女性主义那一边。

在论述盖斯凯尔作品中所表达的性别政治或者女性地位问题时，有的批评家注重对盖斯凯尔作品中女性气质（femininity）的研究，④ 重新阐释和发现了一些以前一直被忽视或者压制的潜藏意义。譬如说，丹尼斯·艾伦在"'彼得那时候是个女人'：《克兰福德镇》的性与性别"一文中，用弗洛伊德理论和女性主义视角解读《克兰福德镇》，探讨了彼得幼年恶作

---

① Susan Sniader Lanser, *Fictions of Authority: Women Writers and Narrative Voice*, Ithaca & London: Cornell UP, 1992, p. 244.

② Ibid., p. 245.

③ See Hilary M. Schor, "Affairs of the Alphabet: Reading, Writing and Narrating in Cranford", *NOVEL: A Forum on Fiction* Vol. 22, No. 3, 1989, p. 288.

④ "女性气质"（Femininity）是女性主义运动第二阶段（19世纪60—80年代）的核心词汇之一，自20世纪90年代开始，一些新生代的女性主义批评家避免用这个表示男女二元对立的本质主义性质的词汇，并且重新启用其他词汇来描述一些与女性有关的特质，如女人气（effeminacy）等。

剧时穿着女性服装的细节。他就这一点得出的结论是彼得穿上女性服装这一行为"导致了母亲的真正死亡和父亲的象征性阉割"。① 其实，总体而言，丹尼斯·艾伦的文章对盖斯凯尔在《克兰福德镇》中对维多利亚社会性别差异观念的挑战分析得非常精彩，可是他在彼得幼年恶作剧穿着女性服装这种细节上大做文章，将其视为对父权社会起到颠覆作用的行为，则是过度诠释了。长期以来批评界忽视盖斯凯尔建构女性力量的叙事，而丹尼斯却又固执地从女性主义的不变立场出发，戴着理论的有色眼镜在文本中寻找证据，片面强调其反抗和颠覆父权制的作用那一面，这样就难免犯了矫枉过正的毛病。

  从以上论述可以看出，批评界在阐释盖斯凯尔作品的过程中产生了巨大分歧。由于作品在性别立场上具有隐含的两重性，盖斯凯尔提升女性地位的构想在批评界要么被忽视，要么被夸大，一直都缺乏专门从两重性角度出发考察她这一构想的研究成果。有鉴于此，下面的章节将着重考察盖斯凯尔三部女性主题小说存在的两重性与复杂特质，揭示前两部作品在性别立场上不同方式和不同程度的内在复杂性，并指出第三部作品与前两部作品在性别立场上的对照关系，以及所形成的文本间更大范围内的两重性，试图以此客观评估盖斯凯尔的叙事在女性问题上体现出的进步与局限。

---

  ① Dennis W. Allen, "'Peter Was a Lady Then'; Sexuality and Gender in *Cranford*", *Sexuality in Victorian Fiction*, Norman and London: U of Oklahoma P, 1993, p. 73.

第二章

《克兰福德镇》故事与话语的离散力量

盖斯凯尔在《克兰福德镇》里虚构了一个具有乌托邦色彩的单身女子社区,它以集体的方式凸显女性力量,作为一种替代现有社会生存模式的虚构世界,批判社会现代化进程的工具理性倾向,表达了抵制父权社会压制的愿景。《克兰福德镇》不仅呈现了盖斯凯尔以小说虚构话语建构女性集体社区的过程,同时又因为故事层与话语层之间的离散力量而婉转地表达了这个女性乌托邦对父权制社会的依赖。盖斯凯尔对女性地位以及现代化进程的思考具有一定的复杂性:既用克兰福德镇女性社区的生活方式对冷酷无情的父权制社会运作机制进行批判,又敢于正视这个女性社区本身无法摆脱的局限性。盖斯凯尔通过克兰福德镇建构女性乌托邦的理想与维多利亚社会迫切的大龄单身女子"过剩"问题之间有着密切关系。她在《克兰福德镇》中进行了非情节型叙事试验,[①] 以它作为表达女性力量的叙事模式,凸显女性在家庭领域内的情感和道德方面的优势地位,当成与父权制社会运行机制进行对话的途径。《克兰福德镇》故事层与话语层之间存在着离散力量,投射在克兰福德生活方式的核心概念"雅致经济"之上。这部小说建构了一个乌托邦色彩的女性集体社区,又同时展示它的

---

① 西蒙·查特曼在《故事与话语》中用"展示性的叙事"(narrative of revelation)指称现代主义流派作品情节特征,以对应于"结局性的叙事"(narrative of resolution)所代表的传统情节特征。查特曼指出传统解决型叙事中总有"一种感觉要解决问题,要使事物以某种方式发展开来,要有推理或者情感的目的论"。而揭示型叙事则不同,它"并不是要悲剧或者喜剧性地解决事件,而是展示出事物的状态"。查特曼的"揭示型叙事"的情节特征其实就相当于笔者所言"非情节型叙事"。"非情节型叙事"是布莱恩·理查森界定现代主义文学特征时所用的术语,近年来为西方批评界所常用,故笔者采用理查森的区分方法。See Seymour Benjamin Chatman, *Story and Discourse: Narrative Structure in Fiction and Film*, Ithaca: Cornell UP, 1978, p.48.

困境与分裂趋势,这对互为向背的叙事力量根源于盖斯凯尔叙述女性力量过程中思维方式的不确定性。随着故事与话语之间的断裂不断加大,展现在我们面前的是一个在多方面依赖男性而存在的女性乌托邦,这种依赖恰恰正是父权社会对女性力量进行压制和剥夺的结果。

第一节 单身女子的"过剩"危机

《克兰福德镇》是盖斯凯尔最受欢迎的作品,在她的写作生涯中具有标志意义。这部描写乡村小镇女性日常生活场景的小幅制作写得太过出彩,以至于很久以来它吸引了读者和批评家的大部分注意力,将她另外几部家庭题材小说都遮盖到它的盛名之下,使它们无法获得应有的赞誉。自 1853 年全书付梓到 20 世纪末,《克兰福德镇》已经发行了一百七十多个版本。它几乎成了盖斯凯尔作品的代名词,她经常被称为"写《克兰福德镇》的盖斯凯尔"。《克兰福德镇》的光彩盖过了其他作品,使盖斯凯尔的文学成就被强调得过度单一化和片面化。难怪可拉尔·兰斯伯里会用逆向思维的方式断言:"如果伊丽莎白·盖斯凯尔没有发表过《克兰福德镇》,她今天的地位会像萨克雷或者乔治·艾略特那样牢固,她毫无疑问也可以跻身维多利亚时代主要小说家之列。"① 《克兰福德镇》是盖斯凯尔对罗伯特·骚塞"英国家庭生活史"创作构想的积极回应。1849 年 7 月盖斯凯尔在美国费城的《沙坦联盟杂志》(*Sartain's Union Magazine*)上发表了一篇名为《英格兰老一辈人》(The Last Generation in England)的文章,指出 1848 年 4 月刊发的《爱丁堡评论》提到浪漫主义诗人骚塞(Robert Southey)曾打算写一部"英国家庭生活史",可是他并未完成这一宏愿,实为一大憾事。她在阅读骚塞的长篇小说《医生》(*The Doctor, & c.*)时深受触动,于是就想写一本记录自己所见所闻或者老一辈亲戚讲给她听的过去乡村小镇生活细节的书。盖斯凯尔所说的这本书就是《克兰福德镇》。② 《克兰福德镇》最初于 1851 年

---

① See Miriam Allot, "Elizabeth Gaskell", *British Writer*, ed. Ian Scott-Kilvert. Vol. 5, New York: Charles Scribner's Sons, 1982, p. 9; Maggie Williams, "Victorian Novelist Elizabeth Gaskell, Author of *Cranford*", *Book and Magazine Collector*, Vol. 119, 1994, pp. 4-63; Coral Lansbury, *Elizabeth Gaskell: The Novel of Social Crisis*, London: Paul Elek, 1975, p. 7.

② Peter Keating, "Introduction", *Cranford and Cousin Phillis*, Harmondworth: Penguin, 1976, p. 12.

第二章 《克兰福德镇》故事与话语的离散力量

12月13日到1853年5月21日分8期陆续连载在狄更斯主办的周刊《家常话》(Household Words)上,修改后于1853年6月结集成书出版。《克兰福德镇》全书篇幅不长,仅有十六章,故事框架非常简单,由一个名叫玛丽·史密斯的年轻女性用同故事的第一人称形式叙述。她住在德拉姆堡,经常去克兰福德镇的朋友马蒂家里小住几天。克兰福德是个主要由中老年妇女组成的偏远小村镇,这群大龄未婚女子和寡妇们的生活准则跟外面世界不同,她们生活清贫,恪守繁文缛节和陈旧观念,惯于极度节俭的生活,却试图保持贵族生活遗风。在她们这个小圈子里发生了很多有趣的生活轶事。黛博拉和马蒂姐妹是书中的主要人物角色,也是这个女人圈的道德领袖。黛博拉去世后,有一天玛丽·史密斯与马蒂翻阅旧信,发现马蒂姐妹居然还有一个离家出走多年未归的哥哥彼得。后来,马蒂投资的银行破产了,只得靠卖茶叶维持生计,在克兰福德镇其他女性的暗中帮助和支持下重新开始生活。最后,流落海外多年的彼得回来了,克兰福德镇又恢复了往日的平静。

《克兰福德镇》虚构了一个远离喧嚣尘世的女性社区,[①] 体现了与维多利亚社会不同的生活方式和伦理价值体系。许多批评家把它作为乌托邦小说进行探讨,有的从老年与乌托邦角度着手,[②] 有的从华兹华斯对盖斯凯尔作品结构施加的乌托邦神话的影响与现实主义的交融角度着手,[③] 有的从女性主义与叙述声音角度着手,[④] 有的从话语与行为理论角度着手,[⑤]

[①] 本书对社区(或共同体、社群,community)与社会(society)的区分是依据社会学家斐迪南·腾尼斯的二分法。社区和社会都是人类共同生活的基本形式。社区基于生活有机统一原则,以血缘、情感和伦理为凝聚力量,体现的是互助与和谐,它的运行机制是基于情感动机;社会则是机械聚合体,是目的利益的体现,它的运行机制是基于理性意志。See Ferdinad Tonnies, *Community and Society*, Newton Abbot: David & Charles, 2002, pp. 33-50, 223.

[②] Coral Lansbury, *Elizabeth Gaskell: The Novel of Social Crisis*, London: Paul Elek, 1975, pp. 81-94.

[③] Thomas Edward Recchio, "The Shape of Mrs. Gaskell's Fiction: Realism into Myth", in Nancy S. Weyant, ed. *Elizabeth Gaskell: An Annotated Guide to English Language Sources, 1992-2001*, Lanham: The Scarecrow Press, 2004, pp. 320-321.

[④] Susan Sniader Lanser, *Fictions of Authority: Women Writers and Narrative Voice*, Ithaca & London: Cornell UP, 1992, pp. 239-254.

[⑤] Mark Mossman, "Speech, Behavior and the Function of Utopia: Restraint and Resistance in Elizabeth Gaskell's *Cranford*", *Nineteenth Century Feminisms*, Vol. 5, 2001, pp. 78-87.

有的专门梳理和评述了以往众多批评家对该书乌托邦性质倾向的评价,①有的则将该书放在西方从 16 世纪到 20 世纪层出不穷的乌托邦文学传统中加以考察。② 罗威那·福勒认同可拉尔·兰斯伯里等人将《克兰福德镇》视为乌托邦小说的主流说法,并且还将其称为"女性乌托邦"(female Utopia)。归结起来,克兰福德镇之所以往往被看作女性主义乌托邦,是因为它具有了学者们公认的三种必备特质:"对女性气质价值和议题的强调,对群体生活的热衷,以及具备通过驱逐或归附征服男性入侵者的能力。"③ 表面看来,《克兰福德镇》似乎具备以上所有特质。罗森萨尔认为超然于世外的克兰福德镇是一个可以用自己的脉脉温情抵制外界工业化和市场化大潮冲击的孤岛,"在这个女性主义乌托邦(feminist Utopia)里,被边缘化的他者总是不断地对主流父权文化进行抵制和斗争,并以取得胜利而告终"④。然而,细读文本,我们会发现情况并非如此。罗森萨尔虽然准确地披露出单身女子社区抵制与斗争的过程,但她并没有分析其中的复杂性,更没有准确揭示抵制与斗争的结果:克兰福德镇单身女子社区代表了被边缘化的他者,她们确实在抵制和抗争主流父权文化,但她们似乎并不是最终的胜利者。罗威那·福勒认识到了克兰福德镇的女性社区在结构上与正统乌托邦之间存在的差异,指出:"和柏拉图以及莫尔笔下体系分明的乌托邦不同,它(克兰福德镇)的范畴和等级制度趋向弱化和模糊化。"⑤ 但是福勒没有进一步解读其中存在的各种异质性和分裂性的力量;正因为这些内部分裂力量的存在,克兰福德镇这个女性乌托邦在叙事进程中慢慢幻灭。盖斯凯尔在这部作品中不仅

---

① Rae Rosenthal, "Gaskell's Feminist Utopia: The Cranfordians and the Reign of Goodwill", in Jane L. Donawerth and Carol A. Kolmerten, eds. *Utopian and Science Fiction by Women: Worlds of Difference*, Syracuse: Syracuse UP, 1994, pp. 73-92.

② Pamela Talley Stinson, "Uncovering a Tradition: Female Utopias before 'Herland'", Nancy S. Weyant, *Elizabeth Gaskell: An Annotated Guide to English Language Sources, 1992-2001*, Lanham: The Scarecrow Press, 2004, p. 370.

③ Rae Rosenthal, "Gaskell's Feminist Utopia: The Cranfordians and the Reign of Goodwill", in Jane L. Donawerth and Carol A., eds. Kolmerten, *Utopian and Science Fiction by Women: Worlds of Difference*, Syracuse: Syracuse UP, 1994, p. 74.

④ Ibid., p. 92.

⑤ Rowena Fowler, "*Cranford*: Cow in Grey Flannel or Lion Couchant?" *Studies in English Literature, 1500-1900*, Vol. 24, No. 4, 1984, p. 718.

第二章 《克兰福德镇》故事与话语的离散力量

关注了中产阶级妇女在家庭领域展现权威的集体力量形式，同时还在叙述进程中展现出了这种集体力量面临的困境。换言之，《克兰福德镇》不仅建构了一个具有乌托邦色彩的女性社区，还叙述了这个女性社区逐渐向现实社会尴尬而痛苦的归附过程。这本小说其实是一个关于女性乌托邦幻灭的道德寓言。

盖斯凯尔在《克兰福德镇》中关注当时英国社会一个特殊而且数目庞大的单身女子群体——大龄未婚女子（the spinster）和寡妇（the widow）。[①] 单身女子是不容忽视的一个社会亚群体。与结婚生子的主流女性人群不同，单身女子这个尴尬的亚群体一直游离在社会正常秩序之外。在工业化到来之前漫长的封建农耕社会里，她们一般过着深居简出的生活，但还是有很多渠道进入社会公共领域："在中世纪她们可以去修道院，在文艺复兴时代她们可以打理农场和庄园，在现代社会的早期阶段她们可以经营小买卖和小旅馆。"[②] 随着英国社会工业化、城市化和资本主义生产、生活方式向纵深发展，到19世纪初期，单身女子在社会公共领域的活动范围越发狭窄，被迫隐退到家居生活中，成为社会的边缘群体。与此同时，社会价值观变迁导致生活竞争压力变大、享乐主义盛行、大量青壮年男子流失到海外殖民地，越来越多的人主动或被动推迟结婚年龄，大龄单身女子的数量以惊人的速度增长。格雷戈（W. R. Greg）引用了1851年英国人口普查的统计数据，指出仅在英格兰和威尔士地区，在20—40岁年龄段女性总数不到300万的情况下，居然有124.8万处于未婚状态，其中被迫单身的约75万。[③] 格雷戈在这篇"女人为什么过剩（redundant）"的政论文章中专门探讨了当时英国面临大龄单身女子"过剩"的问题：

在我国，单身女人日益增多，其数量之大、比例失调之严重均到

[①] "the spinster"，亦称"the old maid"，意为老处女或者大龄未婚女子，最早用于称呼从事纺纱业（spinning）的年轻女子，她们一般都是单身。16世纪以后用来称呼已过结婚年龄仍未结婚或者不愿结婚的大龄女子，带有轻薄语气。

[②] Martha Vicinus, *Independent Women: Work and Community for Single Women, 1850-1920*, Chicago: U of Chicago P, 1985, p. 3.

[③] William Rathbone Greg, *Why are Women Redundant*, London: N. Trübner & Co., 1869, pp. 12-13.

了不正常之列……毫不夸张地说，数以十万计的女人散落在社会各个阶层，在中上阶层比例尤其高。她们得自谋生路，没有男人挣钱供她们花销。她们没有妻子和母亲的天生职责工作，因而不得不挖空心思，没事找事做。她们无法使别人的生活更甜蜜美满，只能自己被迫过着独立而残缺的生活。①

在维多利亚时代正统观念里，与已婚女人过的"圆满"的生活相比，单身女人过的是"残缺"的生活。然而，即使在这篇名为"女人为什么过剩"的文章里，格雷戈也并不认为所有的女人都是多余，比如说女佣人。在当时的社会生活中，女佣人是不可或缺的，而且一言以蔽之，她们"实践了成为女人的两个必需要素：依附男人和照料男人"。②格雷戈的这句经典之语道出了维多利亚时代女性界定身份和实现价值的途径：女性身份的界定必须依附于男人（婚前依附于父亲，婚后依附于丈夫），她们往往作为男人寄生品和附属物的形象出现。这种彻头彻尾的男性逻各斯中心主义思想一直主导着人们的价值判断。已婚妇女由丈夫养活，相比之下，单身大龄女子没有经济能力，又无法生育后代为社会提供劳动力，往往成为社会的"累赘"，她们和寡妇一样被视为女人中的"另类"。在英国文化叙事中，对大龄未婚女子和老年妇女的性别和年龄两重歧视和贬损的态度由来已久，各种对女性的贬义称谓可以追溯到乔叟和莎士比亚时代，甚至更早的中世纪。③长期以来，受到英国主流小说传统青睐的大都是青春靓丽的年轻女子，大龄单身女子一般都作为配角和反面角色出现（最好的情形也就是作为故事女主角的朋友出现），她们处于小说叙事的边缘，往往都是被讥讽揶揄或者作为男性欲望的对象。多数情况下，大龄单身女子的形象都被模式化了，她们要么是相貌尚可却整天愁着找对象，要么是容

---

① William Rathbone Greg, *Why are Women Redundant*, London: N. Trübner & Co., 1869, p. 5.
② Ibid., p. 26.
③ See Marilyn Yalom, "Introduction to Part IV", in Erna Olafson Hellerstein et al, eds. *Victorian Women: A Documentary Account of Women's Lives in Nineteenth-Century England, France and the United States*, Stanford: Stanford UP, 1981, pp. 461-462.

颜丑陋或者性格乖僻，使人望而却步。[①]

盖斯凯尔在《克兰福德镇》里反其道而行之，虚构了一个由单身大龄女性组成的具有乌托邦色彩的社区，[②] 她不仅颠覆了英国文化叙事中妖魔化或丑化大龄未婚女子形象的积习成俗，而且摆脱了单身大龄女性只为追求婚姻和家庭的叙事套路，试图在《克兰福德镇》中为女性建构一个群体性质的全新生活方式。在克兰福德镇，单身的大龄女人们恰然自得地活在自己的群体里，她们互相为伴，有共同的生活准则（虽然在外人看来有些可笑和古怪），用友好的关系互相帮衬，共渡难关（虽然盖斯凯尔也偶尔对她们报以嬉笑揶揄之语）。劳拉·多恩对大龄未婚女子这个社会主体本身所蕴含的意识形态颠覆力量做过精辟的分析："作为一种历史主体和文学表征，大龄未婚女子摆脱了任何关系的范式，抵制两分法对她们的轻松定位。在象征的秩序里面，大龄未婚女子是由不在场来定义的；她无法实现自己成为妻子和母亲的角色，因为缺少一种和男人有关的重要关系。"[③] 由此可见，按照社会主流文化逻辑，已婚女子的身份由妻子与丈夫之间的关系来确立。大龄未婚女子的特殊身份违背了这一逻辑，对男性的统治秩序构成挑战。

在劳拉·多恩看来，大龄未婚女子这个社会主体身上蕴含了激进的女权色彩；然而，即使如她所言，大龄未婚女子在意识形态和性别政治上具有颠覆性和革命性，这也并不表示她们都是自愿选择成为大龄未婚女子的。恰恰相反，很多大龄未婚女子都是迫不得已，她们是社会婚姻与财产

---

① 如《罗克萨娜》中的同名女主角、《帕美拉》中的朱克斯夫人（Mrs. Jewkes）、《汤姆·琼斯》中的贝拉斯通夫人（Lady Bellaston）、《项狄传》中的寡妇瓦德曼夫人（Widow Wadman）、《汉弗莱·克林克》中的布朗勃尔小姐（Miss Bramble）、《傲慢与偏见》中的卡洛琳·宾利小姐（Caroline Bingley）和凯瑟琳·德伯夫人（Lady Catherine De Bourgh）、《理智与情感》中的菲拉斯夫人（Mrs. Ferrars）和詹宁斯夫人（Mrs. Jennings）、《劝导》中的克雷夫人（Mrs. Clay）、《简·爱》中的瑞德夫人（Mrs. Reed）、《匹克威克外传》中的拉切尔（Rachael）、《雾都孤儿》中的邦博尔夫人（Mrs. Bumble）、《名利场》中的克罗利小姐（Miss Crawley）、《雪莉》中的爱茵利小姐（Miss Ainley）等等不一而足。

② 盖斯凯尔有很多短篇小说涉及单身女子这个主题，如"Libbie Marsh's Three Eras"（1847），"Morton Hall"（1853），"My French Master"（1853），"The Doom of the Griffiths"（1858），*My Lady Ludlow*（1858）等。

③ Laura L. Doan, "Introduction", *Old Maids to Radical Spinsters: Unmarried Women in the Twentieth-Century Novel*, Urbana: Illinois UP, 1991, p. 5.

制度的受害者。维多利亚时代的婚姻财产与继承制度奉行历史上由来已久的契约精神，女子结婚要有年金（pension）、部分继承权或其他财产来陪嫁（尤其是中上层阶级），以此来显示女子的社会地位与经济能力。很多女性因为家庭无法在经济上提供体面的嫁妆而无法吸引合适的追求者，只能被迫成为单身女子。此外，不同阶层之间的森严壁垒也是妨碍婚姻的重要原因。婚姻制度上的这些要求与禁忌已经被内化到维多利亚人的婚姻意识和理想之中。《克兰福德镇》的主要人物詹金斯姐妹就很有代表性：姐姐黛博拉一直帮助父亲打理家务，自从兄弟彼得出走之后，她就承担起了儿子的角色；妹妹马蒂年轻时和霍尔布鲁克先生谈过恋爱，迫于阶级和家庭压力没能走进婚姻的殿堂。黛博拉一直对妹妹马蒂施展着无所不在的影响力，在很大程度上使之完全依附于自己，失去独立个性和独立行动能力。在这种意义上，黛博拉又成了父权社会力量的化身，她既是受害者，无形之中又成了它的同谋，对女性起到限制和规训作用。即使去世以后，黛博拉对马蒂的掌控和影响力依然随处可见，马蒂的口头禅就是"如果黛博拉还活着"（第142页）①。黛博拉在《克兰福德镇》中很早就去世了，在全书剩下的大部分叙事中，我们看到的是关于马蒂如何摆脱黛博拉的影响力，逐渐独立和发现自我的过程。

《克兰福德镇》的大龄未婚女子大都出身于中产阶级（詹金斯姐妹、波尔小姐、巴克小姐等），契合了格雷戈在上文所言大龄"剩女"在中上阶层的比例尤其高这一社会现实。"剩女"现象是一个复杂的社会问题，而不仅是一个人口学问题。维希努斯指出，"在中产阶级评论者眼里，单身女人过剩这个社会问题象征了由工业化和城市化所引起的更深层次的社会机能失调"。②"剩女"现象是英国在现代化进程中社会发展失调的一大征候。盖斯凯尔通过《克兰福德镇》虚构出一个具有乌托邦雏形的女性社区，以此来放大维多利亚时代迫切的大龄单身女子"过剩"问题，而这个过程又时刻体现出她对现代化进程的反思。《克兰福德镇》没有直接

---

① Elizabeth Gaskell, *Cranford and Selected Short Stories*, Hertfordshire: Wordsworth, 1998, p. 62. 本书所引《克兰福德镇》中文均出于此，主要为笔者本人所译，同时部分参考了刘凯芳、吴宣豪译《克兰福德镇》，上海译文出版社1984年版。后文出自该著的引文，将随文标出英文版的引文页码，不再另行作注。

② Martha Vicinus, *Independent Women: Work and Community for Single Women, 1850-1920*, Chicago: U of Chicago P, 1985, p. 3.

描写城市中的某一位单身女子,相反,盖斯凯尔将想象力聚焦于一个偏远乡村的单身女子社区。通过建构这个具有乌托邦色彩的女性社区,盖斯凯尔表达了自己提升女性力量与尊严的理想。

第二节　并未贯穿始终的非情节型叙事

《克兰福德镇》的题材体现了盖斯凯尔的独到之处,叙事方法也展现了她为关注女性集体力量所做的努力和突破。19世纪中期,英国文坛涌现出一股积极关注叙事技巧和进行叙事试验的潮流,创作出大量优秀的长篇和短篇小说。许多主流作家也积极加入这股潮流中,以此不断丰富自己的小说创作,较有开创意义的长篇小说有艾米莉·勃朗特的《呼啸山庄》(1847),狄更斯的《荒凉山庄》(1852),萨克雷的《亨利·艾斯芒德》(1852),夏洛特·勃朗特的《维莱特》(1857)等。此时的盖斯凯尔已日渐成熟,这位因写出《玛丽·巴顿》(1848)而在英国声名鹊起的女性作家也加入这股潮流中,用自己的写作来探索新的叙事模式。《克兰福德镇》就是这一叙事试验的结果。

不少批评家对盖斯凯尔在《克兰福德镇》中的叙事模式给予充分的肯定,乔治·格里夫斯甚至认为《克兰福德镇》在小说史上具有开创性的意义,撰文将它界定为一种新型文类——短篇小说系列(short fiction series),以区别于传统的连载小说,认为它"是一本描写英国乡村生活的书,是时代的产物,它对正在远去的生活方式和先前时代的叙事技巧发出了最后的欢呼,带着依依不舍的感情迎接新时代和新景象"[1]。与此同时,较为传统的批评家则走向另一个极端,他们占据了百年来评论界的主流地位。其中阿兰·霍斯曼的评论最为典型,他认为这部小说"叙事明显没什么艺术性,甚至可以说是凌乱,一切都依赖于某件事物,就像《髦发遇劫记》一样,倘若它有资格和这种大作相比较的话,细微精妙之处都活在它的阴影之下"[2]。这两种对《克兰福德镇》褒贬不一的态度源于共同的前提,那就是他们都发现了这

---

[1] Nancy S. Weyant, *Elizabeth Gaskell: An Annotated Guide to English Language Sources, 1976-1991*, Lanham: The Scarecrow Press, 1994, pp. 71-72.

[2] Alan Horsman, *The Victorian Novel*, Oxford: Clarendon Press, 1990, p. 275.

部作品在叙事上偏离小说常规之处——它的非情节型叙事。然而他们都局限于讨论《克兰福德镇》在叙事形式上的偏离常规之处，没有进一步探究盖斯凯尔运用这种非常规型叙事模式背后可能存在的文化考量和意识形态内涵。

《克兰福德镇》的非情节型叙事线条相互独立，虽然凌乱却有共同的向心力，它们利用主题型叙事向前推动叙事进程；同时，它们又使用重复型叙事进程方式，使这些线条叙事力量指向的主题之间产生对话和共振，全文便产生一种围绕着克兰福德镇生活方式为核心的不断重复循环的叙事力量。这种非情节型叙事试验是盖斯凯尔在小说创作上有意识的选择，而不是由连载出版的写作形式被动决定的。盖斯凯尔在《克兰福德镇》中以乌托邦式的女性集体力量来与维多利亚社会现实形成对话的试验并没有贯穿全书始终，这一行为从侧面反映出传统父权社会的巨大压制力量。

一　契合克兰福德镇生活方式的非情节型叙事

《克兰福德镇》全书由一系列松散零碎的生活轶事和场景片段组成，用传统的情节概括方式很难描述其中发生的故事。不少学者批评它缺乏形式的统一，甚至有人反对将它划入小说这一文类。[1] 该书前五章都是叙述者在叙述一些克兰福德镇生活中琐碎的"克兰福德式"（Cranfordian）趣闻轶事，或者相对独立的小故事，彼此没有前因后果的联系，叙述者按照记忆几乎以随机（至多是观念联想）的方式串到一起。在这些章节中，玛丽·史密斯基本只作为小说的叙述者出现在话语层，甚少出现在小说故事层。第 5 章结尾时，玛丽·史密斯和马蒂小姐一起看旧时的家信，由此才引出常规意义上的线性情节：关于马蒂的兄弟彼得出走和回归，以及后来马蒂投资银行破产、卖茶叶谋生的故事。[2] 由于叙述者意识的跳跃，叙

---

[1] See Natalie Kapetanios Meir, "Household Forms and Ceremonies: Narrating Routines in Elizabeth Gaskell's *Cranford*", *Studies in the Novel*, Vol. 38, No. 1, 2006, p. 1.

[2] 情节（plot）一概念在现代批评实践中已经变得模糊而富有争议，很多形式主义和结构主义流派的理论家和叙事学家都试图对它作出界定。关于不同理论家对情节的诸多定义及其具体分析与批判，参见申丹《叙事学与小说问题学研究》，北京大学出版社 2004 年版，第 34—54 页。

第二章 《克兰福德镇》故事与话语的离散力量

事线条经常被打断,甚至突然消失,然后很久以后又突然出现。[①] 书中没有统摄全局的主要情节,却有很多零散的小叙事线条。

这些小叙事线条以轶闻趣事或独立小故事的形式散乱地出现在前面十二章中,在局部小范围构成一条完整的叙事线条,但彼此相互独立,没有时间上的连续性,也没有逻辑上的因果关系。这些叙事线条既不排列组成可持续发展的情节来对全书提供衔接与支撑,也不发挥推动情节发展的作用。它们并没有服务于统摄全篇的主要情节(关于彼得叙事以及银行破产的叙事)这种目的论(teleological)倾向。它们的存在只为了服务于叙述者对克兰福德式生活方式的静态定义和描述。虽然它们具有非常典型与明晰的叙事线条,但与外部事件与时空的联系都是凌乱无序的,无法将叙事的力量集合起来共同推进情节发展。它们共同指向的是克兰福德镇式的生活方式,围绕着某个主题展开。[②]

第 1 章和第 2 章的叙事围绕布朗上尉展开;第 3 章和第 4 章的叙事围绕马蒂的旧恋展开;第 7 章围绕巴克小姐家的聚会展开;第 8 章围绕贾米逊夫人的嫂子格伦米尔拜访克兰福德镇一事展开;第 9 章围绕魔术师布鲁诺尼先生来到克兰福德镇一事展开;第 10 章围绕想象中闯入克兰福德镇的强盗引起的恐慌展开;第 11 章围绕萨缪尔·布朗(魔术师布鲁诺尼先生)受伤与被救助展开;第 12 章围绕格伦米尔夫人与医生霍金斯结婚一事引起的争论展开。这些章节的主要叙事线条可以如此概述,但每一根叙事线条都不断被其他事件打断,充满了各种离题的家常话和闲言碎语。书

[①] 笔者的"叙事线条"一词与米勒在他《解读叙事》中所用的"叙事线条"意义很不一样。其一:米勒是用解构主义立场来考察叙事进程;笔者则从形式主义和结构主义立场出发。其二,米勒是在微观范围内考察意义的异延及其造成叙事过程轨迹的弯曲和分裂;笔者则是在宏观范围内考察具有一定封闭性的事件与事件之间如何在文本中依照时空关系组合成情节的线性序列。其三,米勒强调的是形成统一连贯线条的不可能性,关注事件与事件之间离散与分裂的力量;笔者强调的是使事件之间互组成统一连贯情节的可能性,关注事件与事件之间通过叙事聚合与衔接的力量。关于米勒对"叙事线条"与"反讽"分析自相矛盾之处参见申丹《〈解读叙事〉的本质究竟是什么?》,《外国文学评论》2004 年第 2 期。

[②] 这种主题型的叙事推进进程被舍尔顿·萨克斯(Sheldon Sacks)定义为"修辞组合"(rhetorical sequencing),而布莱恩·理查森则称为"美学排序"(aesthetic orderings)。See Brian Richardson, "Beyond the Poetics of the Plot: Alternative Forms of Narrative Progression and the Multiple Trajectories of Ulysses", in James Phelan and Peter J. Rabinowitz, eds. *A Companion to Narrative Theory*, Oxford: Blackwell, 2005, pp. 169–170.

中散落在各个章节的很多叙事线条都服务于某个特定主题，比如说第 10 章关于克兰福德镇的女人们对强盗恐慌的叙事，叙述者就讲了多个用不同方法掩饰和应付对强盗恐慌的故事。这些散乱无序却又具有共同向心力的叙事线条指向的是它们服务的共同主题：女人如何应付对强盗的恐慌。与此类似的还有关于克兰福德镇的核心价值观"雅致经济"的叙事。第 5 章中有马蒂节约蜡烛的叙事和叙述者"我"认识的一个极度节俭用纸的老先生的叙事。下面以老先生的故事为例：

> 我发觉几乎人人都会在某些小事上特别节俭，锱铢必较，连一个子儿也不肯多花，坏了这个规矩比真正浪费大把钞票还难受。我就认识一位老先生，他对存钱的联合投资银行倒闭一事看得挺开；可倘若家人从他那本已作废的支票本上撕（而不是裁）页纸下来，他就会折腾了一整天；因为这一撕使本子上相连的另外几页也掉下来了，如此糟践纸张（他个人的节俭法）比损失那笔钱还要让他气愤。每有信来，瞧见信封他心里便难过得紧，唯一避免糟蹋物件的法子是耐着性子把信封逐个儿翻过来，这样就可以再用一回了。现在年纪大了，火气小了，可只要看见女儿们回复请柬时用了半张纸，而且只在一面写三行字，他都会投去吝惜不舍的眼光。（第 62 页，本书引文括号中内容皆为原文所有，以下不再说明。）

在这个例子中可以发现，第一句话是描述性的主题；第二句话是关于老先生为家人浪费废支票本生气的叙事；第三句话是关于重复利用信封的叙事。这两个小故事都是为了说明第一句话里的主题，它们的功能是解释性和描述性的。这两个叙事之间没有因果联系，各自形成封闭的空间，没有进一步发展的余地，只是被叙述者用举隅的方法并列呈现出来。它们不为统摄全篇的主要情节服务（如果说有这样的情节），相反，只服务于它们各自描述性质的主题。从亚里士多德的《诗学》开始，在传统的小说叙事规约中，一般都有一个总体目的，情节围绕这一总的方向推进。然而，在《克兰福德镇》这种非线性情节的小说中，许多叙事线条只是为各自的小主题服务。原本应该为服务总体情节而向外辐射的力量在这里反倒变成了围绕小主题向内辐射的力量。这样一来，整部作品中就缺乏将各种事件组合起来的叙事动能，不能形成合力推动情节进程发展；相反，它们对情节的推动力量被转化成支撑描述性小主题的支柱，各自蛰伏在自己的小主题周围。于是，全书的叙事进程就产生了裂痕。这种叙事模式的直接结果是导致全书叙事进程中缺乏贯穿始终的统摄性情节，各部分也就显得松散无序。如此一来，就打破了传统叙事结构中统摄与服从的等级制度，进入与书中其他次要情节进行平等对话的开放状态。通过这种方式，盖斯凯尔松动了主流小说传统中关于小说有机体以及统摄与服从等级制度观念的意识形态基石，同时也摆脱了自小说这种文学体裁诞生之日起就存在其中的线性情节强迫症（linear-plot obsession）。[1]

除了不同的主题型叙事进程推进外，结构松散的叙事作品在形式上又有哪些结构性特征呢？安德鲁·米勒在评论《克兰福德镇》的文章里一语中的，[2] 他声称在书中发现了两种叙事结构：一种是常规的目的论性质的，它涉及两条线性情节，即关于彼得出走和回归的故事以及马蒂所投资的银行破产的故事；另一种是更具有循环性质的运动，是源自并代表日常生活的叙述形式。[3] 米勒的这个发现无疑很有价值，他指出了《克兰福德镇》叙事线条推进的重要形式——重复。除了上文提到的不同小叙事线条对同一主题的重复演绎外，《克兰福德镇》还有几种形式的重复：其一，对某种具体事件的重复，如女人们对雨伞、帽子、发型、地毯、茶点的看法以及对婚姻的态度；其二，还有另一种对叙事进程结构模式的重复，即书中多次引入不同男性人物（布朗上尉、魔术师布鲁诺尼先生、霍尔布鲁克、想象中的强盗、彼得），打破克兰福德镇女性群体的平静状态，给她们带来恐慌。从以上分析可以看出盖斯凯尔在《克兰福德镇》使用的基本叙事模式：利用主题型叙事以产生许多互无关联却有各自向心力量的叙事线条，同时，为了避免过量的叙事裂痕以致叙事进程过度停滞，她又使用重复型叙事进程这种推进方式，让这些叙事线条产生对话和共振，于是全文就产生了一种围绕克兰福德镇生活方式为核心不断重复和循环的叙事

---

[1] 批评界已经探讨了很多关于小说兴起以及小说兴起之前的问题，一般认为小说的兴起与报纸杂志的普及以及中产阶级的崛起有关。真正意义上的具有一定长度的虚构作品（如小说）一般都有一个统摄全书的线性情节，如《堂吉诃德》《鲁滨逊漂流记》《帕美拉》等，唯有《项狄传》等极少数反常规作品例外。

[2] 遗憾的是，安德鲁·米勒只看到《克兰福德镇》中以重复的方式展开的叙事进程推进，而没有发现另一种更重要的非线性情节的主题型叙事进程推进。

[3] Andrew H. Miller, *Novels Behind Glass: Commodity, Culture, and Victorian Narrative*, Cambridge: Cambridge UP, 1995, p. 93.

力量。

叙事是人类理解世界和表达自我的方式,情节在其中起着至关重要的作用。① 彼特·布鲁克斯将情节提高到认识论的高度,指出这种认识论毫无疑问也具有深刻的父权制意识形态背景。布鲁克斯认为叙事情节作为一种主流的秩序化和解释的形式,可能是西方世界世俗化过程中的一部分,这个过程始于文艺复兴时期,兴盛于启蒙时代,在19世纪达到新的高度。情节是人理解、组织和解释世界的模式。② 批评界对此很有争议。也有批评家认为线性情节本身与父权制社会并没有严格的对应关系,不应该在叙事形式与意识形态之间直接画等号;但是相当一部分女权主义人士都接受法国女权主义者茱莉亚·克里斯蒂娃、伊莱娜·西克苏以及露丝·伊利格瑞等人的思想,认为女性写作具有感性、情感、循环、片段等特点,它们都源于女性身体,女性以此来对抗理性与线性的父权力量。因此,在女性主义理论视角中基本已经形成一种虽有争议却广为接受的假定,认为情节与父权社会机制之间存在相互关联的内化统一力量。在虚构文学叙事作品中通过编制目的论性质的情节作为反抗父权社会机制的载体,那只是在系统内部产生作用力,无法改变它的存在与运动状态。正是基于这种考虑,女性作家经常在写作中"规避、打断、颠覆封闭性与权威性的传统情节甚至叙事本身"③。她们想用另一种叙事模式作为外在力量,对父权体制及其相关叙事模式产生冲击和颠覆。如果说自现代主义在19世纪末兴起以来,女性作家将这种叙事模

---

① 叙述学界对于情节的定义很多,争论也多,莫衷一是。布莱恩·理查森在《超越情节诗学:〈尤利西斯〉叙事进程的替代形式和多重轨迹》一文中回顾和对比了以普洛普为代表的结构主义流派,以保罗·利科为代表的阐释学流派,以彼得·布鲁克斯为代表的后结构主义流派,以及 R.S. 克莱恩为代表的新亚里士多德派对情节的定义,最后他折衷出"通行"的结果:"作为叙事的核心元素之一,情节是通过因果关系连接在一起的、有目的性的事件组合;即是说事件被共同连接在一个轨道中,它通常走向某种形式的分解或者交汇"。从理查森的定义可以看出,组成情节的要素是因果关系(causation)、目的性的事件组合(teleological sequence of events)和轨道(trajectory)。这些要素全部指向一种愿景——被纳入一个具有目的性的轨道当中,这与西方文化里逻各斯中心主义对稳定与秩序的诉求是完全契合的。Brian Richardson, "Beyond the Poetics of the Plot: Alternative Forms of Narrative Progression and the Multiple Trajectories of Ulysses", in James Phelan and Peter J. Rabinowitz, eds. *A Companion to Narrative Theory*, Oxford: Blackwell, 2005, p.167.

② See Peter Brooks, *Reading for the Plot: Design and Intention in Narrative*, New York: A. A. Knopf, 1984, p.6.

③ Suzanne Keen, *Narrative Form*, Hampshire: Palgrave Macmillan, 2003, p.86.

第二章 《克兰福德镇》故事与话语的离散力量

式作为颠覆父权社会的利器,那盖斯凯尔在 19 世纪 50 年代就采用这种叙事模式,无疑是很有先锋试验色彩的。

对于盖斯凯尔在这部作品中的颠覆性,克丽斯汀·克鲁格指出:

> 传统的关于历史写作的规约训诫女性作家,使她们无法发出自己的声音。她们面临服从传统还是叛逆传统的叙述策略选择。盖斯凯尔似乎也面临着这两难的困境:要么通过完全规避连贯的情节来抵制无所不在的叙事驯化,以此使自己的小说免于落入故事目的论的窠臼;要么甘愿冒着落入窠臼的风险来展现一段连贯的历史叙事,这样女性受到的全面压迫才有可能被再现出来。盖斯凯尔的《克兰福德镇》选择了前者。[①]

克鲁格看到了盖斯凯尔写作《克兰福德镇》时在意识形态领域面临的两难选择,但是没有进一步指出盖斯凯尔的叙述策略抉择与主题意义表达之间的关系。《克兰福德镇》是盖斯凯尔建构女性地位的大胆构想,她尝试着虚构女性在家庭和社会生活中可能存在的新方式,以此来批判和对抗现存的维多利亚父权制社会。外面世界以理性、利益和竞争为运作机制,与此不同,克兰福德镇的女性社区是维多利亚父权统治势力范围下的一个孤岛,她们奉行情感、友谊与互助,注重日常生活中充满温情的关怀与回忆,这种关怀与回忆的特质体现在细节的琐碎与循环上。盖斯凯尔运用的非情节型叙事很好地表达了克兰福德社群的女性气质。希拉里·绍尔对盖斯凯尔的复兴做出了重要贡献,她指出,盖斯凯尔对文学形式的实验体现了她对英国传统文化叙事的反思,《克兰福德镇》用非传统的叙事方式聚焦社会边缘的女性集体社群,以此来"审视时代文化中的那些核心故事,尤其是女性作为(沉默)他者的概念"。[②]

有一个问题值得注意:盖斯凯尔的非情节型叙述策略在全书的叙事进程中执行得并不彻底,她在《克兰福德镇》的后半部分逐渐加快向传统

---

① Christine L. Krueger, "Speaking Like a Woman: How to Have the Last Word on Sylvia's Lovers", in Alison Booth, ed. *Famous Last Words: Changes in Gender and Narrative Closure*, Charlottesville & London: UP of Virginia, 1993, pp. 139-140.

② Hilary M. Schor, *Scheherezade in the Marketplace*, New York: Oxford, 1992, p. 5. 括号为原文所有。

归附的步伐。关于这一点，下文将结合《克兰福德镇》叙事进程中产生的两重离散力量以及其他异质性力量进行讨论，关注这个女性乌托邦雏形的分裂与幻灭。

二 不可或缺的注解：并非连载造就的非情节型叙事

《克兰福德镇》继承了自18世纪《闲谈者》与《旁观者》以来英国报刊文化的优良传统。盖斯凯尔使用的叙事模式具有典型的报刊文学的特征，充满大量零散的片段式场景和奇闻逸事，迎合大众读者对快速消费文化的需求。然而与常规意义上的连载小说相反，《克兰福德镇》每期都是局部范围内相对较为完整的叙事单元，彼此之间却缺乏足够的时空和线性关联。每一期的结尾部分没有明显的悬念作为连接上下两期的中继点，相反，倒是每一期连载的两个章节之间存在一定的悬念将它们连起来形成一个自给自足的相对封闭体系；它们不为贯穿全书始终的统摄性情节服务。

自出版之日起，批评界对《克兰福德镇》的争论就没有平息过。大多数批评家在评述这部小说时都会注意到它在话语层不同寻常的零散叙述形式，发现叙事上偏离小说常规之处，提到这一点时都会有意无意地指出《克兰福德镇》是连载小说，[①] 或者说盖斯凯尔在写作《克兰福德镇》时缺乏整体写作计划，似乎这部作品结构上的松散与片段化是由它发表时的连载（serialization）形式所决定的。其实，连载发表的形式并非造成《克兰福德镇》在情节和叙事线条上片段化和零散化的原因，对此可以从两个角度予以说明。

其一，连载作为文学发表形式所承载的意识形态功能。以连载的形式发表作品最早可以追溯到17世纪末期。报刊业的繁荣和文学消费市场的拓展使作品连载成了维多利亚时代的流行模式；《匹克威克外传》的巨大成功使它在19世纪30年代后期开始更成为小说发表的主要形式，除了本杰明·迪斯累利和夏洛特·勃朗特等少数人之外，几乎所有的主流小说家

[①] Peter Keating, "Introduction", *Cranford and Cousin Phillis*, Harmondworth: Penguin, 1976, pp. 9–10.

第二章　《克兰福德镇》故事与话语的离散力量

都以连载的形式发表过作品。① 这种情况一直持续了几十年，到 19 世纪末期，哈代、康拉德和亨利·詹姆斯等人在写作生涯初期都还有作品以连载的形式发表。在现代主义思潮兴起后，连载作为一种小说发表形式才渐渐淡出历史舞台。连载与现实主义小说潮流的历史轨迹是并行的，随着现代主义的兴起，它们一起逐步退居幕后。就这两种文学潮流而言，毫无疑问，现实主义强调的是统一的情节和线性的时空顺序；而现代主义却故意打破时空顺序，用流动和无序的意识来摧毁统一的情节，进而表现生活的复杂与多元。作为文学出版的形式，连载的出现不仅是市场经济发展的结果，更重要的是它契合了维多利亚时代的意识形态和世界观。关于这一点，休斯（Linda K. Hughes）在《维多利亚连载小说》一书中阐述得最为清楚。休斯认为维多利亚人的时间观是线性的，生命有起点、中间段和终点，人生从童年到中年再到老年。这种对生命的认识就体现在连载这种文学形式中，一部连载的作品从整体上来讲是"一个在延展的时间段内讲述的连续故事，中间也有很多强制的隔断（整部作品被分成每周一期或每月一期连载）"。② 因此，一般意义上的连载作品的叙事动力都契合牛顿经典力学的绝对时空观，即叙事的动力都像向前均匀流逝的时间一样，时刻指向前方。不仅每期连载内容内部的叙事动力指向前方，而且前后相继的连载章节之间相互连接在情节上组成一个指向前方的叙事动力系统，直到最后形成封闭式的结尾。反观《克兰福德镇》，它的各个连载章节较为完整，但是作为一个整体而言，各章节之间叙事动力的走向并不是单一指向前方的，它们充满了各种重复与循环，这一点在书的前几章里表现得尤其明显。也就是说，《克兰福德镇》的非情节型叙事并不符合当时连载形式的意识形态需求。

其二，连载作为文学发表形式对情节连贯性的内在要求。连载要求每一期发表的内容既要与前面的内容相关，又要相对独立完整。每期的结尾处形成了一种通行的惯例，在上下连载章节之间设置扣人心弦的情节技巧——悬疑式结尾（cliffhanger）。悬疑会使读者对下一期连载的情节形成

---

① See Graham Law, "Periodicals and Syndication", in William Baker and Kenneth Womack, eds. *A Companion to the Victorian Novel*, Westport: Greenwood Press, 2002, p. 16.

② See Linda K. Hughes, *The Victorian Serial*, Charlottesville: UP of Virginia, 1991, p. 5. 括号中内容为笔者所加。

期待，吸引读者的继续关注，直到作品结尾最后的封闭式结局。连载小说每一期结尾处的悬疑式结尾起到连接上下两期情节的节点作用，这样每一期连载之间就在时空和因果关系上形成一个环环相扣的序列，而这个恰恰正是线性情节的标志之一（虽然它们通常以两重或多重情节的方式出现）。这一点在众多以连载形式发表的小说上体现得非常明显，只需略为考察一下狄更斯、萨克雷和特罗洛普等主流作家的连载小说，或者考察更典型的以连载奇情小说而著称的威基·柯林斯的小说，① 严整统一的线性驱动特点便显露无遗。与一般的连载小说不同，《克兰福德镇》有违连载形式对情节连贯性的内在要求，章节与章节之间并没有严整地形成环环相扣的序列，中间充满了各种断裂。

诚然，并非书中叙事线条中的每个地方都是经过盖斯凯尔精心设计的，有一些地方也是在写作和发表过程中的一些偶然机缘所造成的。比如说最明显的就是她对书中克兰福德镇道德权威黛博拉小姐和主要男主角之一的布朗上尉的叙事处理上。作为整个克兰福德镇社区中为数不多的男性，布朗上尉代表的是与那个女性世界截然不同的世界观。以黛博拉·詹金斯小姐为首的"亚马逊族"女性喜欢的是以约翰逊博士作品为代表的古典式哲思和归隐出世的田园生活方式，文化象征符号是花园和家庭。而布朗上尉喜欢的却是以狄更斯作品为代表的工业化和重商入世的城市生活方式，② 文化象征符号是铁路和工厂。布朗上尉作为外来力量打破了克兰福德镇女性群体的平静，经历了从敌视到认同再到钦佩的转变。他与黛博拉小姐关于《匹克威克外传》以及《拉塞拉斯》的争辩非常精彩，在生活中由于不知情而打破克兰福德镇约定俗成的怪癖习俗，闹出很多笑话。他本来可以作为书中女性群体意识形态的对立面继续出现在后面的叙事进程中，形成与之互相制衡与对话的力量。然而，由于盖斯凯尔写作刚开始时缺乏长期规划，在叙事过程中进展过快，叙事节奏显得很仓促，没来得及充分展开，导致在第 2 章结尾时黛博拉已

---

① 奇情小说（sensation novel），19 世纪六七十年代风靡英国的一种小说模式，以惊悚和悬疑为特点，具有现代侦探小说的雏形。

② 由于《家常话》是狄更斯主编的杂志，迫于他的权威和压力，《克兰福德镇》最初在连载时布朗上尉喜欢的作家被他改成了托马斯·胡德（Thomas Hood）。后来结集成书时盖斯凯尔毫不犹豫地改回成狄更斯。See Peter Keating, "Notes", *Cranford and Cousin Phillis*, Harmondworth: Penguin, 1976, p. 341.

第二章 《克兰福德镇》故事与话语的离散力量

经跳跃式地完成了人物性格的转变，未能留下继续发展的余地。跟布朗上尉有关的叙事线条也由于车祸而过早地完结，给人刚开头就已结尾的感觉。盖斯凯尔在1865年2月致罗斯金的信中提到布朗上尉之死，她带着不无惋惜的口吻说《克兰福德镇》在《家常话》最初发表时只是一个短篇故事，自己从没计划过把它写成连载，鉴于篇幅的考虑，只好"极不情愿地把他杀死了"。[①] 至于她又引入另外三个男性人物的叙事线条（即马蒂的旧情人霍尔布鲁克、魔术师布鲁诺尼先生和彼得的故事）以维持叙事进程继续推进的动力，那是在她听到狄更斯主编对前面两章的极力赞赏和读者的强烈反响决定续写之后的事了。这个史实细节给人的印象是，《克兰福德镇》松散的结构是由偶然因素引起，叙事线条的不连贯也并非盖斯凯尔在写作中有意贯彻的。

如果换一个角度来看待《克兰福德镇》创作过程中的这一因素，情形或许会不同：即使盖斯凯尔写前两章时没有意识到以后将它续写成更长篇幅的问题，从第3章开始她已经明确知道要继续接着写，并且要将这个短篇故事拓展写成多期连载；可现实是，在后面的14个章节里，她仍然拒绝使用统摄性的情节，仍然拒绝在每一期的结尾处使用悬念，而是继续在每一期的两个章节内部排列多条琐碎的叙事线条。和前面两章有明显的主要线性情节的情况相比，后面的14章在叙事线条上更多地表现出断裂与不连贯特征。因此，盖斯凯尔最初并未将《克兰福德镇》设计成中长篇小说这一事实并不能成为她大量使用非情节型叙事线条的理由。相反，上述这个偶然因素发生的前后对比恰恰从反面证明盖斯凯尔在《克兰福德镇》整部作品中的叙述策略是一致的，并且是自主选择的。

盖斯凯尔对连载这种文学写作和发表形式并不热心，写作时经常打破连载写作的一些基本规则。为了尽量在结尾处设置悬念，以连载形式发表的小说叙事节奏一般都很快，以情节发展为叙事前进的驱动力。盖斯凯尔的写作理念与这种模式是格格不入的。紧接着《克兰福德镇》之后，她又创作了《北方与南方》。在1854年到1855年，当《北方与南方》同样在《家常话》杂志连载时，盖斯凯尔仍然没有在每章结尾处都设置悬念，为此总是受到狄更斯主编的劝告。为了便于在每期结尾尽量

[①] Elizabeth Gaskell, *The Letters of Mrs. Gaskell*, Manchester: Manchester UP, 1997, p. 748.

设置悬念，她"被迫以难以置信的速度展开故事事件"。① 盖斯凯尔对此事耿耿于怀，等到《北方与南方》结集成书出版时，她终于可以心满意足地在其中添加了 5 个新章节（第 44—48 章，主要都是以女主角玛格丽特·黑尔为主的人物描写），以减慢叙事节奏，摆脱情节驱动型的连载形式对文学创作内容本身所施加的暴力。这一举动是她反对连载形式小说的情节强迫症的明证。由此可见，盖斯凯尔对线性叙事情节进行打断与抵制的叙述策略是经过深思熟虑后的抉择。盖斯凯尔在《克兰福德镇》里对贯穿始终的统摄性情节的抵制、注重叙事线条的不连贯性以及运用非情节型叙事线条的做法既不是艺术形式上的缺憾，也不是因为小说是以连载的形式发表而造成的，相反，它是盖斯凯尔进行叙事试验的结果。

三　放弃与抉择：女性集体力量的消散

《克兰福德镇》聚焦于弱势的边缘群体，用幽默和反讽的轻松笔调描绘了乡村日常生活琐事蕴含的意趣。盖斯凯尔在文学虚构叙事中并没有把婚姻和家庭理想化，并没有描写相夫教子和打理家务活的女人，有些作品甚至透露出并非一定要男女才能结成家庭伴侣关系。盖斯凯尔在后来许多篇幅更短的小说中都进行过这种建构性的尝试。② 她在这些短篇小说中描述的对象都只是单个的家庭，只有在《克兰福德镇》中才将自己对性别和家庭的思考从女性个人叙事上升到女性群体叙事的高度。盖斯凯尔经常出入城市和乡村密切观察生活，与各阶层的人接触，考察当时的各种政治活动和工人运动，她自然知道集体力量的重要性。可拉尔·兰斯伯里说："在她（盖斯凯尔）的时代没有任何作家能像她一样走近所有的社会阶层，并且都能被他们所接纳。"③ 在《克兰福德镇》中她进行了

---

① Philip Davis, *The Victorians*, Beijing: Foreign Language Teaching and Research Press, 2007, p. 232.

② 如《荒原村庄》(*The Moorland Cottage*, 1851)、《玛莎·普里斯顿》("Martha Preston", 1855)、《女巫洛依斯》("Lois the Witch", 1859)、《弯曲的枝条》("The Crooked Branch", 1860)、《最后时刻》("Right At Last", 1860)、《灰妇人》("The Grey Woman", 1861) 等等不胜枚举。

③ Coral Lansbury, *Elizabeth Gaskell: The Novel of Social Crisis*, London: Paul Elek, 1975, p. 20.

第二章 《克兰福德镇》故事与话语的离散力量

这种凸显集体力量的叙事尝试，让单身的女人们组成一个特殊的群体，借此展现她们的权利，因为"组成群体本身就是一种政治行为，是便于成员巩固权利的一种方式。通过组织这种特定的群体，克兰福德镇的女人们营造了一种环境以满足她们的需要和兴趣"①。兰瑟在《虚构的权威》一书中将《克兰福德镇》提高到开创集体型叙述声音传统的高度，无疑也是从《克兰福德镇》强调女性群体本身以及群体生活的重要意义这个角度出发的。

晚近的研究结果表明，维多利亚时代的婚姻和家庭构成远比我们想象的更复杂。在当时男女组成婚姻与家庭的主流文化下并存在许多类型的亚文化，其中女性与女性之间的朋友关系就是其中之一。莎拉·埃利斯（Sarah Stickney Ellis）于1839年出版了在19世纪英国最有影响力的行为指南手册《英格兰女人》，她将女人的身份归结为安居于家庭范围内的女儿、妻子和母亲。同时她还分派给女人另一项必须承担的角色（今天我们或许会惊讶它在这本旨在规范女性行为的指南中居然会占据如此醒目的位置），那就是朋友。②《克兰福德镇》是盖斯凯尔对维多利亚时代女性地位的全面评估和重新审视，通过描述一个具有乌托邦色彩的女性群体来尝试建构女性在家庭和社会生活中另一种全新生活方式存在的可能性（虽然叙事进程中存在对抗并最终颠覆了这种建构）。或许以盖斯凯尔为代表的维多利亚女性在潜意识中感觉到父权社会意识形态的全面压制，于是在文学作品中使用这种变形、夸张和矫枉过正的形式发泄内心世界的压抑，试图叙述一段虚构的女性"家中天使"的生活史作为抗争。

具有反抗特质的非情节型叙事模式，再加上非传统的"剩女"题材，按道理《克兰福德镇》应该成为一部很有话题的作品，可是事实并非如此。在大多数读者和批评家看来，《克兰福德镇》只是一个带有地方色彩的田园牧歌。沃德（A. A. Ward）称赞《克兰福德镇》是"自如而优雅地串接起来的系列短篇素描，就像鲜花和常青藤叶子做

---

① Robin B. Colby, *Some Appointed Work to Do: Women and Vocation in the Fiction of Elizabeth Gaskell*, Westport: Greenwood Press, 1995, p. 67.

② 朋友（friend）这个词在维多利亚时代不同的语境下有不同的含义，既可指通常意义上的人与人之间的友好关系，又可以特指同性恋或者同性婚姻关系。对此，女性主义批评和酷儿理论已有较多讨论，故未将其列入考察范围。See Sharon Marcus, *Between Women: Friendship, Desire, and Marriage in Victorian England*, Princeton: Princeton UP, 2007, p. 25.

成的花环",是"制作精美却天然去雕饰的散文体田园牧歌"①。在读者接受的过程中,它最受称赞的是因为"永远是快乐的源泉"②。《克兰福德镇》受读者青睐是因为它能给人快乐,而它对抗传统的那一面却常常被忽视。

J. 希利斯·米勒看出了《克兰福德镇》的两重性,认为"全书都由重复或重新使用本身固有的两重反讽线条构成。它再度肯定了那些老故事和传统叙述方式中的男性价值。同时又巧妙地对这些价值进行了破坏,揭示出它们如何缺乏坚实的基础"③。《克兰福德镇》后半部分叙事形式越来越回归传统,不仅有了较长的情节,最后还用彼得的回归解决所有矛盾和冲突,以大团圆的方式结尾。盖斯凯尔似乎采取了不同于传统的叙述策略;然而,这种对话创新试验又没有贯彻全书始终,半途而废,逐渐表现出对传统情节型叙事模式的回归。盖斯凯尔在《克兰福德镇》的开头和结尾处所采取的叙述策略存在巨大的差异:以非传统的姿态出发,最后又静悄悄地回归传统。

对于盖斯凯尔叙述策略的嬗变原因,没有人能够做出确切解释,盖斯凯尔本人似乎也无意于此。这其实可能是盖斯凯尔采取的一种自我保全策略,这种策略植根于盖斯凯尔具有矛盾式思维的两重性之中。要理解这一点必须打破《克兰福德镇》文本的封闭空间,进入它写作和出版时的社会语境之中。1853年1月盖斯凯尔发表了一部对父权制社会的批判的小说《路得》,在当时立刻引起了极大的争议,备受谴责。巧合的是,从1853年1月开始,《克兰福德镇》的叙事(即书的后八章)越来越回归传统。我们不能苛求盖斯凯尔超越她所处的历史时代,以她的个性而言,不会像玛丽·沃尔斯通克拉夫特那样在作品中以女性主义的态度公然批判和对抗父权制度,也不想将自己处于舆论批评谴责的旋涡中心。盖斯凯尔在《克兰福德镇》中采取了一种比较温和的反抗策略,游离在对传统的接受与对抗的边缘,不至于使《克兰福德镇》成为公然对抗主流文化的作品,也就可以避免过多的非议和攻击。归根结底,迫

---

① Peter Keating, "Introduction", *Cranford and Cousin Phillis*, Harmondworth: Penguin, 1976, p. 10.

② John Chapple, "Introduction", *The Letters of Mrs. Gaskell*, Manchester: Manchester UP, 1997, p. xx.

③ [美] J. 希利斯·米勒:《解读叙事》,第191页。

使盖斯凯尔的叙述策略产生嬗变的深层次原因还在于维多利亚社会的父权体制本身，或许正是它无处不在的压制作用才使得盖斯凯尔在《克兰福德镇》中逐渐由非情节型叙事向传统的情节型叙事靠拢。盖斯凯尔在意识形态和叙述策略上的犹疑立场不仅体现在叙述的话语层面，还体现在了故事层面。下文将结合故事层与话语层的离散力量探讨盖斯凯尔在维多利亚时代建构的女性社区具有何种局限性，以及它为何无法独立于父权制社会而存在。

第三节 "雅致经济"：批判与反讽的两重叙事离散力量

《克兰福德镇》造就了一个新词"克兰福德特色"（Cranfordism），用来指称书中描绘的具有典型克兰福德镇习气的生活方式：对生活中细微琐事的关注以及一些现代社会无法理解的老式生活习惯和规矩，比如三天内要回访来做客的客人，中午十二点到下午三点专用于访友攀谈，拜访时间每次不超过一刻钟，待客茶点不能摆阔气，晚上十点半睡觉等等。克兰福德特色家庭生活的一个核心理念是"雅致经济"（elegant economy）。①

很多批评家从不同角度考证"雅致经济"这个词组的意义。对此解释最有说服力的是特伦斯·莱特，他认为书中提到的"economy"这个词

---

① 1821年詹姆斯·穆勒在《政治经济学要义》开篇第一句话就是："政治经济学之于国家，就像家政经济学（domestic economy）之于家庭。"此处的"家政经济学"倘若理解成一般意义上的"操持家务"或者"节俭"，则不符合前后文以及全书的语域和语气。穆勒在这句话后面紧接着的是："家庭需要消费，其消费必须由生产来供应。"其中所用都是经济学术语。由此可见，"domestic economy"以及"elegant economy"在语义上与经济学是紧密相关的。《克兰福德镇》中，"elegant economy"一词因为文化差异无法用中文完全翻译表达出来。刘凯芳、吴宣豪在他们的译本中将"elegant economy"译成"高雅的节俭"，他们在"节俭"与"经济"之间选择了前者，准确而达意；但是笔者认为这种译法有两个缺陷：第一，无法表达出它与政治经济（学）（political economy）之间的同构关系；第二，在文中语境里无法表达出盖斯凯尔对这种用法所传达的戏仿语调。在汉语中，"经济"一词的含义与"economy"一样丰富，可以表示管理和节约等意义。因此，笔者倾向于将它翻译为"雅致经济"。See James Mill, *Elements of Political Economy*, Boston: Adamant Media Corporation, 2005, p. 1.

涉及三种概念："与国家、银行以及商业有关的政治经济（学），① 与家庭持家理财掌控收支有关的经济（学），以及节俭意义上的经济（学）。"② 而最典型、最合理也最流行的一种解释则是詹姆斯·穆尔维希尔提出的观点，他认为盖斯凯尔用"economy"这个词时取的是更原始的意思，"指从操持家务到规范生活的所有一切"。③ 穆尔维希尔对"economy"一词意义的界定可以说明晰而准确，莱特对它的解释也周全而合理。批评界一般倾向于赞同穆尔维希尔的观点，认为盖斯凯尔在《克兰福德镇》中对"economy"一词的意义涵盖的主要是与节俭有关的生活态度。然而，如果我们打破《克兰福德镇》文本的封闭界限，将它放置到盖斯凯尔的社会批判视野中，会发现一个迄今为止仍被批评界忽视的理论角度：书中"雅致经济"（elegant economy）其实是对"政治经济（学）"（political economy）这一宏大叙事的戏仿式批判。盖斯凯尔不仅批判了以政治经济学为代表的自由市场经济对传统农业社会价值观的冲击，而且还反思了《谷物法》贸易保护主义引发的社会危机。

一 "雅致'经济'"的戏仿式批判

"政治经济（学）"中的"经济"（economy）一词源于古希腊语"家政术""Oikonomia"（οἰκονομία），其中"oikos"表示房子或家庭，"nomos"表示管理。它最初的基本含义指治家理财的方法，含有节约与管理等意思，后来它逐渐被扩大到治理城邦与国家的范围，衍生出"政治经济（学）"（political economy）一词。"政治经济学"概念早在17世纪初就起源于法

---

① "经济"一词在中国古汉语中早已有之，但与现代意义差距甚大。最早使用"经济"一词翻译"economy"的是日本1862年出版的《英和对译袖珍辞典》，此术语很受争议，同时还与"经济学""理财学"混用。"economy"传入中国后出现众多译法，梁启超在1896年引进日本术语，开始使用"经济"一词；虽然受到严复等人"计学""佐治"的挑战，但它在民国初年以后成为国内标准译法。"economy"一词可译为"经济学""经济术""经济""家政""实惠"或"节俭"等，都与管理、方法有关。其中"经济"与"经济学"的两重含义仅为中文翻译时措辞之不同，为便于行文统一，对此不再作细致区别。关于"经济"一词中文译法演变渊源，参见冯天瑜《"经济"辨析》（上、下），《湖北经济学院学报》2005年第6期、2006年第1期。

② Terence Wright, *Elizabeth Gaskell*: "*We Are Not Angels*"—*Realism, Gender, Values*, Houndmills: Macmillan, 1995, p.129.

③ James Mulvihill, "Economics of Living in Mrs. Gaskell's Cranford", *Nineteenth Century Literature*, Vol. 50, No. 3, 1995, p.343.

国，最早用于道德哲学领域，后来被引入英国并在18世纪被发展为研究国家经济的学说。经过亚当·斯密、大卫·李嘉图、马尔萨斯和约翰·斯图亚特·穆勒的发展，它在国家政治和经济体系中发挥出越来越大的作用，成为显学，一直都是使用频率很高的词汇；但是，在19世纪早期的文学界和知识界的很多人眼里，它却显得有些令人生厌。这或许与以下原因有关：以柯勒律治、华兹华斯、骚塞、海兹利特和狄更斯为首的文学界对经验主义概念的抵制，以卡莱尔（盖斯凯尔深受卡莱尔影响，并且在写作《克兰福德镇》前后他们来往密切，这在1848—1853年的五封书信中都有所体现）和威廉·戈德温为代表的思想界对马尔萨斯人口论的批判，以及社会舆论痛斥马尔萨斯和李嘉图二人联合起来以政治经济学原理为由公开反对甚至主张废除救助穷人的《济贫法》(the Poor Law)。①

政治经济学来源于治家理财的"家政术"，但它关注的是国家秩序与统治宏观层面的国家银行体系、商品的生产与分配等维系资本市场运转的大事，考虑问题的直接角度是从大局出发，而不是单个家庭和个体的利益。相比之下，克兰福德镇女人们的"雅致经济"关注的都是居家生活中细微琐碎的小事。除了几乎所有女人都感兴趣的服饰、发型、聚会、闲聊、牌局、美食和茶点外，她们还在意那些克兰福德式的关怀，比如说采集快要凋零的玫瑰叶做百花香囊送给家里没有花园的人，捎几小束薰衣草给城里人家点缀橱柜，或者给行动不便的人用来熏香。她们的这些行为在外面世界的人看来都是一些琐碎和平凡的小事，根本无足轻重和不屑一顾。② 两相对照，我们会发现盖斯凯尔在《克兰福德镇》中使用的"雅致'经济'"是对"'政治'经济"具有论战性质的隐射与模仿，她以滑稽和讽刺的语调来戏仿批判了"政治经济学"这个冠冕堂皇的词汇。在《克兰福德镇》中，用于研究国家治理和市场运转规律的国家"政治"被替换为女人们的个人"雅致"，成为她们为掩饰贫穷和吝惜琐碎物品而披上的华丽外衣。通过克兰福德镇女人世界的"'雅致'经济"对外面男人世界的"'政治'经济"的戏

---

① See Philip Appleman, "Introduction", *An Essay on the Principle of Population*, New York: Norton, pp. xvi-xxv; Elizabeth Gaskell, *The Letters of Mrs. Gaskell*, Manchester: Manchester UP, 1997, pp. 63, 65, 70, 162, 232.

② Elizabeth Gaskell, *Cranford and Selected Short Stories*, Hertfordshire: Wordsworth, 1998, pp. 38-39. 所有译文为笔者自译。后文出自该著的引文，将随文标出该著名称首单词和引文页码，不再另行作注。

仿，盖斯凯尔对后者做出了委婉却有效的批判。

盖斯凯尔本人与政治经济学之间有很深的渊源。有足够的证据表明精力充沛、涉猎广泛的盖斯凯尔在生活中对政治经济学也很感兴趣，她至少看过亚当·斯密的《国富论》，并且在这方面花了不少时间和精力。① 她的父亲威廉·史蒂文森在英国财政部供职，1824—1825 年还在《布莱克伍德》杂志上发表了多篇探讨马尔萨斯人口论的文章，题目就叫"政治经济学"。② 威廉·史蒂文森猛烈地抨击当时以马尔萨斯为代表的政治经济学家，称他们为"（政治经济学）科学迷宫里瞎了眼的向导"，称他们以数学确定性为基础的政治经济学为"骗局"。③ 盖斯凯尔受父亲这一方面的影响很深，在她的第一部小说，即 1848 年出版的《玛丽·巴顿》序言中，她就用表面看似谦虚实则带有鄙夷的语气说道："我压根就不懂什么政治经济学或者贸易理论，我只是试着真实地写作。如果我的描述和任何理论体系有重合或者冲突，纯属巧合。"④ "纯属巧合"（unintentional）这个词经常出现在文学作品的前言中，成为作者尽量避免笔墨官司的格式化托辞和程式化策略。盖斯凯尔在这里其实是正话反说，以表达她对政治经济学的抗拒立场。⑤ 然而，出乎她意料的是，《玛丽·巴顿》出版后，这句接近套语的陈述竟然授人以柄，成为不少卫道士批评家攻击的靶子，他们在小说中找出详细例证来证明盖斯凯尔在政治经济学方面的欠缺，进而质疑盖斯凯尔能否在小说中真实再现社会问题的能力。⑥

如果说盖斯凯尔在《玛丽·巴顿》中与"政治经济学"的第一次正面交锋以招致非议和压力而收场，那么她在《克兰福德镇》中与之进行

---

① See Elizabeth Gaskell, *The Letters of Mrs. Gaskell*, Manchester：Manchester UP, 1997, p. xxiii; John Chapple, *Elizabeth Gaskell：The Early Years*, Manchester：Manchester UP, 1997, p. 458.

② See Lisa Niles, "Malthusian Menopause: Aging and Sexuality in Elizabeth Gaskell's *Cranford*", *Victorian Literature and Culture*, Vol. 33, 2005, p. 307.

③ See Patsy Stoneman, *Elizabeth Gaskell*, Manchester：Manchester UP, 2006, p. 87.

④ Elizabeth Gaskell, *Mary Barton*, New York：Oxford UP, 2006, p. 4.

⑤ 参见殷企平《在"进步"的车轮之下：重读〈玛丽·巴顿〉》，《外国文学评论》2005 年第 1 期。

⑥ 其中就包括格雷戈（W. R. Greg）等人在《爱丁堡评论》、《曼彻斯特卫报》以及《英国季刊评论》等权威杂志上发表的批判性文章。具有讽刺意味的是，格雷戈来自工厂主家庭，毫无疑问，格雷戈是站在捍卫工厂主利益的立场。See Angus Easson, *Elizabeth Gaskell：The Critical Heritage*, London：Routledge, 1979, pp. 22–23.

的第二次遭遇战所采取的策略则更加委婉，产生的效果也更加温和。盖斯凯尔在《克兰福德镇》中多处运用隐射和讽喻以表现她对政治经济学的抗拒态度。在全书开篇不久她就提到克兰福德镇的女人们最不愿提的字就是"钱"，因为"这个字眼透着商业和贸易的铜臭味"（第 26—27 页）；而货币以及负责分配和交换的商品流通恰恰是政治经济学的核心因素之一。克兰福德镇的女人们对支配外部世界（即书中的工业城镇德拉姆堡所代表的工业资本主义）的市场力量采取刻意躲避的态度，她们用略显迂腐的"鸵鸟心态"来捍卫自己的价值观。

克兰福德镇的女人们不需要男人，因为"不需要在无谓的推理和争论上浪费口舌就可以决定所有的政治和文学问题……对穷人施以仁慈（这个基本不容争辩）以及在不幸中互相帮助、互相慰藉，在克兰福德镇有女人们就足够了"（第 25 页）。此处尤其需要引起注意的是括号中的内容，它明显表达了叙述者的强烈不满与讽刺。在 19 世纪 30 年代英国掀起了一场关于对穷人施以仁慈（济贫）这个社会问题的大论战。以马尔萨斯和李嘉图为代表的政治经济学家主张大幅削减国家和社会救济穷人的力度，迫使他们通过劳动养活自己，以此推动社会生产的发展。马尔萨斯认为《济贫法》限制了劳动力的流动，滋生懒惰，不利于节制人口增长，还导致食物价格增高、实际工资水平降低的恶性循环，《济贫法》效率低下，达不到救助穷人的初衷。[1] 如此导致的结论是外部救助机制无法根除贫穷，唯有靠穷人自己的道德约束才能实现自我救助。在这些政治经济学理论的影响下，1834 年的《济贫法修正案》结束了自 1601 年开始由各教区负责的松散的穷人救济制度，代之以国家统一的行政行为，同时提高享受救济待遇的门槛和大幅度削减救济力度，并引导和迫使穷人自食其力。马尔萨斯等政治经济学家为了"推动社会进步"和"治疗社会痼疾"，完全无视劳动阶层和贫苦人民的疾苦，这种利用人性中对饥饿的恐惧来"规训"穷人的态度被形象地概括成"饥肠辘辘出德行"（starving the poor into moral restraint）。[2]

盖斯凯尔在《克兰福德镇》中隐射了政治经济学家这种冷酷的立

---

[1] See Martin Daunton, *Wealth and Welfare: An Economic and Social History of Britain, 1851-1951*, Oxford: Oxford UP, 2007, p. 524.

[2] Kenneth Smith, *The Malthusian Controversy*, London: Routledge, 2006, p. 293.

场，描写了大量聚会和攀谈的社交场合，女人们在这些场合上招待客人用的餐具都很精美，食物却很缺乏："瓷器是精致的薄胎蛋壳瓷，银器是老式的，擦得铮亮；可吃的东西却少得可怜"（第31页）。盖斯凯尔运用对比的手法隐射了刚过去的"饥饿的40年代"。1839年英国遇到严重的经济萧条，并且接连三年遭受灾荒，更糟糕的是，从1815年就订立和实施的《谷物法》（the Corn Laws）为保护国内粮食生产而限制谷物进口，导致粮食价格飙涨。[1]《谷物法》的实质是贸易保护主义，维护的是土地贵族和托利党（保守党）人的利益。它对内抬高了食品价格和土地价格，对外导致他国提高英国工业品的进口关税，因此受到工商业资产阶级、辉格党（自由党）人和自由贸易论者的激烈反对。这个让民众饱受饥饿的《谷物法》恰恰正是马尔萨斯当年以政治经济学的理由强烈呼吁英国政府颁布的。[2] 以马尔萨斯为代表的"无情"政治经济学遭到社会各界的猛烈抨击。盖斯凯尔也"和政治经济学划清了界限，因为她相信支配社会关系的不是盲目的市场力量，而是合乎道德的仁慈姿态"[3]。盖斯凯尔在《克兰福德镇》开篇对克兰福德生活方式进行界定的时候采取了影射的方式，声讨代表父权统治力量的政治经济学以牺牲个体幸福来换取社会进步的做法，讽刺冷冰冰的政治经济学对穷人的无情。虽然盖斯凯尔可能对自由贸易以及海外殖民政策持有一定的保留态度，[4] 但她与极力主张自由贸易的"反谷物法联盟"领袖理查德·科布登（Richard Cobden）和约翰·布莱特（John Bright）等人往来密切；[5] 更重要的是，在《克兰福德镇》的文本世界里，最后将女主角马蒂拯救出经济窘迫境地的是她从海外殖民地归来的哥哥彼得，以及他从东方带回来的财富。彼得的

---

[1] 《谷物法》的制定和施行当然也有一定的必要性，比如说它的制定与废除一直都与国家粮食安全等问题的讨论联系在一起。See Cheryl Schonhardt-Bailey, *From the Corn Laws to Free Trade: Interests, Ideas and Institutions in Historical Perspective*, Cambridge, MA: MIT Press, 2006, p. 9.

[2] 与马尔萨斯不同，大卫·李嘉图支持自由贸易，反对《谷物法》。

[3] Patsy Stoneman, *Elizabeth Gaskell*, Manchester: Manchester UP, 2006, p. 45.

[4] Elizabeth Gaskell, *The Letters of Mrs. Gaskell*, Manchester: Manchester UP, 1997, pp. 147-148, 655.

[5] Ibid., p. 985.

回归不仅使马蒂摆脱了个人财务困境，还使整个女性社区摒弃以前的偏见和分歧，重塑团结的新女性社区（第174页）。在这种意义上，开拓殖民地与自由贸易是克兰福德镇的拯救力量。

《克兰福德镇》对政治经济学的论战不仅体现在局部言语讽喻上，也同样体现在全书的谋篇布局上。《克兰福德镇》最长的情节之一是马蒂投资的银行破产及其引起的系列事件。货币与金融体系是政治经济学力图掌控经济秩序的核心组成部分，《克兰福德镇》将银行破产事件作为全书前后两部分叙事的转折点是有深刻象征意义的，在某种意义上它象征着英国政治经济学家经世济国愿望的失败。从1836年开始，英国的金融体系面临崩溃的危险，连英格兰国家银行都险些破产，最后在法兰西银行的帮助下才摆脱窘境，许多乡村银行因破产无法支付储户存款，引发民众大规模的恐慌，并对政府的财政政策产生不满情绪。[①] 虽然到了《克兰福德镇》出版时的50年代初期，英国经济已经步入繁荣时期，但三四十年代这段黑暗的记忆早已深入当时读者的心中。《克兰福德镇》中对银行破产危机的描写在盖斯凯尔与她同时代的读者心里会引起共鸣，但是对已经脱离当时具体历史语境的当代读者来说，这一点已经无法察觉。相反，如果站在维多利亚时代的历史语境之外，用回溯的眼光来考察这段历史，当时英国金融和银行体系的溃乱及其后的复苏似乎正是以政治经济学为指挥棒的资本主义经济秩序的自我调节和修复。政治经济学的经济周期理论也预测到了经济的衰退、萧条、复苏和繁荣的循环与消长关系。[②] 长期接触到政治经济学的盖斯凯尔对这一点自然不乏了解，可她仍然使用银行破产事件作为《克兰福德镇》的主要情节线索之一和叙事核心驱动事件，显然意在以虚构叙事来控诉社会机制的失衡：作为精英阶层的政治经济学家为推动社会进步开出了药方，而为它付出代价的却是普通大众。

二 "雅致经济"的反讽式揭露

耐人寻味的是，《克兰福德镇》批判的锋芒一直都被忽视和掩盖，它常

[①] See Alan Horsman, *The Victorian Novel*, Oxford: Clarendon Press, 1990, p. 276.

[②] 在19世纪50年代，经济周期理论虽然没有系统地理论化，但西斯蒙第（Sismondi）和马尔萨斯在19世纪初期提出的消费不足论已经明确预见了资本主义经济危机发生的必然性。

常被解读成美满和谐的田园牧歌;① 也就是说盖斯凯尔所用的"雅致经济"最终并没能达到论战"政治经济"的效果。笔者认为,究其原因在于盖斯凯尔对"雅致经济"这个概念使用戏仿式批判的同时,还使用了反讽这种意义更不确定的修辞手法,而且使问题变得复杂的是,盖斯凯尔同时在社会形态与性别政治两个维度展开反讽:既反讽克兰福德镇式田园生活本身的历史局限性,又反讽以集体力量形式反抗父权社会的女性社群本身。

约翰·切博认为盖斯凯尔的"雅致经济"一词可能源于 1845 年艾丽莎·阿克顿 (Aliza Acton) 的食谱《现代烹饪》(Modern Cookery), 其中有"雅致经济者的布丁"(elegant economist's pudding) 这一条目。② 具有反讽意味的是,"雅致经济者的布丁"指的是利用制作圣诞节布丁的剩料做出的布丁。③ 它以一个优雅和体面的名称掩盖了作为边角料的事实, 和"挑选"的本意比较起来, 这种"被挑剩"的"雅致"具有强烈的反讽意味。"雅致"(elegant) 源于拉丁文"ēlegāns"表示精心挑选的意思, 它在最早("前古典时期")是贬义, 在语气上具有某种责备的意味, 表示在选择行为上过于讲究。④ 在盖斯凯尔的"雅致经济"中,"雅致"已经脱离撷取精粹的本义, 并不是在丰盛的物品中很讲究地精心挑选和占有, 而是讽刺性地走到了对立面, 成了保持体面的说辞, 用来遮掩物品匮乏和使用剩料的尴尬境地。克兰福德镇女人们奉行的"雅致经济"反映的是对针头线脑、纸张蜡烛和面包糖块之类生活物品过分节俭和吝惜到反常状态的怪癖心理。这种极端贫穷和饥饿年代遗留下来的生活习惯和 50 年代英国社会的繁荣景象是完全不相符的。1851 年 3 月 30 日开始的人口普查和 5 月 1 日开始的首届世博会向世人证明, 在 19 世纪 20 年代到 40 年代期间纠缠英国的经济危机已经消除, 那段艰难岁月已经成为历史。⑤

---

① Peter Keating, "Introduction", *Cranford and Cousin Phillis*, Harmondworth: Penguin, 1976, p. 10.

② John Chapple, "Notes to *Cranford*", *Cranford and Selected Short Stories*, Hertfordshire: Wordsworth, 1998, p. 176.

③ Alan Davidson, *The Oxford Companion to Food*, New York: Oxford UP, 2006, p. 4.

④ 到了古典拉丁语时期, 它的语义发生了巨大转变, 成为褒义, 具有典雅、考究和精致等意义。

⑤ See Martin Daunton, *Wealth and Welfare: An Economic and Social History of Britain 1851–1951*, New York: Oxford UP, 2007, p. 168.

第二章 《克兰福德镇》故事与话语的离散力量

和先辈简·奥斯丁以及玛丽·米特福德（Mary Russell Mitford）等人一样，盖斯凯尔在书中大量使用了自由间接引语来表达反讽。对于它们在叙事和意义形成过程中的作用，J. 希利斯·米勒在他的《解读叙事》中已经做出了详细的探讨和精彩的分析。不过他是从解构主义的立场出发讨论自由间接引语这种话语叙述方式中存在的不确定性和悬置意义的行为。下面，笔者将从修辞的角度出发，探究在叙事进程中反讽会产生怎样的效果。

我们先来考察一下《克兰福德镇》发表前后的社会语境，就会发现它的文本与社会语境之间存在的巨大反讽所造成的裂缝。在英国历史上，1851 年代表了一个崭新的开始，它揭开了长达二十余年的经济大繁荣时期。此时的英国摆脱了 40 年代由经济危机和工人运动所带来的社会动荡的阴影，政局安泰稳定，军事力量占有绝对优势，经济高速发展，对外贸易通达活跃，从海外殖民地掠夺来的大量财富源源不断地反哺本国经济。所有这些叠加到一起将大英帝国渐渐推向鼎盛时期。1851 年 5 月 1 日到 10 月 15 日在伦敦海德公园的水晶宫举行的第一届世界博览会在英国历史上无疑具有标志性的意义，对英国人的国民性有着深刻影响。这次展览在英国商品消费文化的发展史上也有里程碑式的意义，展览中琳琅满目的商品让英国民众大开眼界，自此之后，奢靡的室内装修风格和夸张烦琐的家具摆设就在英国风行开来。从某种意义上来说，这次展览会极大地满足了国民对英国作为世界霸主地位的虚荣心，同时也极大地助长了维多利亚人生活习气中追求奢侈和炫耀的风气。人们越来越热衷于豪华的家居装饰、富丽精致的生活器皿以及美食。在家里精心摆设、举行聚会日益成为流行的社交方式，成为向外人展示和炫耀自己经济实力和审美品位的重要渠道。[①] 正是在这样的历史大背景下，《克兰福德镇》当年 12 月在狄更斯的周刊《家常话》上开始连载了。

盖斯凯尔在《克兰福德镇》中创造了"雅致经济"一词。作为"克兰福德式"生活习气的核心理念之一，它掩饰的是对针头线脑、纸张蜡烛和面包糖块之类生活物品过分节俭和吝惜到反常状态的怪癖心理。这种过于节俭的生活方式跟 50 年代的社会风尚是格格不入的。彼得·贝利指出，在维多利亚时代"中产阶级家庭招待客人越来越成为一种潮流，尤其是以

[①] 《克兰福德镇》多处描写到了聚会上的餐饮用具和器皿如何精致（第 31、96、97 页），家具如何奢华（第 95 页）。

宴饮的形式，其越来越奢侈铺张的风气正是这个阶级消费水平提高的一个主要标志，它已经背弃过去勤俭节约的传统"①。由此我们可以看到，在当时的社会历史语境下盖斯凯尔对《克兰福德镇》"雅致经济"的描述有着很强的反讽意味。克兰福德镇的女人们过度的勤俭节约隐藏的道德评价不是赞许而是冷嘲。她们因为贫穷而忌讳提到"钱"这个字，认为它"太庸俗"，这种对待金钱的"鸵鸟心态"和"酸葡萄心理"在当时的读者看来应该会很有讽刺效果（第 27 页）。维多利亚时代开始时，英国社会已经基本完成由早期资本主义向发达资本主义的成功转型。典型的资本主义生活方式已经成为社会的主导意识形态，工业社会的价值观已经极大地冲击了传统的农业社会价值观。随着工业化的繁荣、消费文化的兴起和拜金主义的盛行，人们对体面（respectability）和贫穷的理解已经和以前不一样了。赤裸裸的拜金主义已经成为纠缠社会的顽疾之一。实证主义哲学家斯宾塞（Herbert Spencer）指出："从幼时起，维多利亚人就被周围的言行给灌输了这种理念：财富和体面是同一件东西的正反两面。"② 克兰福德镇的女人们无法改变自己贫穷的状况，她们对经济和商业一窍不通，所以她们唯有避讳提到金钱才能保持自己微薄的尊严。结合盖斯凯尔创作《克兰福德镇》前后的历史语境，读者在解读小说时对克兰福德生活方式——"雅致经济"的反讽式揭露意味就可以理解得更加深刻。

　　盖斯凯尔受邀为狄更斯的《家常话》写作时，她对自己作品潜在的读者群定位非常了解。《家常话》秉承了英国报刊业自 18 世纪以来一直"寓教于乐"的宗旨，是一本专门给中产阶级提供消遣，并通过娱乐提供教化作用的杂志，它的目的读者群是城市里（尤其是伦敦等大城市）的中产阶级家庭。盖斯凯尔在受邀写作《克兰福德镇》时将这一点充分考虑了进去，她将整个作品的受述者设定为伦敦等大城市的中产阶级人士。于是，在第 1 章"我们的社会"这篇界定克兰福德式生活方式特性的章节中，玛丽·史密斯作为叙述者直接在几处地方公开地向她的受述者发话交谈，拉近与受述者之间的距离，用反讽的语调疏远自己作为叙述者与故

---

① Peter Bailey, *Leisure and Class in Victorian England: Rational Recreation and the Contest for Control, 1830-1885*, London: Routledge, 1987, p. 72.

② Walter E. Houghton, *The Victorian Frame of Mind: 1830-1870*, New Haven: Yale UP, 1957, p. 184.

事中人物的距离。这在前面两章中最为明显。叙述者在开篇后即叙述克兰福德镇与时代落伍的一些行为举止,在讲述一位大龄未婚女子撑一把几十年以前的破烂红绸伞的故事时她用讽刺和不屑一顾的语气突然向受述者发问:"你们伦敦现在还用红绸伞吗?"(第 26 页)言下之意是自己和受述者一样当然知道伦敦现在早就不用这种过时的红绸伞了。这种方法在前面两章里还出现了两次:"你在伦敦看过有奶牛穿灰色绒布背心吗?"(第 29 页)"你们在伦敦会在地毯上铺纸给客人走吗?"(第 37 页)叙述者通过和受述者交流他们共同掌握的文化资本来获得彼此的认同。叙述者在这里跳出故事层面,在叙述话语的层面上直接和受述者展开交流,其目的当然是邀请受述者一起和自己从外面用一种屈尊和怜悯的眼光来看待故事中的人与事,这样可以大大加强故事层面的反讽揭露效果。叙述者用这种和受述者交流的方法固然可以拉近他们之间的距离,可是这样一来同时也就疏远了受述者与故事中人物之间的距离,使他们对故事中人物的滑稽行为无法产生同情,更别提认同了。

同时,在盖斯凯尔笔下,克兰福德镇的女人们都有自己独特却有趣的怪癖和小缺点。这些迥异于当时维多利亚主流文化的行动在当时的读者眼里产生滑稽的效果。而之所以看起来滑稽是因为读者以屈尊的眼光看待故事中人物,认为自己远比她们要好。如此一来,读者与人物之间的心理距离就更疏远了。而这个并不是盖斯凯尔在《克兰福德镇》中所想得到的结果,她需要读者对书中的女性群体产生怜悯和同情,甚至在一定程度上对她们进行认同。于是叙述者在第 2 章的后半部分改变了自己在前面叙述中主要在话语层面对克兰福德镇女人们的一些怪癖习惯进行静态描述和外部描写的做法;她通过关于布朗上尉(或者更确切地说是在他去世以后)的叙事线条将女人们的言行统一起来,更多地将重点放在刻画克兰福德镇女性群体的友爱与同情心上。

我们再来看看在写作《克兰福德镇》的时间前后盖斯凯尔本人操持家务的过程中关于节俭与消费以及对待金钱的态度。在 1851 年 9 月 1 日写给安·罗伯森(Anne Robson)的信中提到她们家经济情况不是很宽裕:"住这么大的房子付房租有点吃不消,女儿玛丽安娜读书也要一笔费用,所以不打算再装修客厅了,想是想,不过生活不得不节俭一些。"[①] 从这

---

① Elizabeth Gaskell, *The Letters of Mrs. Gaskell*, Manchester: Manchester UP, 1997, p.159.

句话的后半部分我们可以看出盖斯凯尔话语中表达出的无奈。同年 12 月在写给艾丽莎·福克斯的信中，盖斯凯尔更是直接提到了"雅致经济"：

> ……现在是周末了，我可以舒适地坐下来给你写信，穿着一身新的长裙，缀着蓝色的丝带，清清爽爽地迎接圣诞节的到来——买得很便宜，就像我们在克兰福德镇说的"雅致经济"。你可能会觉得我疯了吧，可是我没有。①

盖斯凯尔在这里有自我解嘲的幽默意味，但是从这里我们可以看到"雅致经济"这个概念和用法在当时的人们看来是荒诞不经的，乃至于盖斯凯尔都担心对方会以为她"疯了"（have gone crazy）。有意思的是，盖斯凯尔本人对金钱的态度似乎也与《克兰福德镇》女人们在市场经济规则前的束手无策形成鲜明的对比。生活中的盖斯凯尔既是贤淑称职的居家女人，又是个很有经济头脑的职业作家。1855 年 4 月 24 日及 1856 年 8 月 27 日盖斯凯尔在写给出版商查普曼的信中都直接交涉关于再版《克兰福德镇》的稿酬问题，并据理力争地要求出版商提高稿酬和加快支付速度。② 即使此书很受读者欢迎，由于在版权费问题上出现分歧，而盖斯凯尔又毫不退让，结果导致《克兰福德镇》在 1856—1863 年一直没有再版过，使得她自己都向女儿抱怨"《克兰福德镇》和黄金一样有价值，却已经绝版了"③。

"雅致经济"这个词汇在全书中出现的地方是在第 1 章开始后不久，被引出来的缘由是介绍克兰福德镇的一些略显古怪的习俗，比如晚间招待客人时不能摆阔，在文章中是这样叙述的：

> 此外，如果晚上拿出什么贵重的东西——什么吃的呀、喝的呀——招待客人还会被看作是"俗气"（在克兰福德镇这可是个可怕的字眼）。薄奶油面包片和松饼是尊贵的贾米逊夫人招待客人时端出

---

① Elizabeth Gaskell, *The Letters of Mrs. Gaskell*, Manchester: Manchester UP, 1997, p. 174.
② Ibid., pp. 340, 407.
③ Peter Keating, "Introduction", *Cranford and Cousin Phillis*, Harmondworth: Penguin, 1976, p. 9.

来的全部东西；她可是已故的格兰米尔伯爵的弟媳，虽说她确实奉行这种"雅致经济"。（第27页）

叙述者在这段话里的反讽语气是相当明显的：其一，注意破折号所框起来的物品"什么吃的呀，喝的呀"。叙述者在表述这句话时故意将吃的与喝的与前面的句子隔离开来，潜台词是"别的东西都可以贵重，只有吃的喝的不能贵重"。这一点在后文中可以得到印证。如上文已经提到的在书中多次出现的描述："瓷器是精致的薄胎蛋壳瓷，银器是老式的，擦得铮亮；可吃的东西却少得可怜。"（第31页）"瓷器是非常精致的，碟子是非常古朴的，面包和奶油是非常稀薄的，糖块也是非常细小的。"（第96—97页）可以看出，叙述者在叙述进程中不断地重复、强调这个对比有着深刻的反讽式揭露意味。另外，在上面这段引文的最后，叙述者介绍贾米逊夫人的"雅致经济"时，还着重提到她的身份——"已故的格兰米尔伯爵的弟媳"（第27页），一个贵族家庭待客之道居然如此小气。叙述者对她的反讽非常强烈。

叙述者对这种所谓"雅致经济"的反讽在后面第8章"尊敬的夫人"中表现得更加明显，那是贾米逊夫人邀请大家去她家做客时发生的故事。当时，叙述者看到贾米逊夫人招待客人的糖块实在太寒碜，她是这样叙述的：

> 很明显，糖是贾米逊夫人最在意的"经济"。我现在怀疑那把金丝镶边、细得像剪刀一样的糖钳到底能不能打开夹起一块老老实实的、俗气的、像样大小的糖块。为了避免让人看见我老在糖罐里夹来夹去的，我就试着一次夹起两小块来，其中一块果然掉了，当的一声脆响，故意想让我出丑。（第97页）

在这段话里有一个动词的时态尤其值得注意，那就是"怀疑"（question）。这段话，甚至全章节都是用过去时叙述的，唯有"怀疑"使用的是现在时。在这里叙述自我从话语层的背后跳了出来，发出了自己的声音。这就意味着这句话里的伦理价值判断是叙述者在叙述这个事情的时候所做出的，而不是发生在故事中的经验自我身上。这表明玛丽·史密斯在多年后叙述这个故事时仍然带着愤懑情绪，她对"'雅致'经济"的讽刺看法并没有改变。同时，她说"俗气的"糖块的时候明显是用反讽的语调，重复自己在前文中对"俗气"一词正话反说的价值判断。玛丽·史密斯将自己出丑一事归结于贾米逊夫人及其所代表的"雅致经济"。同时她在这里也用"老老实实"一词的反讽意义为后文紧接着的叙事留下一个预叙的线索，以揭露"雅致经济"的虚伪：不久，端上来一些吃喝的东西：

> 小银壶装着奶油，大银壶装着牛奶。莫林纳刚进门，卡洛就迎上前讨东西吃，虽说我们也肚子饿得慌，但囿于礼仪不敢这么做。① 贾米逊夫人向我们打招呼，说她得先喂一喂她那个不会说话的小宝贝。她接着就倒了一碟子牛奶和奶油放在地上让他舔着吃，还夸她这个可爱的小宝贝真是既精明又懂事，他就是喜欢奶油，如果只喂牛奶的话，他经常理都不理。这么一来，牛奶就剩下给我们了；我们没有说话，可心想我们并不比卡洛傻。奶油本来是我们的份儿，现在被它吃个精光，可主人还要我们欣赏那只小东西摇头摆尾的得意样子，这不是先伤害我们然后再侮辱我们吗？（第97页）

在这段话里，"雅致经济"中"雅致"的虚伪性被彻底曝了光。叙述者在这里用自由间接引语的方式对这种克兰福德式的生活理念做出了讽刺的揭露。原来贾米逊夫人并不老实，她不是没有好东西招待客人，而是宁愿拿来喂狗；而克兰福德镇的女人们在做客时不仅想吃好东西，甚至饿得想上前去讨要，只因为"囿于礼仪"才不敢这么做。叙述者通过直接引述贾米逊夫人的"这么一来，牛奶就剩给我们了"这句话表达了自己强烈的不满，不过她还不满足，她觉得自己的愤怒无法用自由间接引语这种发式来传达，终于在最后直接站出来发出自己的声音："这不是先伤害我们然后再侮辱我们吗？"

盖斯凯尔对"雅致经济"的反讽式揭露不仅表现在对贾米逊夫人的描写上，同时也对马蒂在使用蜡烛方面体现的"经济"做出讽刺。马蒂经常吹灭了蜡烛就着壁炉的火光织毛衣，晚上喝茶也只点一支蜡烛；马蒂为了节约蜡烛不惜摸黑，玛丽·史密斯也跟着受罪，经常在晚上呆坐着什

---

① 莫林纳，贾米逊太太家的男仆人；卡洛，贾米逊太太家的狗。

么事也做不了,所以她戏谑地称马蒂的这种不点灯的做法使她被迫地度过"盲人的假期"(blind man's holiday)(第63页)。当然,盖斯凯尔在对贾米逊夫人和马蒂进行讽刺时所用的策略是不一样的。贾米逊夫人是凌驾于叙述者所在的中产阶级女性阶层之上的贵族,很难得到她们的情感认同,所以用的是揭露式讽刺;而马蒂则是叙述者的好友与同侪,所以用的是戏谑式幽默。更为关键的是,克兰福德的女人们尽管各自都身体力行自己的"雅致经济",可事实上她们根本就不懂经济,或者说她们用来操持家务和规范生活的这一理念本身存在巨大的荒谬性。她们只关注针头线脑的小事,对于如何经营与谋生却一窍不通。对马蒂这些中产阶级妇女来说,她们盼望独立却又没有能力践行独立,因为她们从小受到的教育和被赋予的社会角色就是成为贤妻良母式的"家中天使",对于谋生方面的知识则基本一窍不通。正如迪博拉·罗根所言,"经济或者其他意义上的独立自主无法和体面(respectability)共存,这是《克兰福德镇》这部小说的中心悖论"①。克兰福德镇的女人们被局限在家庭领域的范围内,究其原因还在于父权制社会体制中依据男女性别对立而对社会空间做出的分割。以马蒂为代表的女性在市场经济关系方面表现出来的缺陷和局限性并非源于她们本身,而是源于用教育、礼仪和道德等方式压制她们的父权制社会本身。②

---

① Deborah Anna Logan, *Fallenness in Victorian Women's Writing*, Missouri: U of Missouri P, 1998, p. 198.

② 女子教育一直是棘手的社会问题,围绕此事产生一个无法回避的矛盾:如何使女性掌握居家的技能,同时又不会跨越被赋予她们的权利范围。因此,女性所受的教育内容和目的都被严格限制在是否对维持其家庭主妇身份有用(utility)上。亚当·斯密带有工具理性的观点或许从反面可以给出一些启示。他在《国富论》第5篇第1章第3节中评述英国的教育问题时,从政治经济学角度对英国在教育女子问题上的高度实用性给出了很高的评价,他指出,英国社会没有专门的公共机构来教育女性,因此,"女子教育的普通课程中,便全没有无用的、不合理的或者幻想的东西。女子所学的,都是她的双亲或保护者判定她必须学习,或者学了对她有用的课程,而别无其他东西。她所学的一切,无不明显地具有一定的有用目的:增进她肉体上自然的丰姿,形成她内心的谨慎、谦逊、贞洁及节俭等美德;教以妇道,使她将来不愧为家庭主妇等等。女子在她的整个生涯中,会感到她所受教育的各部分,差不多没有一个不对她有某种方便或利益"。[英]亚当·斯密:《国富论》(下),郭大力、王亚南译,生活·读书·新知三联书店2009年版,第154页。

三 "雅致经济"对现代化进程的反思

古典政治经济学是资本主义社会维持正常运转的重要基石,自诞生之日起,它的男性中心主义立场、经验主义以及阶级阴谋论等意识形态含义就相当明显。自从18世纪以来,在洛克和休谟的早期自由哲学思想传统中,政治和经济秩序依赖于妻子对丈夫的服从,他们认为那是一种天然的状态,女人生而就是男人的附属品。[1] 直到19世纪中期这种思想还体现在经济、政治、司法和生活的各个方面。女性的社会地位非常低微。在大量的哲学和文学等文化叙事中都可以看到,当时的女性没有独立的地位,她们必须依附于男人,女人通过男人才能界定自己的身份。

盖斯凯尔在《克兰福德镇》中借用了家庭话语对公共话语进行戏仿式批判,以表达她对现代化进程所带来的社会危机的忧虑。"雅致经济"这个词汇由"雅致"和"经济"两个语义成分组成。盖斯凯尔通过拆分两个语义单元,并分别对之采取不同的修辞策略:对"经济"实行戏仿式批判;对"雅致"进行反讽式揭露。通过戏仿式批判"政治经济学","雅致'经济'"就具备了前者的部分特质,这是它本身不应该有,却讽刺性地直接占有,因此它具有公开的论战性;通过反讽式揭露"不雅致的行为"(即过分节约以及自欺欺人性质的借口),"'雅致'经济"也具备了这一概念的部分特质,这是它本身该有,却讽刺性地使它处于不在场,因此它便有了隐蔽的论战性。这样一来,同一个概念就具备了两个不同方向的意义投射领域,在同一物体上形成两股不同方向的离散力量。它直接的结果就是使得这两种方向相反的批判力量在很大程度上相互抵消,极大地削弱了批判的锋芒,导致读者对"雅致经济"所代表的克兰福德式意识形态既无法拒绝(因为戏仿式批判)也无法认同(因为反讽式揭露)。这样,在伦理价值判断维度就形成了一个双方力量相对动态平衡的临界点,这对盖斯凯尔来说是一个具有全局性意义的战略位置。这个位置如此重要,以至于盖斯凯尔在全书第1章开篇后马上就提出这个重要的概念。盖斯凯尔在叙事的不同阶段将重心分别偏向这两股不同的离散力量,动态的平衡就立刻被打破,她便可以利用叙事距离的变化影响和引导读者在伦

---

[1] See Miranda J. Burgess, *British Fiction and the Production of Social Order 1740–1830*, Cambridge: Cambridge UP, 2000, p. 122.

理价值上的判断。"雅致经济"这一核心理念同时具备的戏仿式批判和反讽式揭露这两种离散的叙事力量使《克兰福德镇》在伦理维度出现含混和不确定性。

非情节型叙事模式最大的缺点在于其结构松散,在叙事过程中断裂之处过多,缺乏有机连贯性,而有机连贯性恰恰是一百多年以来读者对现实主义流派小说所固有的阐释期待。在叙事进程的断裂处,隐含作者无法影响和引导读者的伦理价值判断,这样的话,读者解读文本时就无法朝一个方向形成持续稳定的伦理价值判断。在内部充满过多断裂与矛盾的状态下,读者就会转而将注意力集中到局部。而局部特征最明显的莫过于戏仿式批判与反讽式揭露出现的地方。叙述者在利用戏仿式批判与反讽式揭露的力量调节故事中人物与读者之间距离的时候,在话语层面过多地使用反讽式揭露,使之处于显性地位,而戏仿式批判的力量则比较零散,且处于隐性地位。盖斯凯尔在使用反讽式揭露时大都配有趣闻逸事,形象具体且易于记忆;而戏仿式批判却在形而上的层次上运作,抽象而隐晦。因此,它便导致戏仿式批判与反讽式揭露之间的力量产生失衡,重心偏向反讽式揭露一侧。读者在阅读《克兰福德镇》的过程中更多地感觉到叙述者对故事人物的温情反讽,而反讽最直接的效果就是使人会心一笑。所以读者和批评家容易看到《克兰福德镇》描绘的乡村风俗喜剧色彩,而忽视盖斯凯尔在其中对现代化进程的反思。

《克兰福德镇》写作的时代背景是 19 世纪 50 年代初期,此时,工业化和现代化进程在不断深化,《谷物法》也已经在 1846 年被废除了。此时代表工商业资产阶级利益的辉格党实力越来越壮大,自由贸易理论大行其道;而主张贸易保护主义的土地贵族阶层却失去实力。在这一历史背景下,长期以来由乡村土地贵族掌握的财富和权力加速转移到城市资产阶级手中,土地贵族的经济状况逐渐每况愈下。《克兰福德镇》的贾米逊夫人来自于乡村贵族阶层,但是家道已经中落,生活变得拘谨而窘迫。因此,虽然贾米逊夫人招待客人的食物都上不了台面(第 86 页),但她仍然要故意当着别人的面夸耀自己家的狗喜欢吃贵重的奶油,而不喜欢喝牛奶(第 97 页);迫于食糖涨价(第 96 页),为了节俭家用只能端出小块的糖招待客人,但她仍然要配上一个金丝镶边的糖钳;自己家里只有蔬菜饼干招待客人,她便托辞不喜欢沾边贵重的果仁蛋糕,"觉得它有股肥皂味",但是在巴克小姐家看到这种点心时,她却仍然要用贵族的做派,"带着沉思和娴静的表情吃了三大块"（第 86 页）。与贾米逊夫人（贵族）以及马蒂小姐（中上层阶级）日益困窘的生活状况形成鲜明对比的是巴克小姐（商业资产阶级）财富的逐渐崛起。① 巴克小姐的父亲曾是小职员，姐姐曾是贾米逊夫人的女仆，后来姐妹俩开了高档女帽店，积累了大量财产（第 81 页）。克兰福德镇的土地贵族后裔、乡绅和小农场主阶层待客之道都是"雅致经济"，因此"饥饿"这个词在小说中不断被提及（第 55 页、86 页、88 页、97 页）；只有在巴克小姐家才可以见到茶盘上"装满了丰盛的糕点"，餐桌上才有"扇贝形的生蚝、罐装的龙虾、果冻、白兰地泡杏仁饼干"。巴克小姐还特意拿出其他人见都没见过的樱桃白兰地酒，她们都不好意思品尝，最后是贾米逊夫人带头被说服了，"迁就地"喝了一点点（第 86—87 页）。

贵族和上层家庭受惠于封建恩荫制，继承人之外的其他贵族子嗣虽然没有继承权，但仍然可以分配到家传的精美器皿和装饰考究的房屋等财产。在土地贵族权力日益削弱的情况下，他们的收支严重失衡，不得不紧缩家政开支。然而，为了维持自己的尊贵身份，争取象征权力，他们便运用一系列社交和话语策略来维持自己的贵族形象；"雅致经济"管理家政的方法就是他们用来塑造象征权力的重要手段。贾米逊夫人等人用"雅致"的社交策略使自己的家政优雅化，用神化的语言来掩盖拮据的经济状况，以此塑造贵族阶层的道德优势。实际上，在旁人看来，丧失经济实力的贵族早已没有了往日的威严，连波尔小姐都敢对贵族夫人品头论足，用戏谑的语气说道贾米逊夫人的弟媳妇格伦米尔夫人"穷得像约伯一样"（第 90 页）。② 在反映贾米逊夫人妯娌两个贵族家庭衰落的家道景象时，"雅致经济"不仅表达了对贵族生活方式的反讽，同时也隐隐折射出贵族阶层在历史舞台上逐渐没落时的凄凉身影。

《克兰福德镇》描写的是乡村中上层阶级妇女的家庭生活，可是盖斯凯尔并没有完全将注意力局限在幽默的轶事和乡村生活的温情上，她在叙

---

① 马蒂的父亲是教区长，受过良好的教育，根据英国阶级区分机制，她们家属于上层中产阶级。巴克小姐父亲是小职员，自己是小店主，属于下层中产阶级。See Sally Mitchell, *Daily Life in Victorian England*, Westport: Greenwood Press, 1996, pp. 18–22.

② 格伦米尔夫人后来嫁给了家境宽裕、但名字却粗俗的乡村医生霍金斯，贾米逊夫人认为这有损贵族体面，遂与她结下仇怨。霍金斯（Hoggins）一词的前半部分是"猪"（Hog），故而受到克兰福德镇女人们的讥笑（第 83 页）。

事进程中不断突破家庭话语的界限，在反讽贵族阶层用神化语言维持自己象征权力的同时，引入公共话语对"政治经济学"进行戏仿式批判，反思这些公共经济政策所引起的社会危机。《克兰福德镇》展现了英国社会在现代化进程中农业文明与工业文明、土地贵族与资产阶级、社会精英与普通民众之间的诸多社会矛盾。在"雅致经济"这个简约的概念上，我们可以找到这些庞杂而宏大的历史叙事相互之间的冲突痕迹。"雅致经济"是一个充满生活细节的窗口，从中可以窥探到盖斯凯尔对英国现代化历史进程复杂性的呈现与反思。

第四节　女性乌托邦叙事：故事与话语的断裂

如果要将《克兰福德镇》视为描绘女性乌托邦的小说，那么它的逻辑前提是书中描绘的是一个比现实更为美好的社会，它的生活方式优于现存社会的生活方式，处于一种静态停滞的状态，也就是乌托邦小说的状态。笔者认为，克兰福德镇是一个遭受资本主义市场经济汹涌洪流冲击的孤岛，虽然带着依依不舍之情，可它正在越来越快地被现代化进程的历史潮流所同化。盖斯凯尔确实想通过《克兰福德镇》建构一个具有乌托邦色彩的女性社区，但同时《克兰福德镇》的叙事进程又展示了这个女性社区难以摆脱的困境，讲述了它向现实尴尬而痛苦的归附过程。《克兰福德镇》的叙事进程中，话语层与故事层之间存在断裂，这些断裂最终消抹了它成为纯粹女性乌托邦小说的可能性。《克兰福德镇》在建构一个具有乌托邦色彩的女性社区的同时，又暗示了这个女性乌托邦理想幻灭的必然之势。

一　脆弱的女性乌托邦：女性社区在故事层与话语层的断裂

在叙事进程的这些断裂中，最有标志性意义的莫过于女性群体本身在故事层与话语层的断裂之处。全书开头部分叙述者带着戏谑和反讽的语气说道：

> 头一件要说的是，克兰福德镇是由亚马逊女战士[①]掌控的地方，

[①]　亚马逊女战士（the Amazons），古希腊传说中的女性族群，以强悍善战和厌弃男性闻名。

凡是租金较高的房子房东都是女人。如果一对已婚夫妇来住到这个镇上，不知怎的，男人就会消失。他要么因为发现自己是克兰福德镇晚间聚会上唯一的男性而吓得半死，要么就是外出服役、出海或者整个礼拜都待在临近的商业大镇德拉姆堡打理生意，去那儿坐火车只有二十英里。一句话，不管怎么着，男人们都不待在克兰福德镇。（第25页）

第一人称叙述者的话语虚构了一个女性占主导地位的小世界，她们在政治、经济和文化中占据绝对的强势地位。在叙述者的叙述中，似乎克兰福德镇容不下男人，"有个男人在家里真是碍手碍脚"（第25页）。[①] 女人们可以自给自足地生活，用不着男人出现在她们的世界里。然而，仔细分析故事层，我们会发现情况并非如此。具有讽刺意味的是，那里的女人离不开男人，时刻需要男人来拯救她们。布朗上尉通过自己的性格感染了她们，彻底改变了她们对男性先入为主的憎恨，他通过自己的牺牲救了一个小女孩，也就是克兰福德镇的希望和未来。第10章中，面临强盗威胁时她们显得如此脆弱和恐惧，拯救她们的仍然是男人。波尔小姐装出很有胆量的样子，可她却向医生霍金斯先生讨了一项旧帽子挂在门厅，好让外面的人以为她家是有男人的（第108页）；黛博拉怕强盗躲在床底下，于是叫人买了一个小球，每天晚上睡觉前把小球往床底下滚一滚，如果小球从一边进从另一边出，一切太平无事，一旦没有滚出来，她就时刻准备着拉响报警的铃子叫来约翰和哈里这两个男仆人（第117页）；她们晚上听了鬼故事回家时为了不走黑巷子吓得宁愿多给轿夫些钱，求他们绕路走（第119页）。在小说的故事层还有另外一个核心而且具有象征性意义的事件是：马蒂姐妹俩维持生计的钱（包括后来投资到银行的那笔钱）都是她们父亲留下来的。后来马蒂的生活之所以会变得落魄，不得不靠卖茶叶糊口，完全是因为她姐姐黛博拉为了赚利息不顾玛丽·史密斯父亲的一再忠告，固执地将钱入股银行，结果银行倒闭了（第136页）。而最后将马蒂拯救出悲惨境遇的还是男人——彼得的回归。彼得的回归不仅使马蒂摆脱了个人的财务困境，而且还使整个女性社区摒弃以前的偏见和分歧，重塑和谐团结的新女性社区。在此之前，贾米逊夫人的寡妇妯娌格伦米尔伯爵

[①] 加着重号部分原文用斜体表示。

夫人不顾贵族的尊严下嫁给克兰福德镇那个"连名字都俗不可耐的医生"霍金斯（Hoggins）（第83页），贾米逊夫人非常愤怒，她带领克兰福德镇的女性对她进行排挤；最后是彼得回归后用海外奇谈和玩笑的方式说服贾米逊夫人捐弃前嫌（第174页）。

在小说的故事层，除了布朗上尉和彼得之外，书中还有布鲁诺尼先生和霍尔布鲁克这两个出现次数较多的男性角色。上述这四位男性都是作为入侵者出现的，扰乱了克兰福德镇的平静，他们的出场都引来不小的慌乱和议论。其实第10章还有一个并未出现却同样重要的男人——想象中的强盗，他所代表的未知男性力量给克兰福德镇带来巨大的恐慌。但是，除了他们之外，克兰福德镇还有很多男人，只不过他们是作为医生、牧师、车夫、小贩、仆人等从业人员出现，维护和服务于这个女性群体的正常运转。克兰福德镇的女人们对这些从事服务业的男性并不担心，相反倒是处处依赖他们。但是布朗上尉一出现在克兰福德镇，她们就满腹牢骚地抱怨他侵入了她们的地盘，因为他是"一个男人，而且还是个有身份的绅士"（第27页）。由此可见，克兰福德镇的女人们并不是不需要男性，而只是需要对她们来说"有用"的男人。她们不需要和她们一样在经济和社会方面有权利的男性，因为那样可能会对这个女性群体构成威胁。

布朗上尉刚来到克兰福德镇的时候他与周围人格格不入的性格和行为方式让女人们对他极度厌恶。可是，叙述者说道"不知怎的，布朗上尉在克兰福德镇居然获得了人们的尊敬。很多人即使下了一百个决心不去他家拜访，可到底还是去了。在他定居一年之后，我到克兰福德镇去做客，听到他的话被奉为权威，不禁大吃一惊"（第28页）。克兰福德镇的女人们对布朗上尉态度的转变很有戏剧性，她们对布朗上尉从反感到接纳，从接纳再到尊敬，再从尊敬到奉为权威。后来，布朗上尉为了救小女孩而被火车轧死，所有的女人都为他流泪。

布朗上尉身上具有太多父权社会的力量，注定无法长久地留在克兰福德镇，他在那里短暂的停留已经危及这个女性群体的权威和地位。这或许可以用来解释为何盖斯凯尔在致罗斯金的信中要说自己在写作过程中虽然"极不情愿"却"不得不杀死"布朗上尉。[①] 布朗上尉的死亡就是罗森萨尔所定义的通过驱逐或归附征服男性入侵者的女性乌托邦特质与能力。有

---

① Elizabeth Gaskell, *The Letters of Mrs. Gaskell*, Manchester: Manchester UP, 1997, p.748.

意思的是，盖斯凯尔没有让女人来完成这一举动，而是用作为工业化与父权社会象征物的火车来毁灭布朗上尉这个同样来自工业化与父权社会的人物。盖斯凯尔如此安排的动机极有可能是想强调工业社会和父权制度本身具有的自毁倾向。盖斯凯尔甚至都没有让玛丽·史密斯直接叙述这个事件，而是通过一个男车夫之口间接叙述（第39—40页）。布朗上尉确实从克兰福德镇这个女性群体里消失了，可他却彻底改变了它，改变了身为克兰福德镇道德权威的黛博拉小姐。在布朗上尉的影响下，黛博拉小姐发生了改变，不再先入为主地厌恶所有男人：布朗上尉去世后，有一天马蒂神色慌张地冲进房间告诉黛博拉说有个男人（戈登少校）坐在她家客厅里，手还放在泽西小姐（布朗上尉的女儿）腰上。黛博拉的回答是"他的手放在那里再合适不过了。走开点，马蒂，管好你自己的事就可以了"（第44页）。黛博拉对男女情感方面的态度突然变化如此之大，以至于她妹妹马蒂都觉得"当头一棒，越发惊愕地走出去了"（第44页）。黛博拉也不再盲目地反对当时以狄更斯所代表的新兴工业文化。第2章结尾时玛丽·史密斯多年后再回到克兰福德镇，此时她们家的桌子上已经有了狄更斯的小说《圣诞欢歌》。黛博拉是克兰福德镇的道德权威和女德楷模，她态度的转变象征着克兰福德镇女性群体价值取向上的转向。其实不仅是黛博拉和马蒂，也不仅是在前两章，《克兰福德镇》讲述的故事都涉及变化。克兰福德镇无法征服男性入侵者并使之归附到自己的价值体系中；相反，它日益朝着现实社会走来，渐渐被男性入侵者所改变。小说的主体部分更多的是讲述马蒂渐渐摆脱姐姐黛博拉的影响，和玛丽·史密斯两人一起生活、成长和改变自己的经历。这样一来，众多批评家所谓《克兰福德镇》是静态乌托邦社会的说法也就值得推敲了。

二　核心事件对男女两极分割的强化

《克兰福德镇》叙事进程中话语层与故事层之间的断裂不仅体现在女性群体本身，还体现在其中的两个核心事件上。在叙事进程中，《克兰福德镇》的两个核心事件（彼得回归和银行破产）加大了故事层与话语层之间存在断裂，强化了对叙事世界进行的男女两极分化。

我们先来考察一下贯穿《克兰福德镇》最长的情节线条——彼得出走和回归：它开始于第5章节结尾处，由叙述者玛丽·史密斯叙述；第6章全篇继续，主要由马蒂叙述；叙事线条在第6章结尾处被打断，然后就潜入叙述话语的背后,从书中消失了很久,直到第 11 章结尾处才又冒出来;第 12 章开头处刚开始延续,很快又打断,直到第 15 章中间部分才衔接上,并在此收尾。而此时距离全书结束还有整整一章。单纯就叙事线条在文中暂时被压制和搁置这一现象来讲,这在小说叙事方法中是常见的。任何优秀的小说都不可能是平铺直叙或者一根叙事线条笔直到底,J. 希利斯·米勒在分析 18 世纪小说叙事先锋试验者劳伦斯·斯特恩的《项狄传》时揭示了情节线性意象本身的局限性,"叙事根本就不是用尺子画出来的一根直线。倘若是那样的话,就不会引起读者的任何兴趣。叙事之趣味在于其插曲或者节外生枝"。[1] 彼得的出走和回归虽然是全书最长的一根情节线条,但它并不具有贯穿全书叙事动力的功能;相反,成为全书叙事的核心贯穿力量的是另一条较长的情节线条。后者与彼得出走和回归的情节线条缠绕在一起,它就是关于马蒂所投资的银行破产及其后的故事。

银行破产一事对以马蒂为首的克兰福德镇女性群体影响最大、最深远,可是它在书中出现得却很晚,在第 13 章才突兀地开始,此时已进行到全书的四分之三了。叙述者并没有交代马蒂是何时何地以及为何要将钱投资入股到联合投资银行的,这个叙事线条一开始就是马蒂投资入股的银行宣布破产。然后就接着叙述在遭受全部积蓄顷刻间消失的沉重打击下,马蒂仍然帮助陌生人付账。在接下来的第 14 章里她在玛丽·史密斯的建议和克兰福德镇所有女性的帮助下开始卖茶叶谋生。第 15 章里,她的哥哥彼得回来,带来了足够他们兄妹二人维持生活的积蓄,马蒂才结束了靠卖茶叶为生的日子。整个叙事线条到此结束。和上面彼得那条叙事线条结束时的情景一样,此时距离全书结束还有整整一章。

在女性主义批评流派中,希拉里·绍尔对这个情节线条的叙事推进动力做出的解释是很典型的,她认为在玛丽·史密斯的叙述中《克兰福德镇》的世界被分成了两极:"男性控制财务和工业世界,在某种无法解释却绝非偶然的意义上来说,是他们使得世界为女性运转,好让她们生活在属于自己的居家世界中,在那里探亲访友、唠叨家常和操持婚丧嫁娶。"[2] 绍尔认为"当经济体系崩溃时,这种叙事分极也开始土崩瓦解。于是盖斯

---

[1] [美] J. 希利斯·米勒:《解读叙事》,申丹译,北京大学出版社 2002 年版,第 66 页。

[2] Hilary M. Schor, "Affairs of the Alphabet: Reading, Writing and Narrating in Cranford", *NOVEL: A Forum on Fiction*, Vol. 22, No. 3, 1989, pp. 299-300.

凯尔必须创造一个银行倒闭事件，来为这个叙事转化创造空间"①。由此可见，在绍尔看来，父权社会对经济的控制权是压制主体意识的主要力量，它直接影响和控制故事的叙述方式。

绍尔将银行破产看成一个具有象征意义的事件，它作为一种内在驱动的力量创造空间，推动叙事由父权社会特征向女权社会特征过渡和转化。绍尔关于故事事件与叙事进程推动之间密切互动的观点确实很新颖，也很有启发性。然而，笔者认为绍尔在考虑二者之间互动关系的时候有阐释偏误，银行倒闭这一叙事线条不但不能推动叙事由父权社会特征向女权社会特征过渡和转化，恰恰相反，它加大了故事层与话语层之间的断裂，正好说明了以马蒂为代表的克兰福德镇女性群体在现实意义上向以金融和工业为象征的父权社会缴械投降。

我们不妨打破书中银行破产这一事件封闭的叙事线条，暂时先退回到第 1 章。在那里叙述者一再强调一种克兰福德式的习气，那就是那里的女人们最不想听也不想说的字就是"钱"，因为"这个字眼透着商业和贸易的铜臭味，虽然有些人可能清贫，可我们有贵族的气质"（第 26—27 页）。在银行破产叙事线条开始以前的整整十二章里，与金钱和经济有关的概念和事件在克兰福德镇的女性社区中几乎难觅踪影（当然，除了第 1 章中提到她们讨厌用到这些字眼）。在故事时间上来说，银行破产故事开始时与第 1 章的故事发生时中间相隔很多年。中间这个叙事断裂造成叙述者省略掉了本该属于银行破产这一叙事线条的开头部分（即叙述马蒂姐妹俩如何改变观念以及怎样投资银行一事）。叙述者在叙述这个故事的时候不是从开头，而是从中间部分开始的：有一天马蒂突然听到消息发现自己和姐姐黛博拉（此时已经去世）投资入股的银行破了产。一旦打破银行破产这一封闭的叙事线条，将其延展放置在前面 12 章所形成的平面上，与之前的多条更细小的叙事线条形成对话，我们就会发现银行破产叙事背后反映的正是克兰福德镇女性群体无助的状况。绍尔在上文中的观点是仅仅考察银行破产叙事线条的中间部分而得出的结论。

下面我们分别考察一下这个叙事线条的开头和结尾部分。一方面，在叙事线条开始之前马蒂已经表现出对父权社会的认同与回归，她们姐妹早

---

① Hilary M. Schor, "Affairs of the Alphabet: Reading, Writing and Narrating in Cranford", *NOVEL: A Forum on Fiction*, Vol. 22, No. 3, 1989, pp. 299-300.

已放弃了克兰福德式蔑视金钱的女性观点,将毕生的大部分积蓄投资入股银行,并因此获得了一定的经济权利和地位。可她们换来的权利和地位却在瞬间就毫无征兆地化为乌有,而毁灭它的不是别人,正是对她们来说不可知的经济力量,它是父权社会的特征,与克兰福德镇女性群体处于对立地位。另一方面,在这个叙事线条的结尾部分马蒂放弃了卖茶叶谋生,原因不是别的,正因为哥哥彼得回来了,并且带来了足够的积蓄可以养活她;由此可以看出,最终出来替马蒂解围并挽救她的仍然是来自父权社会的机械降神的力量。[1] 妮娜·奥尔巴哈和艾琳·基洛里等批评家从彼得幼年时男扮女装的异性装扮(transvestism)角度出发,认为他不是传统意义上父权社会的象征,相反,彼得具有女性气质,他模糊的性别界限动摇了传统意义上对性别的概念区分,对父权制社会构成某种意义上的挑战。[2] 这诚然可备一说;然而,问题的关键不在于彼得自身的性别立场如何,而在于他带回克兰福德镇的财产归根结底还是源于并且象征着来自克兰福德镇之外的父权社会和帝国的权威。如此一来,这一举动就在很大程度上象征着克兰福德镇女性抵制行为的失败:她们无法自我救赎,唯有通过外来父权社会的力量才能被拯救出经济困境。在建构一个具有乌托邦色彩的女性社区的同时,盖斯凯尔在叙事进程中也展示了这个女性乌托邦社区中女性集体力量形式的消散。这个具有乌托邦色彩的女性社区不可能脱离外围父权社会的环境而自足地存在,它必须与外面的父权世界进行交流与交换才有持续存在下去的可能,而在交流与交换中它便打破了自身的封闭特性,日益被父权社会的汹涌力量所调和与吞噬。另外,还有值得注意的一个地方是,在马蒂的投资破产一事中最早警告她破产风险,然后又一直为她出谋划策的并不是克兰福德镇人,而是来自德拉姆堡的玛丽·史密斯。更具有深刻含义的是,玛丽·史密斯的意见与想法均来自她的父亲史密斯先生,而后者正是德拉姆堡父权社会的象征。基于以上原因,笔者认为银行破产事件不仅不能成为推动父权与女权叙事转化的力量,它反而因为故

---

[1] 机械降神(deus ex machina),源于拉丁文,为古希腊悲剧中常用的手段,即在戏剧中间或临近结尾处用机械升降机或其他人工方法搭载饰演天神的演员从天而降。后来成为一种解开和结束情节的策略,以不可思议的外界力量突然扭转局面,替剧中人物解决困难并使之摆脱窘境。

[2] See Nina Auerbach, *Communities of Women: An Idea in Fiction*, Massachusetts: Harvard UP, 1978, p. 88; Eileen Gillooly, "Humor as Daughterly Defense in Cranford", *ELH*, Vol. 59, No. 4, 1992, p. 897.

事层与话语层的断裂而加强了对书中叙事世界进行的男女两极分化。

三 盖斯凯尔女性乌托邦叙事的两重性

克兰福德镇的故事由进入这个女性社区生活的年轻女子玛丽·史密斯叙述,玛丽不仅是故事的叙述者,而且还是故事的参与者,她在故事层和话语层之间与克兰福德镇女性集体社群之间保持着若即若离的微妙关系。希拉里·绍尔从功能的角度出发,指出了这个叙述者在书中存在的必要性及其作用:她有在书中世界穿行和便于讲述故事之利,而无全知叙述者所暗含的凌驾役使之弊;她既与故事人物保持距离,做出自己的评价,又可作为知情者讲述书中故事;她既懂得外面男性化的工业世界,也熟谙充满风情轶事的克兰福德小镇的女性世界。这样一来,叙述者就作为一个调停人在过去与现在,男性与女性,城市和村镇之间穿行,感知它们之间的差别,并将其叙述给读者。[①] 玛丽·史密斯是克兰福德镇与德拉姆堡两个不同世界融合的象征,她不是经常住在克兰福德镇,而只是偶尔小住一阵,在那里的女性群体看来,她是个外来者,或者最多只是个旁观者;同时,在玛丽·史密斯本人看来,克兰福德镇的生活方式中也有很多不适合自己或者自己认为荒诞可笑的地方;她一直没有完全将自己认同为这个女性群体的一部分,而是时刻保持警醒和距离。玛丽用外来者的眼光观察和评价克兰福德镇的女人们,她的眼光也就无可避免地带有来自克兰福德镇之外的思维印记。

玛丽在书中指出,黛博拉不懂经济,却偏偏不听劝告要将积蓄投资到银行,结果银行破了产;马蒂失去经济保障后完全处于无助的状态,对未来的生计问题一筹莫展。结果是玛丽·史密斯和她的父亲建议她卖茶叶,才解决了生计问题。可即使是正经地拿了执照的买卖茶叶生意,马蒂也不懂市场经济的基本原则,担心自己卖茶叶会伤克兰福德镇其他茶叶商人的利益(第160页)。她还劝说顾客不要买自己的茶叶;克兰福德镇的女人们买茶叶时也宁愿相信自己不是在做买卖,而是在做善事帮助马蒂(第161页)。关于这个问题,叙述者玛丽是这样说的:

[①] Hilary M. Schor, "Affairs of the Alphabet: Reading, Writing and Narrating in Cranford", *NOVEL: A Forum on Fiction*, Vol. 22, No. 3, 1989, p. 299.

第二章 《克兰福德镇》故事与话语的离散力量

> 对于马蒂做生意一事我只有一点希望她加以改进，那就是她不该老是苦苦地劝顾客不要买绿茶，绿茶会使人慢性中毒，对神经肯定有害处，会导致各种危害作用。不过顾客们却一再坚持，这一点使她很苦恼，以至于我都担心她会把这档买卖停下来，那样会损失一半的生意。为了找几个例子来证明常饮绿茶可以延年益寿，我都几乎无计可施了。（第161页）

在这里她用自由直接引语的方式引述了马蒂的话"绿茶会使人慢性中毒，对神经肯定有害处，会导致各种危害作用"。虽然同为女性，但叙述者与马蒂的价值观是完全不一致的，在她看来，马蒂的这种天真根本就不适应市场经济，为了找例子说服马蒂，她"都快智穷技尽了"。鉴于自己与马蒂的朋友关系，叙述者玛丽不方便直接夸耀自己在说服马蒂过程中所花费的时间和精力，而只是在最后一句里用叙述概述的形式将自己付出的巨大努力一笔带过；但她对马蒂行为的反讽态度还是很明显的。

在玛丽·史密斯看来，马蒂天真善良的秉性与市场经济铁血无情的运作方式是格格不入的。虽然对克兰福德式的善良和纯真报以爱护和赞许的态度，但是玛丽·史密斯毕竟来自象征市场经济力量的德拉姆堡，她深知马蒂这种方式终究是违背市场经济规律的行为，而后者却正日益成为统治现实世界的大潮流。马蒂和克兰福德的女人们善良的言行所传递出的女性价值观虽然可贵，却显得如此微弱和不合时宜。玛丽对克兰福德镇女性既同情和赞许，同时又出于自己反讽和屈尊的姿态使她在叙述过程的价值判断变得复杂，充满了不确定性。她在认同克兰福德镇价值观的时候，表现出的是对市场经济和父权社会的批判态度；而她在反讽和屈尊地评价克兰福德镇价值观局限性的时候，表现出的却又是典型的父权制视角。克兰福德镇的女性乌托邦社区与外在的男权社会形成对照，来自德拉姆堡的叙述者玛丽更多地体现了父权制价值观，她清醒地看出了克兰福德镇女性生活方式本身的局限性。叙述者玛丽身上的两重性和复杂性正是克兰福德镇和德拉姆堡两种对立价值观之间冲突和融合的表征。她用父权化的眼光来观察克兰福德镇的女性社群，这本身就是一种具有反讽意味的行为，它隐含了一种潜在的性别政治：父权制社会在对女性施加着无所不在的压制力量，将这种力量内化到女性身上，使她们自觉接受父权制的价值观并成为维护这种价值观的工具。

盖斯凯尔对资本主义社会的唯理性化倾向非常反感，对它无视人作为个体存在的价值，用冷冰冰的机械思维模式和数据公式来计算、调控和推动社会"进步"的做法持批判态度。现代化进程的确推动了社会物质文明的高速发展和进步，然而人们为此也付出了巨大代价，封建农耕社会所享有的田园式宁静与和谐已经荡然无存，取而代之的是市场经济主导下你死我活的竞争与对抗。"'进步'车轮碾过之后"，留下的只有无尽的痛。① 盖斯凯尔虚构了克兰福德镇这个远离喧嚣的女性社区，并将其并置到19世纪50年代的社会历史语境中，通过虚构与事实两个世界的比照来批判维多利亚时代的社会现实。

然而，盖斯凯尔没有落入文学传统中过度美化和颂扬逝去美好田园生活的窠臼。她不仅认识到了现代化进程给传统生活方式带来的消极影响，而且敢于直面它带来的众多积极因素。盖斯凯尔笔下的《克兰福德镇》确实弥漫着一种挽歌的基调，怀念美好田园生活的一去不复返；可是她又没有愤世嫉俗地拒绝新时代，而是带着平和的心态冷静地观察这个充满丑恶与矛盾的世界。这或许与盖斯凯尔信奉的神体一位论有关。② 该教义强调包容、自由和理性，持有较为乐观的世界观，认为尽管人和社会都是善恶并存，但可以通过努力尽量接近善的境界。在批判现代化进程给社会带来的诸多消极影响的同时，盖斯凯尔也意识到现代化进程正在以无可阻挡的威力日益加速发展，成为席卷英国和世界的潮流，这是不可更改的事实。盖斯凯尔清醒地认识到过去的生活方式和价值观已经与新型历史语境和社会关系格格不入了。如此一来，盖斯凯尔就徘徊在新旧两个世界的边缘，她同时洞察到了二者各自的得与失，在情感上无法真正与其中的任何一个获得认同。

盖斯凯尔的叙述策略体现了叙述乌托邦式女性力量过程中的两重性：既对资本主义社会运作机制的无情进行批判，同时又对批判它的女性社区

---

① 殷企平：《在"进步"的车轮之下：重读〈玛丽·巴顿〉》，《外国文学评论》2005年第1期。

② 神体一位论（Unitarianism），基督教信仰的一种形式，只相信有唯一的上帝，否认三位一体的教义和基督神性。盖斯凯尔的父亲和丈夫都是神体一位论教派牧师，他们对盖斯凯尔影响很大，具体可参见 Coral Lansbury, *Elizabeth Gaskell: The Novel of Social Crisis*, London: Paul Elek, 1975, pp. 11-21；John Chapple, "Unitarian Dissent", *The Cambridge Companion to Elizabeth Gaskell*, Cambridge: Cambridge UP, 2007, pp. 164-177。

的局限本身也做出批判。《克兰福德镇》蕴含了对资本主义进行否定的批判精神，同时它又表现了对女性社区的否定资本主义行为之否定。盖斯凯尔思辨地揭示了现代化进程推动社会进步时在物质与精神两个维度所存在的二律背反。在盖斯凯尔看来，克兰福德式集体社区所给予的温情、友谊与庇护在生活中显得如此弥足珍贵。然而，她又清醒地意识到人与人之间的关爱与温暖在资本主义市场经济汹涌的洪流中却显得如此脆弱和不合时宜。女性社区所表现出来的局限性，尤其是对金融和市场经济规则的无知，归根结底还是父权制社会力量对其进行限制和压制的结果。盖斯凯尔思辨地剖析了现代化进程自身无法避免的矛盾，认识到了对其中消极因素进行抵制的迫切性；同时，她又时刻揭示出抵抗行为本身的尴尬境地，言说出它被历史赋予的不能承载之重。而这一正一反两重批判的锋芒所指的方向都是父权制社会：它因为自身无法摆脱的痼疾而危机重重，却仍然时刻在压制和拒绝或许可以救赎自己的女性力量。

第三章

走出家门的"天使":《北方与南方》的人物塑造与转喻体系

《北方与南方》(North and South, 1855)跟盖斯凯尔其他几部小说名称都带有明显女性特征的情形不同,凸显北方与南方两个广义的地理区域,具备更广泛的社会指涉内涵。小说标题使用并列结构,强调二者的共存与对立关系,修辞效果明显,契合了维多利亚人喜欢以两极对立作为书名的习惯。[1] 或许正因为如此,长期以来,这部小说在主题意义上容易将西方批评界的注意力吸引到由南北地理位置分界所带来的文化和生活方式的对立上,即现代化进程中传统的南方农业文明(赫尔斯顿)与新兴的北方工业文明(米尔顿)之间的冲突。也有不少批评家关注在这一核心对立基础上形成的另一个维多利亚时代比较严重的社会冲突——工人阶级与工业资产阶级之间的矛盾。[2] 还有不少批评家从女性与性别理论切入研究,注意到了女主角玛格丽特·黑尔对传统社会机制习俗的僭越问题:她跨越传统女性活动的家庭领域、[3] 直接介入罢工和阶级冲突的社会公共领

---

[1] Alan Shelston, "Preface", North and South, New York and London: Norton, 2005, p. x.

[2] 南希·维扬特编撰的盖斯凯尔研究成果汇总目录 Elizabeth Gaskell: An Annotated Guide to English Language Sources, 1976-1991 & 1992-2001 显示,在1976—2001年,国外共发表了219篇关于《北方与南方》的研究成果(包括期刊论文、专著、学位论文),其中约71篇主要是从这一理论角度切入的,占总量的32.4%。国内关于《北方与南方》的研究论文基本都遵循了这一思路。

[3] 很多文章在评论过程中都或多或少会论及玛格丽特跨越了女性在家庭的固有领地、参与到工人阶层与工业资本阶层社会冲突的公共领域一事,但是真正以此作为主要研究视角的却不多。检索南希·维扬特汇编的国外于1976—2001年发表的219篇与《北方与南方》有关的研究成果中,约有13篇,占总量的6%。

第三章　走出家门的"天使":《北方与南方》的人物塑造与转喻体系　　73

域,有的批评家则论述了小说对传统男女两性的性别特征进行置换的问题。① 但是,他们往往将玛格丽特对传统"家中天使"女性角色的跨越与小说人物塑造过程中的性别置换当作两个独立的问题看待。② 这样的话,就忽视了人物塑造所使用的性别置换叙述策略为玛格丽特跨越社会空间分界行为所创造出的发展空间,更无法全面理解玛格丽特作为僭越者所引导的转喻意义链条在叙述女性力量过程中存在的两重性。

第一节　维多利亚社会空间分界行为中的性别政治

《北方与南方》虚构出一个位于英国北部的工业城市米尔顿。玛格丽特·黑尔随父母一起从南方乡村赫尔斯顿搬家来此,初来乍到的她对那里陌生的工业城市生活方式感到很不适应。在跟工厂工会领导人尼可拉斯·希金斯和贝希父女的接触中,玛格丽特对工人阶级贫穷的生活境遇产生了深刻的同情。纺织业工厂主约翰·桑顿经常来玛格丽特家里跟她父亲学习古典文化。约翰·桑顿奉行市场经济理念和行事规则。玛格丽特秉持博爱与仁慈的关怀,一贯看不起商人,跟桑顿的理智与冷酷准则之间存在巨大的分歧。随着交往的深入,二人逐渐相互产生好感,玛格丽特发现自己慢

---

① See John Kucich, *The Power of Lies Transgression in Victorian Fiction*, Ithaca and London: Cornell UP, 1994, pp. 121-157; Jill L. Matus, "Mary Barton and North and South", *The Cambridge Companion to Elizabeth Gaskell*, Cambridge: Cambridge UP, 2007, pp. 36-37; Laurie E. Buchanan, "Marriages of Partnership: Elizabeth Gaskell and the Victorian Androgynous Ideal", in Joanna Stephens Mink, Janet Doubler War and Bowling Green, eds. *Joinings and Disjoinings: The Significance of Marital Status in Literature*, Ohio: Bowling Green State University Popular Press, 1991, pp. 97-108; June Foley, "Elizabeth Gaskell and Charles Dickens the 'Angel in the House' and the 'Self-Made Man': A Study of Gender, History, and Narrative", *DAI*, Vol. 56, 1995, p. 1790; Catherine Barnes Stevenson, "Romance and the Self-Made Man: Gaskell Rewrites Bronte", *Victorian Newsletter*, Vol. 91, 1997, pp. 10-16; Robin B. Colby, *Some Appointed Work To Do: Women and Vocation in the Fiction of Elizabeth Gaskell*, Westport: Greenwood Press, 1995, p. 59.

② 西蒙·查特曼坚称"人物的概念就是一种由诸多特征构成的范式",和故事事件受制于时空逻辑的情形不同,这些特征有纵向参照物,它们既具有总聚合的性质也具有横聚合的特征,因此人物具有一定的开放性,可以在叙事进程中不断得以丰富和准确。Seymour Benjamin Chatman, *Story and Discourse: Narrative Structure in Fiction and Film*, Ithaca: Cornell UP, 1978, pp. 126, 129-130.

慢对男人世界中的工厂运营与劳资矛盾产生了兴趣。米尔顿的工业资本家与工人之间的矛盾越来越严重，最终导致了大罢工，愤怒的工人冲击桑顿的工厂和房屋，在危急中，玛格丽特奋不顾身保护桑顿，被砾石砸伤。在玛格丽特的调停下，昔日领导罢工的尼可拉斯与桑顿和解了，进入桑顿的工厂工作。桑顿对玛格丽特产生了极大的道德上的误解，玛格丽特为了保护兄弟弗雷德里克的安全，忍受着被误解的痛苦，在父母去世后离开米尔顿去了伦敦。由于长时间罢工而无法完成合同，加上国外市场激烈的价格战，桑顿经营的纺织厂陷入窘境，事业濒临破产。最后，玛格丽特用教父贝尔先生遗赠给自己的巨额资产为桑顿提供融资，助他渡过难关；在误会得到澄清以后，玛格丽特和桑顿有情人终成眷属。

《北方与南方》最引人瞩目的地方是玛格丽特跨越属于女性"家中天使"的领地，走出家门进入社会公共领域，直接参与劳资两个阶级的斗争。盖斯凯尔在她的作品中多次涉及公共领域与家庭领域的话题。《克兰福德镇》的马蒂从小就按照中产阶级的淑女教育典则禁锢在家中，对市场经济下的谋生之道一无所知；[1]《妻子与女儿》中吉布森先生对女儿莫莉的教育理念更是将它表现得一览无遗——女性只需要学会针线、读写和稍懂数数就足够了，读写都并非不可或缺，其他就更用不着学了。[2]《克兰福德镇》和《妻子与女儿》中的女性基本都将活动范围局限在家庭领域，而《北方与南方》则突破了这个界限。小说开始时，玛格丽特在行为上也是一个恪守成规的维多利亚传统淑女，来到米尔顿后，由于母亲病重，父亲需要讲课维持家庭生计，迫于生活的压力，她便担负起管理家务的责任。为了雇用合适的佣人，她不得不经常去市场和食品杂货店进行寻访，当中需要经过工厂区，由此开始接触到工人，认识了希金斯父女，与工人阶级打起交道来。玛格丽特慢慢卷入到工厂主约翰·桑顿和工人之间的阶级对立之中。在参与阶级与政治事务等公共领域问题上，最经典的场景是玛格丽特在工人暴动时奋不顾身地用身体保护桑顿，使他免受工人暴乱的伤害。玛格丽特直接参与了工人运动和劳资纠纷活动，她跨越了女性固有

---

[1] Elizabeth Gaskell, *Cranford and Selected Short Stories*, Hertfordshire: Wordsworth, 1998, p. 146.

[2] Elizabeth Gaskell, *Wives and Daughters*, Humphrey Milford: Oxford UP, 1910, p. 35.

第三章　走出家门的"天使":《北方与南方》的人物塑造与转喻体系

的家庭领域而进入公众场合,[①] 插手社会政治事务;就此而言,她是英国小说史上体现女子行动能力的先驱。像她这样关注社会公共问题,而且具有实际社会行动能力的女主角,即便在整个19世纪英国文学虚构叙事中也屈指可数。当然,玛格丽特并不是19世纪英国小说中第一个出现在工人运动中的女主角,在此之前至少有夏洛特·勃朗特的《雪莉》,但是卡洛琳·赫尔斯顿与雪莉·吉尔达没有直接参与到工人运动之中,也没有机会真正影响阶级对抗事件的进程,即使在最危险的工人暴动时刻,也只是作为局外人出现,躲起来旁观工厂主罗伯特·莫尔和工人之间的斗争。[②]

　　长期以来,社会空间被分界成两个对立的空间:私人领域与公共领域。其实很多学者已经指出公共与私人领域二者并不能完全泾渭分明地分开。德纳·古德曼就以法国旧制度时期(Old Regime)为例,批判将公共与私人领域对立起来的错误做法,在分析了哈贝马斯和罗杰·夏蒂埃(Roger Chartier)等人的理论后指出"哈贝马斯所言的真正的公共领域是构筑在私人场所(private realm)的基础之上,而私人生活的'新文化'则构成新的公共领域。而社交场所和机制则是私人与公共二者交接的共同领地"。[③] 苏珊·约翰斯顿也认为将维多利亚时代生活截然分为公共与私人价值的观念是错误的,二者之间存在密切的承接关系,家庭是形成自由自我的初始空间,它"是自由政治的源泉而不是边界线"。[④] 维多利亚社会从希腊民主那里汲取了公共人生的理想,而这种理想"比维多利亚社会显在的意识形态更加注重强调男人公共领域和女性足不出户家庭领域之间

[①] 传统诗学理论将文学人物看作与现实生活中的人一样具有独立性格的生命实体,将虚构叙事中的人物形象真实化,认为"作品中的人物是具有心理可信性或心理实质(逼真的)'人'"。与这种"心理性"人物观不同,叙事学理论视野中的人物观是"功能性"的。关于"功能性"人物观与"情节性"人物观的基本差异,参见申丹《叙事学与小说问题学研究》,北京大学出版社2004年版,第64—65页。

[②] See Nancy D. Mann, "Intelligence and Self-Awareness in North and South: A Matter of Sex and Class", *Rocky Mountain Review of Language and Literature*, Vol. 29, No. 1, 1975, p. 24; Charlotte Bronte, *Shirley*, Hertfordshire: Wordsoworth, 1991, pp. 248-262.

[③] Dena Goodman, "Public Sphere and Private Life: Toward a Synthesis of Current Historiographical Approaches to the Old Regime", *History and Theory*, Vol. 31, No. 1, 1992, p. 1.

[④] Susan Johnston, *Women and Domestic Experience in Victorian Political Fiction*, Westport: Greenwood Press, 2001, pp. 4, 11.

的对比,这使得女性的闺房生活成为家庭和道德残余不可或缺的一部分"。① 社会空间分界行为的产生一开始就跟身体和性别政治有着密不可分的联系。对社会的开放性和公共性而言,家庭具有相对的封闭性和隐私性,是属于个人生活的私密空间。在这个空间之外则是更为广阔的社会公共领域,在与他人的互动交际中,任何言行都具有人际交往的特征并直接产生公众效应。公共领域,尤其是与政治、法律和经济等核心权力机构相关的社会公共领域都是男性的专属地盘,而划归给女性的地盘则是家庭领域,她们是安于家居生活的"家中天使"。社会空间基于男女性别二元对立而被进行了人为分界,玛莎·维希努斯从阶级利益根源的角度做出了解释:

> 从18世纪中期开始,不同领域的划分开始深入人心:男人掌管公共领域,女人负责私人领域。社会按照阶级与性别被不断分界,通过建立这种明确的界限,经济与社会动荡可以得以遏制。森严的社会准则保证了资产阶级家庭的安全,女人在家中被赋予特殊的地位——道德和宗教的监护者,她们独特的情感使她们能够胜任地照顾好孩子和家务。作为妻子和母亲,女性可以行使权利,不过只被限定在谨慎划定的领域。②

维希努斯不仅指出了维多利亚女性作为妻子和母亲的家庭角色,还提到了她们在家庭中作为道德和宗教监护者的地位。这种基于性别差异所做的意识形态分界背后其实还有着更深层的阶级背景和政治动机。

南希·阿姆斯特朗指出,从19世纪30年代开始,中产阶级非常担心工人叛乱造成政治动荡,这种阶级意义上的焦虑被移置到性别意义上,并得出一个象征意义上的解决办法:虚构出一个等级化的家庭领域,在这个空间里女性的监护给性别和社会赋予秩序。③ 南希·阿姆斯特朗或许是受弗洛伊德学说的启发做出以上解释的,指出了女性作为道德监护者从家庭

---

① Barbara Caine, *Victorian Feminists*, New York: Oxford UP, 1992, p. 39.

② Martha Vicinus, *Independent Women: Work and Community for Single Women, 1850-1920*, Chicago: U of Chicago P, 1985, p. 2.

③ Dennis W. Allen, "'Peter Was a Lady Then': Sexuality and Gender in *Cranford*", *Sexuality in Victorian Fiction*, Norman and London: U of Oklahoma P, 1993, p. 70.

第三章 走出家门的"天使":《北方与南方》的人物塑造与转喻体系

领域间接施展改变社会力量的途径。然而,阿姆斯特朗对维多利亚时代社会分界行为的性别政治解读似乎过于理想化和模式化,虽说维多利亚小说中有很多扮演"家中天使"角色的女性,但是突破这一类型角色的亦不少。就盖斯凯尔而言,她在几部长篇小说中也叙述了黛博拉小姐、布朗宁斯姐妹、丘莫纳伯爵夫人、桑顿夫人等女性人物在家庭领域和女性行为规范领域所起的道德监护作用,但她同样也塑造了一系列无力监护并赋予道德秩序的母亲形象,如《妻子与女儿》的汉默利夫人、吉布逊夫人以及《北方与南方》的黑尔夫人。

这些女性人物之所以会缺失道德监护者的能力,除了个性与健康状况之外,还有另一个深层次的意识形态问题:维多利亚社会的政治文化叙事赋予女性在家庭中作为道德监护者的角色,却并没有在法律上赋予她们同等的身份。芭芭拉·雷·史密斯(Barbara Leigh Smith)在1854年发表的"与妇女相关的重要法律概况"中指出:

> 在法律上,丈夫和妻子是一个人,作为单个女性,妻子没有任何权利,她的存在完全并入到丈夫的存在中。在民法事务中丈夫为妻子的行为负责,后者生活在前者的保护和保障下,她的这种状况就叫"夫妻一体"(coverture)。妻子的身体属于丈夫,并受他监护,丈夫可以通过人身保护令强制执行自己的权利。[1]

在家庭领域里,维多利亚女性的道德权威和法律地位之间有着巨大的落差,社会空间按照性别差异被分界成家庭与公共两极,这种女性两重身份的错位体现了这一分界行为背后的父权制意识形态本质。[2] 因此,芭芭拉·李·哈曼才会指出,"与其说家庭领域是自由的场所,倒不如说是约

---

[1] Lisa Surridge, *Bleak House: Marital Violence in Victorian Fiction*, Athens: Ohio UP, 2005, p. 88.

[2] 很多批评家认识到女性作为家庭领域道德监护人的身份不能改变女性被动和受压迫的地位。芭芭拉·李·哈曼、凯伦·切斯和迈克尔·利文森都指出过这个问题。See Barbara Leah Harman, *The Feminine Political Novel in Victorian England*, Charlottesville and London: UP of Virginia, 1998, p. 2; Karen Chase and Michael Harry Levenson, *The Spectacle of Intimacy: A Public Life for the Victorian Family*, Princeton: Princeton UP, 2000, p. 83.

束的场所,这是那些掌控公共领域的人用法律条款规定的"。① 哈曼所说的"掌控公共领域的人"指的是男人,他们控制了公共领域,而且在家庭领域中也是实际意义上的最高权威(虽说女性被赋予道德和宗教监护者的地位)。由此可见,维多利亚家庭与公共领域在权力运行模式上具有类似的结构特征,横亘在家庭与公共两个领域分界线之上的是男人性别优势带来的意识形态支配力量。对于盖斯凯尔而言,她在建构女性力量的过程中一直都或多或少地通过各种叙事策略来抵抗与冲击维多利亚文化中的父权制压制力量,《北方与南方》人物塑造过程中的性别置换策略以及社会空间分界中的转喻体系就是生动的例子。

第二节 黑尔夫妇与玛格丽特:功能性人物所创造的发展空间

在小说的虚构叙事中置换男女性别的现象由来已久,不同作家使用这一技巧时有不同的叙述策略和意识形态立场,并且使用频率与规模也大不一样。在维多利亚时代的文学界运用性别置换技巧的也并非仅有盖斯凯尔一人,② 然而,像她这样在多部小说中持续使用这一技巧来探索社会性别与阶级界限问题的却并不多见。约翰·库奇在这方面做了大量研究,较为全面地历数了盖斯凯尔几部主要作品中的性别置换和性别越界现象,如《克兰福德镇》的詹琴斯小姐、《妻子与女儿》的奥斯本·汉默利、《西尔维娅的恋人》的菲利普·贺普本与西尔维娅·罗布森、《北方与南方》的黑尔先生和玛格丽特等。③ 库奇认为,盖斯凯尔在性别置换的过程中通过结合文化力量的方式改造她的性别自由主义,而这种文化力量又是经过僭越的象征逻辑得到的。盖斯凯尔关于性别差异的改良观点表现出她既敬畏中产阶级的道德准则,又表现出对这些准则的僭越,而这些准则塑造出了中产阶级的精英。④ 库奇对盖斯凯尔性别置换策略与僭越行为的象征逻

---

① Barbara Leah Harman, "In Promiscuous Company: Female Public Appearance in Elizabeth Gaskell's *North and South*", *Victorian Studies*, Vol. 31, No. 3, 1988, p. 358.

② John Kucich, *The Power of Lies Transgression in Victorian Fiction*, Ithaca: Cornel UP, 1994, pp. 121–122.

③ Ibid., pp. 124–127.

④ Ibid., p. 126.

第三章　走出家门的"天使":《北方与南方》的人物塑造与转喻体系

辑的分析很有洞察力,他在分析过程中也提及了《北方与南方》,但主要是从谎言与性别身份置换角度出发。早在约翰·库奇之前,佩特西·斯通曼就注意到了盖斯凯尔小说中性别的合成属性问题,她从阶级与性别的交叉现象出发研究《北方与南方》中的性别置换与社会空间分界问题。[①] 斯通曼从宏观视角出发,探讨工人阶级和资产阶级之间的"父母—子女"人格化类比和性别化处理策略,[②] 认为"约翰·桑顿体现的是判断力不应受情感影响的'男性谎言',而玛格丽特体现的则是将谦逊凌驾于其他所有美德之上的'女性谎言'"。[③] 斯通曼和库奇结合性别置换策略探讨社会空间分界问题,做出了精彩的分析;但是他们在各自的分析中并没有专门对性别置换问题进行细致的文本分析,也没有指出这种策略背后可能隐含的关于女性进入公共领域行为的悖论。其实盖斯凯尔之所以运用性别置换策略,在很大程度上可能是出于叙事功能的需要,以服务于一个更大、更重要的叙事因素——塑造女主角玛格丽特的人物形象,她拥有行动能力跨越家庭领域并进入公共领域;盖斯凯尔通过这种策略为叙述女性力量进入公共领域创造出足够的发展空间。

一　理查德·黑尔:"女性化"的男人?

批评界在提及《北方与南方》的人物形象时,除了男女主角桑顿和玛格丽特,讨论得最多的恐怕要数黑尔先生了。关于黑尔先生人物形象的问题,批评界研究最多的话题似乎有两个,一是讨论他为何要辞去牧师教职,以此为基础试图考证他在生活中的人物原型;二是他性格与行为上的女性化特点。[④] 黑尔先生仁慈宽厚,但性格软弱、行事缺乏主见、谋生能

[①] See Patsy Stoneman, *Elizabeth Gaskell*, Manchester: Manchester UP, 2006, pp. 78-91; John Kucich, *The Power of Lies Transgression in Victorian Fiction*, Ithaca and London: Cornell UP, 1994, p. 125.

[②] Patsy Stoneman, *Elizabeth Gaskell*, Manchester: Manchester UP, 2006, p. 78.

[③] Ibid., p. 79.

[④] See Angus Easson, "Mr. Hale's Doubts in *North and South*", *The Review of English Studies*, Vol. 31, No. 121, 1980, p. 40; Sally Shuttleworth, "Introduction", *North and South*, Oxford: Oxford UP, 1998, pp. xv-xvi; Coral Lansbury, Coral Lansbury, *Elizabeth Gaskell: The Novel of Social Crisis*, London: Paul Elek, 1975, p. 116.

力很差，以至于妻子对他颇有怨言，女儿都觉得他可怜。在整部小说中，他只有放弃牧师职业一事称得上勇气可嘉，展示了男人敢做敢当的行为能力。除此之外，他的形象自始至终都是一个绵软无力的好好先生。出于这些原因，黑尔先生在批评界得到的评价并不高，他的形象似乎已经与"女性气质"（femininity）、"软弱"等标签分不开了，① 甚至有时候还被直截了当地称为"无能的男人"（ineffective man）。② 盖斯凯尔在玛格丽特的父亲理查德·黑尔身上采取了女性化的叙述策略，对其进行了性别置换，使黑尔先生的人物特征摆脱了传统男人和父亲的典型性格。盖斯凯尔倾向于塑造具有包容与温和性质的父亲，他们往往具有母性的特质，这在她的几部主要长篇小说如《玛丽·巴顿》、《北方与南方》、《克兰福德镇》和《妻子与女儿》中表现得很明显。

作为男人角色的主要代表，《北方与南方》里的黑尔先生在话语层和故事层表现出来的特征都不符合传统的父权制家长形象。他在小说中出场的时机就很能说明问题。在小说的叙事进程中，黑尔先生的名字第一次被提及是叙述者倒叙玛格丽特对初次伦敦之行的回忆，玛格丽特的父亲黑尔先生夜晚上楼来照看她（第10页）。③ 根据维多利亚时代男女势力领域的传统分工，"维多利亚人接受的传统观念是丈夫与父亲的权威，"男人是一家之主，抚养和照看儿童的具体家务活则由女人分管。④ 然而在《北方与南方》中，黑尔先生替妻子履行母亲的义务照看女儿，在丈夫的本职工作上表现却异常软弱。黑尔先生照看女儿其中固然有父爱的成分，但原因主要在于妻子以各种勉强的理由推脱义务。按理来说，黑尔夫人本应来伦敦参加外甥女伊迪斯的婚礼，可她却以"一大堆站不住脚的理由"留在了家里，其中一个重要的理由是没有合适在伦敦出席婚礼的服装，而没有服装的根本原因是黑尔先生"没有钱"将妻子从头到脚都装扮一新。别人

---

① Coral Lansbury, *Elizabeth Gaskell: The Novel of Social Crisis*, London: Paul Elek, 1975, p. 116; Angus Easson, "Mr. Hale's Doubts in *North and South*", *The Review of English Studies*, Vol. 31, No. 121, 1980, p. 39.

② Susan Zlotnick, *Women, Writing, and the Industrial Revolution*, Baltimore: The Johns Hopkins UP, 1998, p. 105.

③ Elizabeth Gaskell: *North and South*, New York and London: Norton, 2005, p. 69. 所有译文均为笔者自己翻译。后文出自该著的引文，将随文标出引文页码，不再另行作注。

④ Enid L. Duthie, *The Themes of Elizabeth Gaskell*, London: Macmillan, 1980, p. 90.

第三章 走出家门的"天使":《北方与南方》的人物塑造与转喻体系

或许对此事不知情,可黑尔先生自己却"完全知道"这个情况,他就此事奉劝过妻子,结果都是"无效"(第16页)。

黑尔先生不仅在赚钱等谋取物质条件的能力方面非常匮乏,在精神力量上也表现出犹豫和疑惑,给人的印象是"本质上的软弱"。[①] 他打算放弃教区牧师的职位,却没有勇气向妻子说起这件事情,还得委托女儿玛格丽特将此事透露给她(第35页)。面对女儿,他对自己的逃避行为是这样评价的:

"玛格丽特,我真是一个可怜的懦夫。给别人带来痛苦的事我受不了。我非常清楚,你母亲婚后的日子过得并不如意,不如她所想的那样,而这件事对她将是很大的打击,我没这么大的决心和力量去告诉她。可现在是时候让她知道这件事了。"他伤感地看着女儿,说出了以上的话。(第35页)

黑尔先生并非一时情感冲动而说出此番言辞,他用平静的语调坦然诉说自己的"自责与羞辱"(第35页),亲口承认自己是懦夫,在言辞上很脆弱,在举止上,表情也是"伤感"的。

在黑尔先生的人物塑造过程中,他与男性有关的特征基本都被置换成传统意义上的女性性格特点,他的女性化倾向不仅体现在语言上,还体现在外貌描写当中:"她父亲脸上的皱纹柔和地卷曲着,经常闪过一种起伏颤抖的表情,显示出情感的每次波动。他的眼睑大而隆起,眼睛显出特殊的怠倦,几近女性的美态"(第74页)。叙述者用来描述黑尔先生外貌的"柔和""卷曲""美态"等词汇都是常用来描绘女性的,更不用说其中直接提到的"女性"(feminine)一词。书中与黑尔先生外貌有关的这段描写是叙述者借用玛格丽特的眼光观察的,同时还将其与桑顿的外貌描写并置在一起。同样是脸部细节描写,叙述者是这样描述桑顿的:"皱纹少而坚毅,如同刻在大理石上一般。"(第74页)盖斯凯尔在《北方与南方》中惯用对比和象征手法,在人物刻画方面,她将经过女性化性别置换的黑尔先生并置在勇敢、坚毅和强硬的桑顿男人形象旁边,以后者衬托出前者

---

① Angus Easson, "Mr. Hale's Doubts in *North and South*", *The Review of English Studies*, Vol. 31, No. 121, 1980, p. 40.

性格的不足。

　　随着叙事进程的推进，黑尔先生身上的女性化特征越来越明显，与之相对的，是玛格丽特全面接管父母在家庭中的责任与事务，成为家庭的庇护者。在小说第 25 章，玛格丽特的母亲病重，想要见儿子弗雷德里克最后一面，而他此时正被政府通缉逃亡海外。黑尔先生还是一如既往的犹豫，最后是玛格丽特当机立断写信要他回家。此时的玛格丽特已经具有完全独立的判断力和洞察力，认为自己所做的事情是"完全正确的"。同时，她也意识到父亲在召唤哥哥回国这事上的犹豫和软弱是情有可原的，但她仍然还是抱着对父亲的尊敬与关爱，"挽着他的手臂走回家，神情忧伤而疲惫"（第 187 页）。小说的上卷到此戛然而止，叙事重心落在玛格丽特父女正在悄然发生的变化之上。

　　在小说下卷第 5 章里，弗雷德里克乘着夜色偷偷回家。玛格丽特为他开的门，一开始有点意外和慌张，但很快就镇静下来，她对此应付自如，为哥哥回家而高兴，这时叙述者展示了玛格丽特的内心："上楼的时候心情轻快得不得了，""现在即使是父亲那沮丧的态度也不会让她扫兴了"（第 224 页）。从这里可以看出，在玛格丽特心里，父亲那阴郁和泄气的态度已经让她开始不满了。紧接着，叙述者是这样讲述玛格丽特上楼告诉父亲这个消息的情景：

> 　　她叫了一声"爸爸"，深情地抱着他的脖子，轻轻地，确切地说，稍用强力（gentle violence）托起他疲惫的头靠在自己胳膊上。她注视着父亲的眼睛，让他从自己这里得到力量和自信（strength and assurance）。
>
> 　　"爸，猜猜谁来了！"
>
> 　　他看着她；她看见知晓的神情闪现在他那充满模糊忧伤的眼睛里，却随即又被当作无端的想象而摒弃。
>
> 　　他坐直身子，将脸又埋在了自己伸直的胳膊底下，像刚才一样靠在桌子上。她听到父亲在嘟囔着什么，于是亲切地弯腰去听。"我不知道。别告诉我那是弗雷德里克，不是弗雷德里克。我受不了，我太虚弱了。他妈妈快死了。"
>
> 　　他哭了起来，像个孩子一样号啕大哭。这和玛格丽特之前所希望和期盼的差得太远了，她失望透顶（turned sick with disappointment），

第三章　走出家门的"天使":《北方与南方》的人物塑造与转喻体系

半晌都没作声。后来她又说话了,语气变化很大,没多少兴奋可言,有的只是和善与谨慎。(第224—225页)

根据父权制社会的传统两性观,男女两性分别被赋予男强女弱的性格内涵,"男人心胸开阔,女人心胸狭窄;男人英勇无畏,女人懦弱胆怯;男人积极主动,女人消极被动;男人沉着冷静,女人容易激动;男人钢筋铁骨,女人柔和脆弱"①。黑尔先生人物形象所有的特征都表现出女性化的特点,碰到难题时,不是父亲庇护和安慰女儿,而是女儿倒过来"稍用强力",将父亲从消沉中拉出来,让他从自己的眼睛里得到力量和自信。得知儿子已经回家这个消息以后,他瞬间崩溃了,变得语无伦次,"像个孩子一样号啕大哭"起来。黑尔先生的行为显示出他身为男人和父亲都是失职的。在这个戏剧性的时刻,玛格丽特对父亲的不满在瞬间迸发出来,感到"失望透顶",心情变得很糟糕。片刻之后,她又恢复了对父亲的关爱,但她终究压抑不住长期以来父亲的软弱给自己带来的委屈,在父亲和兄长见面时,她自己跑上楼"痛快地大哭一场"(第225页)。在这个简短的叙事场景里,盖斯凯尔在黑尔先生和玛格丽特之间完成了性别的置换,同时也完成了对传统父女权威关系的置换。

值得思考的是,在《北方与南方》中的人物塑造过程中,盖斯凯尔对黑尔和弗雷德里克父子(以黑尔先生为主)进行了性别置换,将他们刻画为女性化的人物,却基本上没有对女性人物进行男性化的性格置换。黑尔夫人精明能干,但她仍然只是在家庭领域内发挥道德监护者的作用。玛格丽特的性格有高傲和倔强的一面,但这并不是被男性化置换的结果。虽然越出了传统上属于女性的家庭领域而进入属于男人地盘的公共领域,但她的举止神态和思想个性呈现出的仍然是典型的女性特征。盖斯凯尔对男女性别进行置换时的"唯女性化"倾向造成了一个效果:在不损害玛格丽特女性性格特征的同时,用女性化置换的手段从根本上剥夺了黑尔先生在家庭领域中的父亲权威,将黑尔先生在家庭领域中的支配权威让渡给玛格丽特,让她在家庭权利机制中取得完全控制能力,在家庭领域内以女性身份行使男性家长的权利,为女性力量的发展开拓空间,进而为后来走

---

① 申丹:《叙事、文本与潜文本:重读英美经典短篇小说》,北京大学出版社2009年版,第235页。

出家庭领域、进入公共领域做好准备。这或许是盖斯凯尔在塑造黑尔先生的人物形象时为什么要使用女性化的性别置换策略将其"女性化"的一大重要原因。

二 父母—子女形象塑造策略造就的女性力量发展空间

跟狄更斯等人强调完整情节和快节奏叙事的写作理念不一样，盖斯凯尔的叙事方法注重人物关系，主要依托和围绕人物形象展开，其他人物的塑造在功能上都必须服从于中心人物的塑造。下面我们从叙事和语篇的角度出发，分析黑尔夫妇对女主角玛格丽特的反衬和烘托作用，探讨父母形象塑造策略为玛格丽特女性力量发展创造出的空间。

在盖斯凯尔的小说写作理念里，人物形象塑造比情节悬念更重要，她的作品大多数都是围绕展示主要人物的性格展开叙事。这一点鲜明地体现在《北方与南方》的"前篇"《玛丽·巴顿》之中。盖斯凯尔曾在书信中用很长的篇幅谈及自己的写作过程和理念，她说这部小说原本以玛丽·巴顿的父亲约翰·巴顿为标题，"其他人物都是围绕约翰·巴顿这个人物而成型的；他是我的主角，我所有的同情心都给了他一个人……"[1] 从盖斯凯尔所说的叙事结构形成方法可以看出，她的小说虚构叙事写作过程尤其注重人物形象塑造，强调次要人物形象服务于主要人物形象。从这个角度去审视《北方与南方》，或许可以发掘出新的含义。《北方与南方》最早是以女主角玛格丽特·黑尔来命名的，[2] 这也意味着玛格丽特在小说中的地位应该类似于《玛丽·巴顿》中的约翰·巴顿。玛格丽特是小说的中心人物，塑造她的人物形象应该成为全书叙事进程的主要任务，总体情节的设置和其他人物的塑造都应该服从和服务于这个目标。只有认识到这一点，才能理解盖斯凯尔在塑造约翰·桑顿、黑尔先生、弗雷德里克、尼古拉斯·希金斯等人形象时所用策略可能具有的深刻含义。黑尔夫妇形象的塑造很大程度上是为了服务于玛格

---

[1] Elizabeth Gaskell, *The Letters of Mrs. Gaskell*, Manchester: Manchester UP, 1997, p. 74.

[2] 盖斯凯尔在开始写作小说时打算将其命名为"玛格丽特·黑尔"，在《家常话》杂志连载该小说时，主编狄更斯建议改为"北方与南方"；盖斯凯尔本人对现在这个书名或许并不满意，其后在一封很可能是写给狄更斯的书信中，她曾要求将书名改成"死亡与变化"（*Death and Variations*）。See Elizabeth Gaskell, *The Letters of Mrs. Gaskell*, Manchester: Manchester UP, 1997, p. 324; Tessa Brodetsky, *Elizabeth Gaskell*, Leamington Spa: Berg, 1986, p. 53.

丽特的人物形象塑造。

苏西·霍尔斯坦梳理了多位批评家对盖斯凯尔小说中父女关系的看法，认为盖斯凯尔在小说中的叙述策略与当时很多作家单纯归附或反对父权制的做法不同，她对父权制重新做出了定义。霍尔斯坦指出，在盖斯凯尔的小说中，男人并不是站在女人对立面的敌对势力，女人也不把自己看成父权制的牺牲品；她们通常并不以反抗的姿态来摆脱男性的独裁力量，相反，她们学习如何脱离父亲的保护而生存——要么是在实际意义上，要么是在象征意义上。[1] 霍尔斯坦得出的结论是，"在盖斯凯尔的小说中，父权的权威无法禁锢女主角，同样也无法为她们提供保护。最后她们不得不游离在传统的边缘而'主张一种新的空间'。"[2] 正如霍尔斯坦所言，盖斯凯尔小说虚构叙事里的众多父亲形象之中不乏宽厚仁慈和迁就溺爱子女的绅士人物，如《妻子与女儿》的吉布森先生、丘莫纳伯爵，《克兰福德镇》的布朗上尉，《玛丽·巴顿》的约翰·巴顿等。但是作为一家之主来履行父亲角色时，这些父亲人物角色对子女都有完全的支配权。黑尔先生的情形似乎不太一样，本应成为女儿监护人的他，反过来倒是成了女儿保护和照顾的对象。他们搬家到米尔顿以后，这一点体现得尤其明显。黑尔先生在女儿面前表现出来的胆怯、消极、脆弱和缺乏判断力的父亲形象毫无疑问并不具有典型意义。然而，或许正因为黑尔先生和盖斯凯尔小说中其他宽厚仁慈的父亲形象有着本质的不同，他将原本属于父亲角色的支配权让渡给了女儿玛格丽特，为玛格丽特施展女性权威创造了足够的空间，才使得《北方与南方》的玛格丽特成为第一个敢于跨越家庭领域、进入公共领域的女主角，成为走出家门的"天使"。相比之下，其他慈爱父亲掌控下的女儿们仍然只是"家中天使"。

黑尔先生人物形象缺乏传统丈夫与父亲的男性气质，性格特征上的"女性气质"表现出软弱的一面。他放弃了传统父权制家长作为家庭支柱的角色，在家庭领域里弃置了主事和监护职能。在功能上来说，黑尔先生身上这些与女性气质有关的软弱特征正好服务于玛格丽特形象的塑造，只有这样，在小说的叙事进程中，玛格丽特才有机会因为管理家务而去市场

---

[1] Suzy Clarkson Holstein, "Finding a Woman's Place: Gaskell and Authority", *Studies in the Novel*, Vol. 21, No. 4, 1989, pp. 381-382, 386.

[2] Ibid., p. 387.

上寻找保姆，才有机会在街头遇上希金斯父女，才有机会为了减轻母亲的病痛而去桑顿家借充水床垫，才有机会遇见工人暴动，才有机会在暴乱中保护桑顿。相反，如果黑尔先生的父亲角色被塑造成像《克兰福德镇》的詹金斯先生那样专断独权的强硬家长，在他的严厉管教下，玛格丽特便基本没有机会获得独立发展的可能。《北方与南方》开始几个章节非常突兀。玛格丽特并不是从小跟父母生活在一起，而是在伦敦的姨妈家生活了十年，由于表姐伊迪斯结婚，她才不得不回家。马丁·多兹华斯带着些许愤懑的语气说这部小说"有三次开局：伦敦的哈利街、赫尔斯顿和米尔顿"。[1] 对于盖斯凯尔为何要在小说一开始就将玛格丽特远离父母、置身伦敦这个问题，特莎·布罗德茨基认为盖斯凯尔制造这种突兀开局方式的目的与玛格丽特的形象塑造有关，通过与伊迪斯的对比突显出玛格丽特"人物形象的深度"。布罗德茨基的解释可备一说。但是如果我们从"功能性"人物观的角度出发，可以发现更加深刻的潜藏意义：或许盖斯凯尔只是出于情节编制的需要，将玛格丽特与性格有缺陷的父母分开，将她置于新的环境下，有利于形成独立的性格特征。

盖斯凯尔在几部长篇小说中采取不同的叙述策略探索了女性力量与现代性化进程的联系。就对抗传统父权制社会对女性的压迫束缚、关注女性的权力与力量而言，《北方与南方》采取的是最为直接的方式：女主角玛格丽特跨越了维多利亚社会主流意识形态为女性划定的家庭领域，进入涉及阶级斗争与政治经济学相关的公共领域，她的调停和扶助行为成为缓和阶级矛盾的关键因素。为了塑造出玛格丽特调停者和保全者的角色，盖斯凯尔需要围绕她编制必要的情节，塑造具有烘托效用的人物形象。在某种意义上来说，黑尔先生和弗雷德里克父子角色的设立或许就是为了完成这些叙事功能而生的叙事装置。

这不仅可以从叙事与语篇的角度进行考证，同样还可以在盖斯凯尔编制小说情节的写作过程中找到佐证。写作《北方与南方》时，盖斯凯尔在书信中不断谈及自己的创作动机、情节安排和人物塑造问题。1854年10月中旬写给友人凯瑟琳·温克华斯的书信中，盖斯凯尔提到自己的小说情节设置计划，她想要的事件是桑顿破产，然后他求助于玛格丽特，以

---

[1] Martin Dodsworth, "Introduction", *North and South*, Harmondsworth: Penguin, 1970, p. 12; Tessa Brodetsky, *Elizabeth Gaskell*, Leamington Spa: Berg, 1986, pp. 55–56.

第三章 走出家门的"天使":《北方与南方》的人物塑造与转喻体系　　87

此为纽带促成二人的婚姻,于是她做出以下设计:"要是来场大火把桑顿先生的厂房和屋子给烧了,以助于(help)他破产,你觉得怎样?"① 在另一封于同年10月下旬写给友人艾米丽·赦恩的书信中,她直接提到自己为黑尔先生设计的结局:"黑尔先生应当(ought to)死去";她在1855年1月的另一封信中提到黑尔先生在小说中之所以仓促地死去,主要原因在于主编狄更斯不给她杂志版面,但不管怎样,黑尔先生在她的情节设计里迟早"必须"得死。② 威廉·法贝恩询问盖斯凯尔为何要在《北方与南方》中加入一些无趣的小人物,她如此作答:"他们被用来填充故事中一些无关紧要的地方,否则会出现不雅的空白。"③ 从盖斯凯尔以上言论可以看出她对小说人物和情节的设计基本都是出于功能角度的考虑,为了完成自己设定好的写作理念和主旨规划,只要它们可以肩负起为主题服务的功能,所有其他人物与情节的构造都可以在或然性许可的范围内进行更改变化。从这个角度来看,黑尔父子等人对权威的颠覆其实只是盖斯凯尔在塑造玛格丽特人物形象和编制情节时的一种叙事装置,与其说盖斯凯尔在编码写作时是抱着批判或者赞扬他们行为的旨意出发,倒不如说她更加注重的可能只是这些人物形象在塑造过程中对玛格丽特人物形象塑造产生的建构功能。

《北方与南方》中的母亲形象同样如此。玛格丽特的母亲出身爵士家庭,为了爱情嫁给了赫尔斯顿的穷牧师黑尔先生,婚后生活却过得并不如意(第35页)。由于生活境况始终无法改善,她对丈夫以及赫尔斯顿渐渐产生不满情绪。在黑尔夫人看来,感情固然重要,但是在实际生活中,金钱的权力却不可小觑,至少它可以让自己体面地穿戴好去伦敦参加外甥女的婚礼。黑尔夫人之所以会有这种想法,很大程度上是女性的虚荣心在作怪。黑尔夫人对金钱权威的追求本身违背了维多利亚时代已婚妇女的淑女德行。莎拉·埃利斯的女子行为指南《英格兰女人》在19世纪中后期的英国很有影响力,指出女人"一定要心甘情愿地位居男人之下,""成为别人快乐的源泉,同时自己也获得快乐,"在行为操

---

① Elizabeth Gaskell, *The Letters of Mrs. Gaskell*, Manchester: Manchester UP, 1997, p. 310.
② Ibid., pp. 321, 328.
③ Ibid., p. 353.

守上需要"战胜三大敌人：自私、懒惰、虚荣"。① 从埃利斯给女人列出的接近"斯巴达式铁律"的建议可以看出，② 女人界定自己的方式是成为对"他人"有用的"家中天使"，遵守基督徒的温顺谦恭姿态。她们的行为典则是履行职责和克制欲望，而不是索取；依附于丈夫，却又不能给他施加压力。黑尔夫人本性虽然善良，但也并非传统意义上的贤淑妻子，她将挣钱和改善生活的重担强人所难地压在丈夫肩上。跟黑尔先生懦弱和女性化的性格比起来，她在家庭中的影响力远胜过后者，形成妻强夫弱的态势。或许正因为如此，盖斯凯尔才会在赫尔斯顿部分将她刻画成一个爱慕虚荣和不满现状的怨妇形象：她一直在催促丈夫带她离开赫尔斯顿。在米尔顿部分小说又将其塑造成一个多愁善感和懊悔不已的病人角色。到了米尔顿之后，她受不了那里的工业烟尘污染，病情加重，最后客死异乡。黑尔夫人的悲剧，归根结底，植根于父权制基于性别对社会空间的分界行为，中产阶级女性被剥夺了参与社会事物和工作的权利，没有办法挣钱谋生和改善自己的生活，更别提实现自己的生活理想，只能将希望全部寄托在丈夫身上。当一个拜金的妻子碰到一个碌碌无为的丈夫，结局可想而知。

就黑尔夫人与玛格丽特母女两人形象塑造之间的关系而言，黑尔夫人可以被视为玛格丽特的参照系。作为乡绅的女儿，黑尔夫人在成长过程中没有机会接触公共领域，遑论参与其中，她自幼生活与活动的范围被限制在家庭之内，受教养的典则是传统的中产阶级淑女德行，所以她只能通过传统的方式得到对权力的诉求，通过影响丈夫而间接产生作用，实现自我；黑尔夫人拥有的是"影响力"（power as influence）。③ 相比之下，玛格丽特在伦敦长大，在城市文化中有更多机会接触到经济、政治、社交等公共事务，她的性格也更加独立，不再需要通过影响他人而间接施展自己能力，而是具备了直接处理事务的完全行动能力，因此她拥有的是"行为

---

① Sarah Stickney Ellis, *The Daughters of England: Their Position in Society, Character and Responsibilities*, New York: D. Appleton and Company, 1842, p. 14.

② Ibid., p. 13.

③ Judith Lowder Newton, "Power and Ideology of Woman's Sphere", in Robyn R. Warhol and Diane Price Herndl, eds. *Feminisms: An Anthology of Literary Theory and Criticism*, New Brunswick, New Jersey: Rutgers UP, 1991, p. 768.

力"（power as ability）。① 玛格丽特和母亲之间在施展女性力量方式上的区别非常重要，它是决定玛格丽特突破传统女性"家中天使"形象、得以走出家门进入公共领域施展女性力量的决定性条件。

从很大程度上来说，与黑尔先生被"女性化"塑造的情形一样，黑尔夫人的形象塑造在赫尔斯顿与米尔顿两个阶段之所以会出现如此大的差异，目的可能都是给玛格丽特的形象塑造提供发展空间，使她在小说的叙事进程中有机会摆脱女性在家庭中的传统角色，被塑造成一个坚强、勇敢、有判断力和强大行动力的女性，为她走出家门参与公共事务做好了准备。

第三节　公共领域中的玛格丽特：性别与社会空间的转喻体系

《北方与南方》的书名标示出南北地理空间的对立，简单抽象而有戏剧性，概括了小说讨论南北方文化冲突的重要主题。然而这部作品的文化主题与人物之间的转喻体系却经常遭到误读。特莎·布罗德茨基的观点代表了主流批评界的意见，她认为约翰·桑顿和玛格丽特分别代表了北方文化与南方文化，两人观念态度的冲突交锋以及最后的融合过程是这部小说想要表达的主题。② 在这个问题上，批评界一直流传着一个看似对称而实际上不太稳妥的意义体系，它由双重转喻修辞格组成：玛格丽特转喻性地指涉乡村赫尔斯顿，③ 赫尔斯顿又转喻性地指涉南方农耕文明；桑顿转喻

---

① 朱迪斯·牛顿列举了一系列具有自主行动能力的小说女主角，如《伊芙莱娜》的伊芙莱娜，《傲慢与偏见》的伊丽莎白·本内特，《维莱特》的露西·斯诺，《弗洛斯河上的磨坊》的麦琪·塔列佛等。See Judith Lowder Newton, "Power and Ideology of Woman's Sphere", in Robyn R. Warhol and Diane Price Herndl, eds. *Feminisms: An Anthology of Literary Theory and Criticism*, New Brunswick, New Jersey: Rutgers UP, 1991, p. 768.

② Tessa Brodetsky, *Elizabeth Gaskell*, Leamington Spa: Berg, 1986, p. 57.

③ 这种修辞手法在严格意义上应属于提喻（synecdoche）范畴；批评界已经界定出转喻（又称换喻，metonymy）与提喻的理论分野，对二者之间的相互关系却颇有争议，有批评家将它们视为两个独立的修辞格，也有不少人将提喻视作从属于转喻的下级范畴。笔者对《北方与南方》所运用修辞格的阐释正是基于后一种观点，不再细分转喻与提喻之间的差异问题，仅从转喻的广义角度出发展开讨论，"通过有特殊关系的邻近事物来理解整个事物，"关注的是它"语言关系轴"的属性，涉及的是"事物的相邻关系：部分与整体，原因与结果等等"。上述引文来自束定芳《隐喻与换喻的差别与联系》，《外国语》2004 年第 3 期。

性地指涉城市米尔顿,而米尔顿又转喻性地指涉北方工业文明。在这种思维方式下,整部小说就被简单地加以置换:玛格丽特和桑顿之间的冲突与调和就象征着北方工业文明与南方农业文明之间的冲突与调和。① 如此一来,小说关注的中心——涉及金钱与生计等具体物质利益争夺的阶级对立——将被转移到文化和生活习俗冲突等非物质利益领域的矛盾。

  玛格丽特持有的并不完全是赫尔斯顿农业文明的价值观,她身上体现得更多的是伦敦城市资产阶级的价值观。对于这一点,国内批评界鲜有涉及,基本都认为玛格丽特特转喻性地指涉南方农业文化。在西方已经有批评家指出玛格丽特—南方农业文明这个转喻在本体和喻体之间的对应关系上产生了讹误。阿兰·舍斯通将《北方与南方》视为一部关注英国"政治文化全景"的"英格兰现状小说",将北方理解为新兴工业主义文明,南方"不仅是农村的生活方式,"而且代表英国的统治权力中心。② 这种阐释方法将小说放在更为广阔的地理和文化参照体系中,很有批评洞察力;但受到篇幅或文章形式的局限,舍斯通讨论的重点是权威问题,他阐释结论中的玛格丽特、权威以及南方之间并不能形成有效的转喻链条。有鉴于此,笔者从人物形象塑造和转喻修辞技巧之间的结合点切入,考察玛格丽特—南方转喻意义链条的多重性,指出主流批评界关于玛格丽特—南方农业文明的转喻行为在意义构成上存在怎样的偏漏之处。

一 玛格丽特与南方的转喻意义链条

  玛格丽特的确出生在赫尔斯顿,但她仅在那里度过了童年,九岁便住到了伦敦的姨妈家。虽然小说在叙事安排上是以玛格丽特离开伦敦为情节的开头,但此时她已经在伦敦住了10年,其间除了偶尔回赫尔斯顿短暂度假以外,她都生活在伦敦,"以姨妈家作为自己的家"(第8页)。另外,她在赫尔斯顿仅仅住了三个月左右便又随着父母搬家到了

---

 ① 转喻(metonymic)在西方的维多利亚文学研究中一般以形容词性出现,表示具有转喻的属性。它并不是指称抽象化和模式化的单一对应关系,而只是强调二者之间可能存在的诸多紧密关系当中的主要部分,并不否认事物之间关系的多重性与复杂性。玛格丽特和桑顿各种所引导的转喻链条也并不能概括其中各因素之间的全部关系,除了这些转喻链条,人物与地域之间可能还存在多种复杂关系。

 ② Alan Shelston, "Preface", *North and South*, New York and London: Norton, 2005, p. xi.

第三章 走出家门的"天使":《北方与南方》的人物塑造与转喻体系

米尔顿。青春期是世界观和价值观形成的关键时期,玛格丽特这段时间基本居住在伦敦,因此待人处事的态度上大多数时候遵从的社会习俗并不是赫尔斯顿式,而是伦敦式的。譬如说在离开赫尔斯顿那天,她母亲和女仆迪克森、夏洛特还有厨娘等人都充满离愁别绪,泪流满面,玛格丽特却在楼下"坦然自若,镇定如常"地站着,招呼着仆人和雇工打理搬家事宜,在这些仆人看来,玛格丽特是"在伦敦待久了,对赫尔斯顿说不上有多少感情"(第50页)。从以上细节可以看出,玛格丽特与赫尔斯顿的接触并不密切,她们之间的关系似乎并没有达到以玛格丽特就可以转喻性地指涉赫尔斯顿农业文明的程度。

即便搬家到米尔顿以后,玛格丽特很长一段时间内都"没有讲起过赫尔斯顿,只是在无法避免时提到它几次而已。在玛格丽特看来,它在梦里比生活中显得更清晰。晚上沉沉睡去之时,她记忆的徜徉之处都是它最宜人的地方"(第92页)。玛格丽特眼中的赫尔斯顿其实并不真实,那里的宁静大自然与田园生活更多时候只是选择性想象和虚构的结果。玛格丽特眼里的故乡赫尔斯顿是无限美好的,她对之加以各种溢美之词,以至于亨利·来诺克斯听到以后都带有反讽意味说道"听起来它简直不像是真实生活中,而是传说中的村庄(a village in a tale)"(第13页)。对于这一质疑,玛格丽特的回答是"(它)就像是诗歌中的村庄,和丁尼生诗歌中的一样"(第13页)。具有讽刺意味的是,玛格丽特的母亲在赫尔斯顿住了大半辈子,却对它没什么好感,"一直想离开那里,去哪儿都比待在这里更好"(第118页)。叙述者并没有说明玛格丽特离开父母到姨妈家生活的真正原因,黑尔夫妇将女儿送到伦敦生活的目的或许出于让她脱离赫尔斯顿农村生活方式的考虑。玛格丽特被父母送出赫尔斯顿,到伦敦生活,这个行为其实蕴含着深刻的含义:她此行所承载的期望是摆脱赫尔斯顿的农村文化身份,转而接受伦敦城市生活方式,完成身份的改造。

毫无疑问,十年的伦敦生活深刻影响了玛格丽特。小说有一个意味深长的细节,在第8章《思乡》中,故乡赫尔斯顿在玛格丽特心中只是一闪而过,仅仅用到三个词而已,而转述伊迪斯从伦敦的来信以及叙述她对伦敦人与物的深情眷恋则占据了数百字的篇幅(第62—63页)。随着玛格丽特逐渐对米尔顿的工业文明价值观产生认同,赫尔斯顿和米尔顿的形象在心中发生了戏剧性的变化。到小说快结束时,玛格丽特的父母都已去世,她在教父贝尔先生的陪同下回到了赫尔斯顿,发现真实生活中的赫尔斯顿和梦想中完美故乡的形象相去甚远。盖斯凯尔将玛格丽特的这次返乡之旅冠名为"今与昔"（第 349 页），意在凸显今昔对比。玛格丽特发现故乡变化很大，老树被砍伐，旧房被拆，建起了新屋（第 352 页），对玛格丽特来说，昔日熟悉的风景已经变得陌生。玛格丽特想去看望小苏珊，但未能如愿，失望而归（第 354 页）。巴恩斯老太为了举行一个昏昧迷信的仪式而烧死了苏珊家的猫；苏珊的妈妈对此感到愤慨的唯一原因是巴恩斯老太偏偏挑中的是她家那只猫（第 354 页）。玛格丽特的返乡之旅使她终于意识到赫尔斯顿田园理想的虚幻性，发现它其实只是一个普通的小村庄，那里有的只是世俗的变迁、破灭的憧憬、结怨的邻里、野蛮的文化与自私的人性。

　　盖斯凯尔在小说中确实设置了人物与文化之间的转喻修辞手法，以玛格丽特为喻体来转喻赫尔斯顿，然后转过来又以赫尔斯顿为喻体，转喻南方文化的本体。北方与南方确实组成了一组对立的隐喻体系，但是，"南方"这个以地域方位为标记的意义范畴是一个混合的相对概念，不仅包括赫尔斯顿所转喻的农业文化，更包括伦敦所转喻的城市文化。如上文所述，玛格丽特与赫尔斯顿的农业文化的关系并不是特别密切，相反，她与伦敦城市文化的联系更为紧密。玛格丽特—赫尔斯顿—南方这个隐喻体系只是一个残缺的系统，它中间漏掉了玛格丽特—伦敦—南方这根隐喻链条的关键一环，所以并不能真正和桑顿—米尔顿—北方文明之间的隐喻链条形成抗衡的局面。玛格丽特这个喻体同时转喻了两个本体：伦敦与赫尔斯顿，而且在意义上处于显性地位的是伦敦，而不是赫尔斯顿，这是整个问题的关键所在。

　　盖斯凯尔其实已经给这个问题提供了细节线索，那是在小说的后半部分、即将进入收尾阶段的关键章节中。玛格丽特向警察撒谎，以掩护哥哥弗雷德里克脱离险境，后来经过桑顿的调停结束了这个风波。但是，玛格丽特却被误认为晚上私会陌生男子，此事让桑顿感到愤慨与嫉妒，主动跟玛格丽特断绝了关系，开始思考他们之间的这段感情纠葛。他不断梦见玛格丽特，叙述者说道："玛格丽特的身影深深地烙印在了桑顿脑海里，可是它却一点都没有玛格丽特的品格，就像完全被邪灵附体力量一样。醒过来时，他都无法区分她到底是尤娜（Una）还是杜爱莎（Duessa），他对杜爱莎的反感似乎将尤娜裹住，并使她变得面目全非"（第301页）。[1] 在桑顿那里，玛格丽特的形象并不是一成不变的尤娜，而是善于变化、具有两重形象的杜爱莎。结合这个细节，可以发现在与玛格丽特身份有关的这根转喻意义链条上，两重特性占据了重要地位。和《仙后》里面杜爱莎冒充尤娜的情形一样，在小说的阐释过程中，玛格丽特所转喻的伦敦经常被扭曲，被批评家误认为赫尔斯顿。《北方与南方》以南北地理区域为标准的转喻对立平衡体系应该由两根隐喻链条组成：玛格丽特—伦敦（赫尔斯顿）—南方，桑顿—米尔顿—北方。如果忽视玛格丽特引导的这根转喻意义链条上伦敦城市文化与赫尔斯顿农业文化的两重性，以及伦敦城市文化在其中的显性地位，阐释就会产生偏误。

二　公共领域中的玛格丽特：女性力量叙述的两重性

《北方与南方》经常被视为《玛丽·巴顿》的续篇或者姊妹篇，盖斯凯尔用它来继续自己描写社会阶级矛盾现状的未竟之业。[2] 这两部小说对英格兰社会状况里工人与工业资产阶级矛盾问题的关注是一脉相承的，盖斯凯尔本人在书信中也间接提到过这一点，[3] 她试图以小说虚构叙事的方式呈现和解决当时困扰英国社会的尖锐阶级矛盾。英国人刚进入维多利亚时代之际看到的并非盛世光景：社会贫富差距不断加大、民主进程推进不力、[4] 经济危机接踵而至、[5] 大规模疫病流行、[6] 农业连年歉收，蔬菜和粮

---

[1] 尤娜和杜爱莎这两个人物形象源自于斯宾塞的叙事长诗《仙后》第一卷。在《仙后》中，杜爱莎曾经幻化成尤娜的形象诱惑红十字架骑士。尤娜（Una）含有"单一、整体"的意思，"不可再分（indivisible），代表真理"；杜爱莎（Duessa）的"第一个音节显示出它的拉丁文词源，正好契合了这个女巫人物形象的两重特征，"她"代表两重性（duality）与虚假（falsehood）"。See Alan Shelston, "Notes", *North and South*, New York and London: Norton, 2005, p. 301; Roland M. Smith, "Una and Duessa", *PMLA*, Vol. 50, No. 3, 1935, p. 917.

[2] See Arthur Pollard, *Mrs. Gaskell: Novelist and Biographer*, Manchester: Manchester UP, 1965, p. 108.

[3] Elizabeth Gaskell, *The Letters of Mrs. Gaskell*, Manchester: Manchester UP, 1997, pp. 118-121.

[4] 关于选举权与阶级矛盾问题，See Laurence Poston, "1832", *A Companion to Victorian Literature and Culture*, Oxford: Blackwell, 1999, p. 9。

[5] 1837年和1842年接连发生金融和经济危机。

[6] Philip Davis, *The Victorians*, Beijing: Foreign Language Teaching and Research Press, 2007, p. 5.

食价格大幅波动、[1] 民生改善不利,种种因素产生耦合使英国阶级矛盾空前激化。[2] 民众焦虑又失望,社会动荡不安。社会经济和政治功能失调,改革呼声越来越高,"宪章运动"的风起云涌就是社会矛盾激化的明显症候。这种焦虑与不安反映到文学领域就是这一时期"英格兰现状小说"和"工业小说"的盛行。盖斯凯尔在她的第一部长篇小说《玛丽·巴顿》中就直面这些尖锐的社会矛盾。面世以后它立刻成为畅销书,同时也饱受批评。[3] 于是盖斯凯尔在那封写给凯-夏托沃斯夫人的著名书信中做出了辩解,[4] 她赞同凯-夏托沃斯夫人的意见,指出工厂主里面也有好人,工厂体系除了制造贫富差距等社会问题外也有为善的一面。她对劳资矛盾和阶级对立问题发表意见,试图利用宽厚仁慈的宗教思想和同情怜悯的人道主义来消除阶级隔阂。这封信勾勒出了《北方与南方》的写作理念,可以视作它的创作缘起。

盖斯凯尔试图通过小说虚构叙事反思工业化进程给社会带来的负面影响。面对这一庞大的叙事规划,盖斯凯尔的切入点是从人物着手。她认为身为工厂主,他们得"有思想、精力充沛""宽厚仁慈",[5] 因此我们"需要一个懂实干、有阅历、会运筹谋划的聪明人,在众多仁慈的工厂主所尝试过的各种体系中选出一个最佳方案"。[6]《北方与南方》的人物与情节都和这封书信的设定有高度的呼应,[7] 盖

---

[1] 因为"谷物法"等农业保护主义措施,英国"在1836—1841年间食品价格飙升,而工资却没涨,甚至还略有下降"。劳工阶级以马铃薯作为生活主食,但是在1845—1850年,晚疫病菌造成爱尔兰马铃薯连年灾荒,受此影响,英国马铃薯的价格产生剧烈波动,增幅达到将近300%。See Andrea Broomfield, *Food and cooking in Victorian England*: *A History*, Westport: Praeger Publishers, 2007, p. 93; Roger Scola and Alan Armstrong, *Feeding the Victorian City*: *The Food Supply of Manchester*, *1770-1870*, Manchester: Manchester UP, 1992, p. 115.

[2] 19世纪中期英国的工人阶级占全国总人口约70%,但是他们生活和工作的状况非常恶劣,无法分享工业化和现代化进程带来的成果,对政府和社会怀有强烈的不满情绪。See Antony H. Harison, "1848", *A Companion to Victorian Literature and Culture*, Oxford: Blackwell, 1999, p. 21.

[3] Elizabeth Gaskell, *The Letters of Mrs. Gaskell*, Manchester: Manchester UP, 1997, p. 73.

[4] Ibid., pp. 118-121.

[5] Ibid., pp. 119-120.

[6] Ibid., p. 120.

[7] 阿兰·舍斯通将这封信选编进了诺顿版《北方与南方》中,以此确认二者之间的必然联系。See Elizabeth Gaskell: *North and South*, New York and London: Norton, 2005, p. 399.

第三章 走出家门的"天使":《北方与南方》的人物塑造与转喻体系

斯凯尔在这里所说的理想化的工厂主和小说中约翰·桑顿的人物形象非常契合。在小说写作过程中,盖斯凯尔为桑顿的人物形象被刻画得"白璧微瑕"(marring)而感到焦虑。[①] 随着《北方与南方》叙事进程的推进,桑顿的性格和人物形象也在不断发生变化,而触发变化的恰恰是小说女主角玛格丽特。

玛格丽特来到米尔顿以后逐渐接触到工厂主约翰·桑顿,他们之间的关系经历了从误解到了解的过程。玛格丽特刚到米尔顿时,对那里的生活方式甚为反感,觉得那里的人都充满了事业心,"目的性很强"(第54页)。她无法接受工厂主对工人进行残酷剥削,使工人的生活处于赤贫状态。玛格丽特多次与桑顿讨论工人福利、社会进步、罢工等社会公共问题,价值观的差异使他们之间产生了偏见和误解。玛格丽特出身中产阶级,与工人阶级交往的过程中,结识了希金斯父女,对他们悲惨的生活境况产生深刻的同情,于是在感情归属上加入他们的阵营,与桑顿所代表的工业资产阶级利益有冲突,因此她被视为中产阶级中的"特洛伊木马"。[②] 尽管玛格丽特对这种不公平的社会现象感到愤慨,却没有权力去改变,只能利用跟桑顿以及贝蒂·希金斯交谈的机会在语言上进行平等与博爱的说教(第112页)。艾琳·阿贝尔发现了盖斯凯尔这种写作方法背后凸显女性意识和力量的动机,指出盖斯凯尔旨在以爱心、同情心和慷慨胸襟等女性德行的感化力量作为改变世界的动力,而实现的方式则是通过"女主角在她们各自的群体中施加影响"。[③] 阿贝尔的看法很有见地,洞察到盖斯凯尔在作品中凸显女性德行的初衷所在,即通过人际交往关系传递和施加女性力量,进而产生改变社会的力量。虽然她在这一阶段也涉及众多与社会公共领域有关的事情,可是她施展女性力量的行为都只是局限在家庭领域内,通过女性传统的在道德和宗教领域的权威实施自己"影响的权利",间接影响他人的行为,以达到改变世界的目的。

[①] Valerie Wainwright, *Ethics and the English Novel from Austen to Forster*, Aldershot, Hampshire: Ashgate Publishing Limited, 2007, p. 85.

[②] Patricia Ingham, *The Language of Gender and Class: Transformation in the Victorian Novel*, London: Routledge, 1996, p. 63.

[③] Eileen Dolores Abel, "'Blessings Left Behind': Self and Social Obligation in the Novels of Elizabeth Gaskell", *DAI*, Vol. 57, 1996, p. 0688A.

玛格丽特凭借女性的情感与良知在家庭领域发挥影响力。桑顿则与之不同，他是男性理智与知识的化身，他的权力领地是工厂，将道德与宗教监督的责任完全托付给母亲。桑顿是从事纺织业的新兴工业资本家，在小说的开始部分，他奉行务实的管理作风，严格按照市场规律来规范自己的棉纱厂，他只关心棉纺工业的进步、工厂的正常运转和稳定的利润，他也会关心节能减排等环保问题，但出发点是节约能源以便获得更大的利润（第 76 页）。他与工人的关系仅仅是雇佣与被雇佣的合同关系，认为自己和工人之间只是由于工作才发生联系，工人工作之外的生活问题与他毫不相干（第 114 页）。工业资产阶级对剩余价值的无限追求与工人提高工资的合理需求之间存在根本的利益冲突。除此之外，工业资产阶级还故意压低工资，剥夺工人受教育的机会，使他们依赖工厂而生活（第 109 页）。随着工会力量逐渐变得强大，这两个阶级之间的矛盾越来越尖锐。以桑顿为代表的工业资产阶级阵营和以尼古拉斯·希金斯为代表的工会之间互不妥协，最后导致阶级矛盾大爆发，发生了工人暴动事件。

玛格丽特和桑顿两个人的性格之间其实存在某种意义上的互补关系。南希·曼恩指出，"自始至终，玛格丽特在小说中都是约翰·桑顿自我的另一半，而且是更好的一半。当他被玛格丽特劝服时就会立刻付诸行动。玛格丽特代表了客观和良知的能力，它们最后通过教育和爱的形式重聚在他身上。相反，约翰·桑顿象征着自我知识以及结合欲望与目标的能力，它们是玛格丽特所处的社会从她身上剥夺走的，因为她是女性"。[①] 曼恩看到了传统父权制社会对女性力量的限制和剥夺，同时也注意到了女性通过影响的权力对男性施行道德影响力。从曼恩的分析可以看出，盖斯凯尔在塑造玛格丽特和桑顿这两个人物的性格特征时似乎还是基于传统男女性别对立区分：男人代表知识、理智和进取，女人代表良知、情感和关爱。在社会空间上的分界来说，这种对立区分将公共领域划为男性地盘，而家庭领域则是女性地盘，二者恪守势力范围，各司其职。就《北方与南方》叙事空间的整体情节架构而言，这种解读方法的确适用，但是它忽视了这部小说区别于维多利亚时代其他女性主题小说的关键特征：玛格丽特对传统社会空间界限的跨越与冲击。

[①] Nancy D. Mann, "Intelligence and Self-Awareness in *North and South*: A Matter of Sex and Class", *Rocky Mountain Review of Language and Literature*, Vol. 29, No. 1, 1975, pp. 37-38.

第三章 走出家门的"天使":《北方与南方》的人物塑造与转喻体系

马丁·多兹华斯在1970年企鹅版《北方与南方》的前言中将小说里面著名的工人暴动场景加以情欲化阐释,多兹华斯认为第22章中整个暴动过程充斥着与性行为有关的隐喻,结合文本对此做了细致的分析。[1] 自此以后,女性与公共领域中的性别意识形态冲突问题越发引起了批评界的注意。特伦斯·莱特认为在著名的暴动章节中,玛格丽特的一举一动都存在与性别有关的弦外之音:"她叫约翰下楼直面暴动工人的挑战行为是性别的挑战,她被砾石砸中造成受伤流血的事实则是性别的和解。"[2] 很明显,多兹华斯和莱特等人对暴动场景的解读都是从转喻角度出发,认为玛格丽特对桑顿的拯救行为象征着她在性别政治上的成功。在工人暴动场景中,玛格丽特僭越了传统意义上属于"家中天使"范围的家庭领域,走出家门进入到公共领域。更重要的是,她改变了女性一直以来在公共领域里的旁观者角色。为了照应生病的母亲,她去桑顿家借水床垫,卷入工人阶级与工业资产阶级的直接对抗,然后她又积极参与其中,还破天荒地成为阶级冲突场景中的主角,颠倒了传统文化叙事中男女角色常见的行为功能:不是男性英雄拯救柔弱女性,而是柔弱女性拯救男性英雄。从这个场景的实际状况来看,似乎的确是玛格丽特施展的女性行动的能力拯救了桑顿。

然而,细读文本就会发现这个事件在性别政治上的情形其实并非如此简单。当时桑顿的住所被暴民包围,玛格丽特力劝他下楼直面这些愤怒的工人,她说道"救救这些可怜的陌生人,他们是被你引诱到这里的。说话时要把你的工人当人看,好好和他们说。不要用军警来镇压这些不理智的可怜人"(第161页)。从以上对话可以看出,面对工人的暴力威胁时,玛格丽特运用女性的行动能力处理公共领域的事情,她依据的并不是传统意义上属于"男人性格"特征的理性分析与冷静思考,而只是典型"女人性格"特征的同情心与感性情绪。玛格丽特的确鼓励桑顿下楼直面骚乱的人群,并且用自己的血肉之躯为他抵挡了砾石的攻击,但支撑她这些行为的并不是坚定的女权主义信念,而仍然是传统的女性道德良知与"直

---

[1] Martin Dodsworth, "Introduction", *North and South*, Harmondsworth: Penguin, 1970, pp. 18-19.

[2] Terence Wright, *Elizabeth Gaskell: "We Are Not Angels" —Realism, Gender, Values*, Houndmills: Macmillan, 1995, p. 112.

觉"（第 162 页）。看到愤怒的工人即将围攻桑顿一家，"她忘记了自己，只是对眼前的利害关系感到一种强烈的同情，它强烈到了痛苦的程度"（第 159 页）。在桑顿即将遭到攻击的千钧一发之际，玛格丽特挺身而出，伸出双臂将他护在身后。叙述者如此评价玛格丽特这一举动的重要动机："如果她认为作为女人，她的性别可以提供保护作用……她就错了。"（第163 页）后来事实证明暴民终究用石头攻击了他们，这使玛格丽特的期望落了空。玛格丽特利用女人在性别政治上弱者身份"优势"的打算最后并没有成功，但是她到底曾经对此抱有幻想，并以此作为自己实施英雄拯救行为的支撑力量。

暴动事件之后，玛格丽特在家中回想起自己的所作所为，陷入道德与情感的纠结："我被什么力量附了体，让我就像保护一个无助的小孩一样保护了那个男人！哦！那些人肯定会以为我爱上了他，我那样做太丢人了"（第 173 页）。玛格丽特将强势的桑顿视为无助的孩子，体现出女人的母性特质。然而，玛格丽特对于这一点并没有清醒的认识，她试图使用"道理"（reason）来解决暴动问题，责怪桑顿在工人面前"没有以理服人"。经过一系列的自我质问之后，她得出的结论是"如果说我避免一次攻击、化解了一次正在酝酿中的残忍和愤怒的行动，那么我就完成了一个女人的工作"（第 173 页）。从玛格丽特的这些内心思想可以看出，她在暴动场景中拯救桑顿的行为并不能上升到象征女性力量侵入男性权力势力范围或者对其进行颠覆的高度，她并没能完全理解自己行为的动力与意义。玛格丽特身上体现出了传统女性道德典则根深蒂固的支配力量，她将自己定义为弱者的保护者和拯救者；然而，她用来解决暴动的途径却是借道于男人的性格力量——说理。有一处文本细节更具有深意：面对暴动的工人，她仅仅做出了几句简短的说辞，而且因为紧张和羞涩"声音还不成语调，只是一阵嘶哑的低语"（第 162 页）。玛格丽特在动机与能力上的巨大差距体现出女性力量进入公共领域、颠覆传统男女权力位置关系等行为面临的艰难处境。

盖斯凯尔通过越界男女性别对立，对传统男女性别角色进行置换，塑造父权制家长人物时采取了"女性化"的叙述策略，使原本属于女性的弱点转移到男性身上，同时女性在性格上也具有了男性的部分性格优点。这种置换使得女人不仅在情感和道德方面，而且在意志力和判断力上都强于男人。于是男人对女人的依靠就成了世界运转的必要条件，女

第三章　走出家门的"天使":《北方与南方》的人物塑造与转喻体系　　99

性也顺利运用行动力越界了家庭领域、直接涉足公共领域。盖斯凯尔笔下的女性人物突破家庭领域的界限、直接进入公共领域的理论前提似乎并不是凯瑟琳·加拉格尔(Catherine Gallagher)所认为的那样,即私人领域和公共领域之间存在一种"转喻性质的链接"(metonymic link),女性可以将自己在家庭领域的道德权威转移到公共领域中。加拉格尔认为盖斯凯尔的这种解决问题的做法非常含混而且基础并不牢固,可能会含有意识形态陷阱的问题,"抹杀公共与私人之间的界限实际上结果会适得其反"①。玛格丽特拯救桑顿的动机在很大程度上是出于女性在道德领域的优势,即同情与关爱,但实际上她在暴动场景中展现出的并不是道德影响的权力,而是直接以具体语言和行动展示女性力量。

　　玛格丽特敢站在前面保护桑顿,她的勇气来源于英国父权制思想中男性保护与尊重女性的传统。玛格丽特拯救行为的矛盾之处在于她已经内化了父权制观念,认同了女性作为弱势群体的社会地位,自觉将女人被动地置于男人的怜悯和保护力量之中,同时她又试图利用这种源于男性的力量去拯救男主角桑顿。玛格丽特除了在暴动场景中直接保护桑顿,使其遭受暴力伤害以外,在小说中还拯救了桑顿一次,即小说结尾处她利用教父贝尔先生遗赠给自己的财产拯救了桑顿濒临破产的棉纱厂。和暴动场景一样,这次拯救行为的权力(金钱)归根结底也是源于男人(贝尔先生)。玛格丽特拯救约翰·桑顿的行为在性别政治上具有无法克服的两重性与悖论:拯救行为的外在执行者是玛格丽特,她跨越了女性固有的家庭领域,进入属于男性的公共领域中拯救了男性,因此在形式上它是关于女性拓展权力范围的叙事;然而,拯救行为的内在支撑力量实际上却仍然是英国传统父权制社会男性保护和尊重女性的道德机制,因此她在意识形态内容上又维护了父权制男强女弱的文化神话。

　　盖斯凯尔的性别置换策略存在自我矛盾:这种置换只是将传统男女观的各自优点和弱点相互调换了位置而已,女性变为强者只是移用了男性的优势特征,男性变为弱者只是具备了女性的劣势特征,这不仅不利于女性力量的叙述,反过来,它更加衬托出女性在现实生活中根深蒂固的"弱者"本质。通过性别置换和转喻意义体系,玛格丽特获得了父权力量缺失

---

① 转引自 Barbara Leah Harman, *The Feminine Political Novel in Victorian England*, Charlottesville and London: UP of Virginia, 1998, p. 53。

所创造的自由权力空间，进入与阶级冲突有关的公共领域。然而，当她在最具代表性的工人暴动场景施展女性力量时，诉求的却是期盼男人尊重和保护女人的父权制道德行为准则。这是盖斯凯尔和维多利亚时代大多数女人无法解决的悖论。

第四章

《妻子与女儿》女性地位叙事的两重性

盖斯凯尔在《克兰福德镇》里设置了与维多利亚现实社会相对立的女性乌托邦社区,在《北方与南方》里塑造了跨越传统女性家庭领域、直接进入公共领域的女性形象,通过这两种不同的叙事模式来关注女性间接影响的权力和直接行动的权力。这两部早期作品在提升女性地位上具有较为明确的期望与构想,这和她的最后一部作品《妻子与女儿》形成鲜明的对照。《妻子与女儿》对女性角色莫莉以及辛西娅主体意识的呈现与压制(以莫莉为主)的叙述表达了性别立场上的保守性。尽管盖斯凯尔在《妻子与女儿》中运用了自由间接引语以及女性眼光等叙述技巧来展现莫莉的内心意识,但它们并不是女性主义意义上用来表现女性主体意识和对抗父权制意识形态的手法;相反,它们只是盖斯凯尔表现莫莉在成为维多利亚淑女过程中如何压制自我意识的叙述策略。在盖斯凯尔笔下,女主角莫莉逐渐发展成维多利亚时代的淑女典范,真正具有反叛个性的辛西娅不仅没机会表达主体意识,而且在叙事功能上也是主要作为反衬而存在,以凸显莫莉善良和真诚的传统女性美德。虽然莫莉是全书毫无疑问的中心人物,但她的形象显得比较保守;在不少批评家看来,毅然决然地突破既定传统观念束缚的辛西娅才是盖斯凯尔刻画最成功的人物。这部小说在性别立场上相当保守,与《克兰福德镇》和《北方与南方》形成对照,在更大范围内构建了盖斯凯尔女性地位叙事的两重性。

第一节 围绕莫莉女性"中心意识"的争论与评述

《妻子与女儿》诞生于19世纪60年代英国现实主义小说的兴盛时期,具有鲜明的现实主义特征,因此一直都被归类到现实主义小说流派里。菲利普·戴维斯在 2002 年的牛津版英国文学史中对这一批评传统做出了总结,将盖斯凯尔和特罗洛普、乔治·艾略特等人的作品视为"高度现实主义"(High Realism)的标杆,认为盖斯凯尔和特罗洛普等人一起界定了现实主义小说的标准。① 虽然写作理念与题材都是经典的现实主义风格,但《妻子与女儿》注重描写人物心理和内心情感的特点却让它在同时代的众多现实主义作品中显得较为引人注目。这个特点容易被批评家视为盖斯凯尔叙事过程中的缺陷:埃德加·莱特(Edgar Wright)认为它在主题上"主要着眼于感情之事";② 玛格丽特·甘孜(Margaret Ganz)则认为它在叙事推进上"过分拖沓,基本停滞不动"。③ 莱特和甘孜对《妻子与女儿》的批评其实可以作为一种反面佐证——它在叙述方法上与经典现实主义小说传统存在偏离之处:它不像常规现实主义小说那样仅注重描写外在行动与对话,书中有大量关于女主角莫莉内心意识与情感的描写,直接造成小说在叙事节奏上进展缓慢。

专门从叙事角度研究《妻子与女儿》的成果并不多,但是它的人物内心意识被叙述者大量展示,这一叙述特征还是很容易在局部上引起批评家的注意。《妻子与女儿》在叙事进程中不仅注重展示故事人物的内心意识,还通过故事人物的意识来聚焦和观察世界。莫莉是全书的中心人物,她的意识在小说中不断出现,占据重要地位。《妻子与女儿》围绕莫莉如何成长为维多利亚淑女典范这一过程展开叙述,④ 因此有批评家将莫莉的个体意识在小说中占据相对中心地位这一叙述特征与亨利·詹姆斯的"意识中心"叙述策略联系在一起。批评界在这个问题上众说纷纭,使之一直悬而未决。要解决这个问题,有必要先梳理一下与此相关的评述与争论。

克莱克指出,盖斯凯尔的作品影响了亨利·詹姆斯的心理展示技巧以

---

① Philip Davis, *The Victorians*, Beijing: Foreign Language Teaching and Research Press, 2007, p. 144.

② Robin Bailey Colby, *Some Appointed Work to Do: Women and Vocation in the Fiction of Elizabeth Gaskell*, Westport: Greenwood Press, 1995, p. 89.

③ Ibid., p. 104.

④ Jane Spencer, *Elizabeth Gaskell*, New York: St. Marin's Press, 1993, p. 130.

第四章 《妻子与女儿》女性地位叙事的两重性

及詹姆斯·乔伊斯的意识流小说。[1] 休斯也直接提到过《妻子与女儿》与詹姆斯意识中心理论实践可能存在的源流关系。[2] 但是这两位批评家均没有进行详细的分析和评判，也没有批判性地指出《妻子与女儿》的心理展示技巧和詹姆斯"意识中心"之间可能存在的渊源以及在质与量上的异同问题。米利安·阿洛特指出这一作品"给人的印象是自始至终都从内部观察事物"[3]。阿洛特精辟地指出了《妻子与女儿》的叙述注重事物内部联系的特点，但没有对作者与叙述者进行区分，也没有从叙事学角度分析造成这一印象的原因。雪莱·福斯特指出盖斯凯尔"（在《妻子与女儿》中）运用了很多'视角'技术，将作者的直接干扰减到最低程度，制造出人物自由的印象"[4]。福斯特提到人物自由与叙述视角之间的关联，但她仍然只停留在关注叙述者退隐的层面，并没有对盖斯凯尔"很多视角的技术"进行进一步深入的界定与分析。在这个问题上观点鲜明的是埃德加·莱特，他不仅指出全知叙述者隐退的问题，还明确点明了很多批评家没有确切加以界定的问题：它与亨利·詹姆斯"意识中心"之间有某种相似性。莱特甚至还矫枉过正地认为《妻子与女儿》的全知叙述者隐退到叙述层背后是为了从小说内部给出一个持续的视角，它将莫莉"作为小说的中心意识（central intelligence）",[5] 这种手法后来成为亨利·詹姆斯的一个技巧特点。[6] 莱特在后文接着指出盖斯凯尔并没有像詹姆斯在他后

---

[1] Wendy A. Craik, *Elizabeth Gaskell and the English Provincial Novel*, London: Methuem, 1975, p. 105.

[2] Linda K. Hughes, "*Cousin Phillis*, *Wives and Daughters*, and Modernity", in Jill L. Matus, ed. *The Cambridge Companion to Elizabeth Gaskell*, Cambridge: Cambridge UP, 2007, p. 92.

[3] Miriam Allott, "Elizabeth Gaskell", in Ian Scott-Kilvert, ed. *British Writers*, Vol. 5, New York: Charles Scribner's Sons, 1982, p. 11.

[4] Shirley Foster, *Victorian Women's Fiction: Marriage, Freedom and the Individual*, London and Sydney: Croom Helm, p. 176.

[5] "中心智力"（central intelligence）是布莱克穆尔用来描述詹姆斯视点理论的词汇，基本等同于卢伯克所说的"意识中心"（center of consciousness）。它可以用来描述亨利·詹姆斯的戏剧化呈现小说技巧，是小说作为有机整体在形式与内容的连接点，"小说中的任何事情都可以依赖于它并且通过它统一起来"。Richard P. Blackmur, *Studies in Henry James*, New York: New Directions Publishing Corporation, 1983, p. 25.

[6] Edgar Wright, *Mrs. Gaskell: the Basis for Reassessment*, Oxford: Oxford UP, 1965, pp. 246-247.

期作品中那样固执而严格地控制意识中心,但他认为盖斯凯尔在《妻子与女儿》中已经明确使用了詹姆斯意义上的"意识中心"叙述策略。

关于盖斯凯尔在《妻子与女儿》中通过故事人物聚焦的叙述策略与詹姆斯"意识中心"之间的联系情况,琳达·休斯的评述最具有典型性。休斯认为盖斯凯尔在《妻子与女儿》里"特有地将叙述角度和中心人物(莫莉)的意识融合在一起,这种叙述策略预见了亨利·詹姆斯在小说布局里偏爱的中心过滤意识(central filtering consciousness)";在某种意义上来说,"莫莉是全书的中心意识(central consciousness)",[①] 全知叙述者和作为小说中心意识的莫莉·吉布森之间的界限常常难以区分。[②] 休斯敏锐地察觉到盖斯凯尔在《妻子与女儿》中采用的叙述策略与詹姆斯"意识中心"之间的紧密联系,但是她似乎并没有进一步厘清二者之间的关系,只是将莫莉称为小说的"中心意识",而将詹姆斯的叙述策略描述为"中心过滤意识",以示区别。这样一来,"中心意识"和"中心过滤意识"(意识中心)这两个相似的概念之间反而容易产生新的混乱。有意思的是,这种混乱却恰如其分地反映出批评界长期以来存在的问题:莫莉作为《妻子与女儿》的"中心意识"与詹姆斯"意识中心"之间的异同关系缺乏清晰的界定。

也有一些批评家持有不同观点,质疑《妻子与女儿》的叙述策略与詹姆斯的"意识中心"之间是否可能存在共通之处或渊源关系。苏扎恩·基恩从《妻子与女儿》多重情节结构的叙述模式出发,间接阐明自己的立场,指出这种方式的叙事过程松散而充满断裂,经常不得不在多重情节线索之间不停切换,所以难怪詹姆斯会将这些正统现实主义小说称为"松散肿胀的庞大怪物"(loose baggy monsters)。基恩在例证时列举了维多利亚时代五位作家创作的八部长篇作品,盖斯凯尔的《妻子与女儿》赫然在列。[③] 基恩将《妻子与女儿》的多重情节并置的叙述方法视为艺术缺

[①] 詹姆斯意义上关于视角和小说形式的"center of consciousness"有"意识中心"和"中心意识"这两种中文译法。为了体现休斯等批评家所使用的术语与詹姆斯视角有关的术语之间的区别,笔者将詹姆斯意义上的术语称为"意识中心",而休斯意义上的术语称为"中心意识"。

[②] See Linda K. Hughes, "*Cousin Phillis*, *Wives and Daughters*, and Modernity", in Jill L. Matus, ed. *The Cambridge Companion to Elizabeth Gaskell*, Cambridge: Cambridge UP, 2007, p. 92.

[③] See Suzanne Keen, *Victorian Renovations of the Novel: Narrative Annexes and the Boundaries of Representation*, Cambridge: Cambridge UP, 1998, pp. 61-62.

陷，将它的叙述模式当作亨利·詹姆斯所推崇的"意识中心"小说的对立面，不承认两者之间可能存在渊源关系。

如果我们将苏扎恩·基恩的观点与亨利·詹姆斯本人在1866年2月22日以《妻子与女儿》为题发表的批评专论文章相对照，就会发现情形似乎跟基恩所想的不太一样。詹姆斯用他一贯带有保留态度的口吻说盖斯凯尔的作品和大部分女性作家一样"不尚智性"，但他对盖斯凯尔的小说艺术仍然做出了肯定："她的艺术天分具有复合型的特质，那显然是源于她的关爱、情感和联想，独特地展示了她的个性……"① 詹姆斯在文中还盛赞《妻子与女儿》的故事展开得"如此细腻（so delicately）、如此精心（so elaborately）、如此有艺术性（so artistically）、如此真实（so truthfully）又如此尽兴（so heartily），细读之下，令人身心愉悦，仿佛身临其境，沉浸在书中人物的动机、情感、风俗和联想之中"。②

众所周知，詹姆斯非常注重小说创作中艺术完美的原则，他一贯强调形式的简洁，主张通过叙述过程中限制性的视角来裁剪和过滤故事内容。③ 詹姆斯认为多重情节的正统现实主义小说在叙事技巧上缺乏具有融合力量的形式，故对它们报以批判和鄙夷的态度。詹姆斯在《悲剧的缪斯》的序言中毫不留情地将现实主义小说的三大正统名著《纽卡姆一家》、《战争与和平》以及《三个火枪手》称为"松散肿胀的庞大怪物"，此事已为批评界熟知。他的原话是以发问的形式表述的："……这些松散肿胀的庞大怪物，扭捏作态地塞满了偶然和随意的要素，它们在艺术上（artistically）有什么用？"④ 詹姆斯在小说艺术上一贯注重小说形式的重要性，就算对乔治·艾略特声誉正隆的《米德尔马契》，他同样坚持个人风格鲜明的严苛态度，对其加以批评。詹姆斯在1873年发表的评论文章中批评艾略特在结构和叙述上缺乏整体性的控制，他给出的论断是："(《米

---

① Henry James, "An Unsigned Review of *Wives and Daughters*", in Angus Easson, ed. *Elizabeth Gaskell: The Critical Heritage*, London: Routledge, 1999, p. 464.

② Ibid., p. 463.

③ 参见［美］希利斯·米勒《亨利·詹姆斯与"视角"》，申丹译，《江西社会科学》2007年第1期。

④ Henry James, *The Portable Henry James*, New York: Penguin Group, 2004, p. 477.

德尔马契》）是一所装满细节的宝库,却是一个平淡无奇的整体。"① 如果我们将詹姆斯对《妻子与女儿》叙述形式上艺术性的称赞放到以上语境中,这种鲜明的对比会显得意味深长。詹姆斯之所以对《妻子与女儿》的故事叙述加以"别致""精心""艺术性"等赞赏之词,或许是因为他在其中发现一些与常规现实主义小说叙述方法不一样的地方——叙述者从叙述层隐退,通过故事人物的感知来叙述故事。詹姆斯或许在《妻子与女儿》这部作品中感应到一种自己合意的叙述形式。《妻子与女儿》或许就是詹姆斯后来倡导的"意识中心"叙述策略的雏形,② 这也未可知。《妻子与女儿》的这些特征或许可以对接到詹姆斯等人所推动的英国小说从现实主义向现代主义小说转型的历史潮流之中。盖斯凯尔在叙述技巧和主题思想上自发的现代意识散落在正统现实主义小说多重情节的叙事模式之中;尽管《妻子与女儿》关于人物内心情感的描写内容经常吸引批评家的关注,但是它在小说形式与叙述技巧上对"意识中心"小说所表现出的影响力量往往不被人重视,或者常常遭到误解。③

在亨利·詹姆斯的批评理论框架内,"意识中心"一词与叙述技巧紧密相关,总是与叙述时观察故事的角度有关,即叙述时的"聚焦"或"视点"问题。④"意识中心"是一种将感知者与叙述者分离的聚焦方式,

---

① 转引自 Greg W. Zacharias, *A Companion to Henry James*, Singapore: Blackwell Publishing, 2008, p. 405。

② 虽然詹姆斯本人在论述中经常提到"意识""中心"与"结构"等说法,但他似乎并没有直接使用"意识中心"以及"视点"等术语,而是采用了"逻辑中心"等词汇作为这一思想的类似表述方式。参见王丽亚《现代小说理论的奠基人:亨利·詹姆斯》,申丹、王丽亚、韩加明《英美小说叙事理论研究》,北京大学出版社 2005 年版,第 112、120—121 页。

③ See Jonathan Freedman, "The Moment of Henry James", in Jonathan Freedman, ed. *The Cambridge Companion to Henry James*, Cambridge: Cambridge UP, 1998, p. 12; William Veeder and Susan M. Griffin, *The Art of Criticism: Henry James on the Theory and Practice of Fiction*, Chicago: U of Chicago P, pp. 55-57; Wendy A Craik, *Elizabeth Gaskell and the English Provincial Novel*, London: Methuem, 1975, p. 105; Linda K. Hughes, "*Cousin Phillis*, *Wives and Daughters*, and Modernity", in Jill L. Matus, ed. *The Cambridge Companion to Elizabeth Gaskell*, Cambridge: Cambridge UP, 2007, p. 92。

④ 关于詹姆斯"意识中心"在叙述学领域的贡献与地位,参见王丽亚《现代小说理论的奠基人:亨利·詹姆斯》,申丹、王丽亚、韩加明《英美小说叙事理论研究》,北京大学出版社 2005 年版,第 119—124 页;申丹《叙事、文本与潜文本:重读英美经典短篇小说》,北京大学出版社 2009 年版,第 81—87 页。

它明确区分聚焦主体("谁看")和"叙述主体"(谁说),即区分叙述眼光与叙述声音。① 一般而言,詹姆斯强调持续性地将观察视角限制在故事人物身上,通过他们的聚焦来感知周围的人和事。"意识中心"更关注如何通过"视角"这一形式使叙述者在话语层面借用人物意识的感知来叙述故事世界。因此,它不同于叙述者通过转述人物的内心独白来展示人物内心世界的叙事策略。詹姆斯在书信以及多篇评论文章中指出"意识中心"就是"结构中心","它获得了结构原则,使小说各个方面聚合在一起"②。作为一种戏剧性呈现的修辞方法,"意识中心"在话语层承载了叙述者与聚焦者的混合意识,"小说中的任何事情都可以通过它来得到观察与感觉"③。由此可以看出,"意识中心"的叙述策略同时涉及故事层面与话语层面,但它的重点并不仅局限于故事层,也并非主要用于直接描述人物的内心想法。"意识中心"强调以人物的限知视角作为观察故事的窗口,是话语层的修辞策略,利用故事人物在时间和空间等维度有限的感知能力达到限制叙事信息的效果。

《妻子与女儿》叙述过程中很显著的一个特点是将莫莉作为小说的中心人物。叙述者除了用直接引语来转述莫莉的话语外,还经常采用人物限知视角和自由直接引语来直接展现莫莉的内心世界,或者用间接引语生动转述莫莉的内心独白。在所有人物中,全知叙述者基本上仅揭示莫莉的内心世界,④ 拉近了她和读者之间的叙述距离。

---

① 热奈特最初用"谁看"与"谁说"这两种简略的表达方式区分观察者与聚焦者,后来他也意识到"眼光"仅能表达视觉维度,而容易忽视听觉、触觉、味觉和嗅觉等其他感官维度,因此后来他主张用"感知"(who perceives)来替代"眼光"。在热奈特之后,米克·巴尔、曼弗雷德·雅恩、大卫·赫尔曼、伯克霍德·尼德霍夫等人进一步修正、细化和发展了聚焦理论。鉴于热奈特的区分仍然具有界定性的意义,本书的理论框架仍然是热奈特式的。此外,一般来说,"眼光"是小说人物感知的主要形式,《妻子与女儿》的情况亦不例外,所以仍然沿用"眼光"这一常用术语。See Manfred Jahn, "Focalization", in David Herman, et al, eds. *Routledge Encyclopedia of Narrative Theory*, London and New York: Routledge, 2005, pp. 173-174.

② 转引自王丽亚《现代小说理论的奠基人:亨利·詹姆斯》,申丹、王丽亚、韩加明《英美小说叙事理论研究》,北京大学出版社 2005 年版,第 112 页。

③ Wayne Booth, *The Rhetoric of Fiction*, Chicago: U of Chicago P, 1983, pp. 23-24.

④ 叙述者偶尔也零星地转述对其他人物如菲比小姐(第 12 章:165)吉布逊夫人(第 57 章:702)或罗杰(第 58 章:714)内心思想展示的结果,但它们都非常短暂而且在整个文本内没有连贯性。

细读《妻子与女儿》的文本，可以发现叙述者采用限知视角和自由间接引语对莫莉的内心世界进行直接展示的段落在书中占据了相当的篇幅。它们往往以一连串的问号或感叹号做出强调性的标示，①使莫莉的内心主体意识和感知成为小说叙事进程中前景化的中心。它们被叙述者大量重复的语言表述在叙事进程中的故事层产生局部"中心化"的强化效果。叙述者对莫莉内心进行的展示在书中其实出现得比较隐蔽而且比较零散，无法达到构成形式与内容结合点的战略作用，更没有上升到成为小说谋篇布局整体策略关键技巧的高度，离亨利·詹姆斯所倡导的小说形式中心的修辞功能差距还有很远的距离。詹姆斯的"意识中心"小说确实也充满了很多展示中心人物内心的段落，也经常使用自由间接引语的限知模式来表达，但二者有本质差异。J. 希利斯·米勒指出，詹姆斯的一种主要表达策略"不是内心独白，而是自由间接引语：叙述者用自己的过去时来转述人物现在时的语言，有时还表达出人物尚未形成文字的内心活动"。②詹姆斯的"意识中心"主要用来表达它对周围人与物的感知，强调的是它在话语层作为聚焦者的作用，虽然也离不开转述聚焦人物在故事层面的意识活动，但它更注重的是人物感知在形式上的功能。因此，我们既要看到《妻子与女儿》人物限知视角模式和詹姆斯"意识中心"之间在使用自由间接引语这一叙述技巧上存在的共同之处，也要清醒地认识到二者在量级与使用频率上的差别之处，更要分清楚它们在功能上各自不同的侧重所在。

第二节 打破"女性的沉默"：自由间接引语的混成式叙述声音

罗宾·沃霍尔认为性别不是先验存在物，而是叙事过程的产物，女性气质只有在不断习以为常地接触性别文化之后才能产生，它通过无数文化模式被生产与再生产出来，这些文化模式就包括叙述技巧，这些叙述技巧

---

① 在上文注脚列举的16处内心展示中，有2处用感叹号标示，7处用问号标示，6处同时使用问号和感叹号标示，1处无明显标示。

② [美] J. 希利斯·米勒：《亨利·詹姆斯与"视角"》，申丹译，《江西社会科学》2007年第1期。

与一些特定文化中被标记为"男性"或"女性"的文本有关。她不仅认为女性气质是叙事过程产生的效果,而且认为女性道德权力也是叙述技巧赋予的结果。① 沃霍尔从叙事学的角度出发探讨叙述技巧在表达女性气质和女性道德权力方面的作用,很有新意,这将女性主义研究的形式和内容有机结合起来。沃霍尔列举的"男性"文本是冒险故事,列举的"女性"文本则是以沃克的《紫色》为代表的感伤小说。依照她的区分规则,《妻子与女儿》代表的家庭题材小说无疑应该属于"女性"文本。但是《妻子与女儿》这个"女性"文本并非女性主义意义上的文本,而只是一个在传统父权制框架下讲述以女性为中心故事的文本。下面,笔者将从人物有限视角这种涉及人物意识与感知的限知型叙述策略切入,探讨全知叙述者如何通过选择性地利用自由间接引语来展示小说女主角莫莉的意识,分析它为打破莫莉外在言语沉默行为所起的作用,并考察莫莉在成长过程中主体意识面临的强大压制力量。跟自由间接引语在女性主义小说中的运用特点相比,《妻子与女儿》的自由间接引语展示的是女主角越来越服从于传统道德规范的过程,也就是她的自主性逐渐弱化的过程。②

一 莫莉的沉默

国外批评界早就注意到盖斯凯尔小说中的女性在家庭和社会事务上主动或被动的沉默(silence)现象。③《妻子与女儿》里莫莉的沉默行为较为复杂,也更容易引起关注。批评界在讨论莫莉的沉默行为时似乎得到矛盾的结果:莫莉是小说的中心人物,她的话语和意识在书中占有绝对的优势,可是她在很多地方却用沉默的方式表现出行为上的消极与被动。其实

---

① Robyn Warhol, "How Narration Produces Gender: Femininity as Affect and Effect in Alice Walker's *The Color Purple*", *Narrative*, Vol. 9, No. 2, 2001, pp. 182-183.

② 在后现代语境下,主流批评家常用话语理论、阐释学或其他理论来强调"主体间性"的重要意义,考虑到维多利亚文学批评的惯例,本书仍倾向于从历史的观点考察盖斯凯尔的作品,因此使用主体性这一概念。

③ Christine L. Krueger, *The Reader's Repentance: Women Preachers, Women Writers, and Nineteenth Century Social Discourse*, Chicago and London: U of Chicago P, 1992, pp. 157-233; Jeni Curtis, "'Manning the World': The Role of the Male Narrator in Elizabeth Gaskell's *Cousin Phillis*", *Victorian Review*, Vol. 21, 1995, pp. 129-144; Gemma Persico, "The Language of Illness and Death and the Silencing of Truth in *Wives and Daughters*", in Francesco Marroni and Alan Shelston, eds. *Elizabeth Gaskell: Text and Context*, Pescara: Edizioni Tracce, 1999, pp. 267-299.

造成这一矛盾的原因在于以往的批评只关注故事事件而忽视了叙述者在话语层对这个问题的观照,没有看到莫莉的外在沉默和内在声音这两个不同的运作层面:只看到了莫莉外在语言上的沉默,而忽视了自由间接引语在展示莫莉内心意识时可以传达出她的声音。

在故事中,莫莉有多处沉默,其中最主要的有三个情景:她早看透了继母的虚伪与欺诈,为了不让父亲知道而导致家庭的不和谐,对此一直保持着沉默(第32章);莫莉得知普瑞斯顿逼婚事件中辛西娅不可告人的秘密,为了保护辛西娅,即使自身陷入私会情人的丑闻,仍然不加以澄清,保持沉默(第47章);莫莉在罗杰的感情问题上几乎自始至终都保持沉默。虽然莫莉的沉默是出于维持家庭和谐与维护她人声誉而做出的自我牺牲;然而,在很多批评家看来,她这一举动在性别政治上将自己的女权意识置于岌岌可危的境地。萨多夫和霍曼斯等人将莫莉的这一沉默行为解读为女性的畏缩,认为它体现了传统女性在主张自身权力问题上的消极态度与压抑心理。[①] 斯通曼在这个问题上走得更远,他继承了伊莱恩·肖瓦尔特一脉的女权主义观点,将沉默与谎言联系起来,认为沉默"既是对感情的否定,服务于'男性的谎言';又是狡猾的附属,服务于讨巧卖乖的女性"。[②] 我们应该从两方面来看待这个问题。一方面,我们应该看到莫莉确实没有多少女权意识,只是遵循传统道德规范;另一方面,我们也应该看到,莫莉的沉默并非体现女性的畏缩,也并非女性的"讨巧卖乖"。值得注意的是,莫莉在很多大是大非的问题面前保持沉默,在很大程度上是受父亲的影响。莫莉的父亲在家庭生活中对琐事与分歧一直保持着沉默(第421页),在行医职业中也一直坚持职业操守,保护病人隐私(第606页)。在上文提到的小说这两章中讲述莫莉出现的这两次重要沉默时,叙述者都紧接着提到莫莉父亲惯于沉默的习性对她潜移默化的影响。如果照她们所言,莫莉的沉默昭示着女性的软弱,那莫莉父亲吉布森

[①] See Dianne Sadoff, "The Clergyman's Daughter: Anne Bronte, Elizabeth Gaskell, and George Eliot", in Lynda E. Boose and Betty S. Flowers, eds. *Daughters and Fathers*, Baltimore and London: Johns Hopkins UP, 1989, pp. 315–316; Margaret Homans, *Bearing the Word: Language and Female Experience in Nineteenth - Century Women's Writing*, Chicago and London: U of Chicago P, 1986, p. 255; Suzy Clarkson Holstein, "Finding a Woman's Place: Gaskell and Authority", *Studies in the Novel*, Vol. 21, No. 4, 1989, p. 384.

[②] Patsy Stoneman, *Elizabeth Gaskell*, Manchester: Manchester UP, 2006, p. 118.

先生的沉默又该如何解释呢？吉布森作为维多利亚社会典型中产阶级家庭的家长与父亲，难道他为了维护家庭和谐与保护他人隐私而做出的同一性质的沉默行为也是软弱与退缩吗？如果说吉布森的沉默不是软弱与退缩，那么莫莉时刻以父亲作为道德行为的模仿对象，她的沉默行为就是软弱与退缩吗？由此可见，批评界对莫莉沉默行为的这种阐释结果似乎值得商榷。笔者认为，莫莉在这些问题上的沉默并非女性软弱的表现，她为了保守别人的秘密而沉默的行为体现了一种道德勇气。为了替辛西娅保守她和普瑞斯顿的秘密，莫莉被卷入私会男子的丑闻中，她的忍辱负重行为在道德意义上甚至具有殉道者的色彩（第41—49章）。

苏西·霍尔斯坦对莫莉沉默问题的解读更有包容性。霍尔斯坦看到了她沉默行为本身的积极意义，指出莫莉在道德判断上变得更加宽容，认识到语言本身的复杂与不确定性所在，因此她在行事时便以沉默来应对，她"脆弱的妥协行为显示出她的成长与成熟"。[1] 霍尔斯坦将莫莉的沉默行为置于女主角处理具体道德难题的行为能力成长角度来考察，具有很强的洞察力，敏锐地察觉到了沉默行为作为一种非语言行动可能会对叙事的确定性带来冲击力量。霍尔斯坦不仅分析了故事中莫莉的沉默行为本身，而且还粗略涉及莫莉的内在思维与情感的表达。她在评论莫莉跟罗杰的感情发展过程时，将她内心的彷徨与挣扎称为"内部沉默"（internal silence）。[2] 霍尔斯坦的主要注意力仍然放在小说的故事世界，虽然提到语言可能隐含的意识形态内涵，但还是忽视了莫莉的内心声音如何通过自由间接引语的形式被叙述者展示在话语层面。

《妻子与女儿》在多情节叙述的形式艺术上达到高度完美，非常讲究对称、互补和平衡，如情节的双重发展，人物塑造的明暗法（莫莉与辛西娅姐妹，罗杰与奥斯本兄弟），事件的相互转化（辛西娅、莫莉、罗杰以及奥斯本四人之间的相互情感关系转变），阶级问题的更替冲突（丘莫纳家族与汉默利家族）。莫莉外在语言上的沉默问题同样如此，不应该脱离话语层面而单独谈这个问题。作为一种话语表达和展示技巧，自由间接引语是话语层的一扇窗口，它在话语层传达出莫莉的内心意识，透过这些内

---

[1] Suzy Clarkson Holstein, "Finding a Woman's Place: Gaskell and Authority", *Studies in the Novel*, Vol. 21, No. 4, 1989, p. 384.

[2] Ibid., p. 385.

心意识又可以观察到故事层莫莉评价其他人物的声音。因此,莫莉的沉默行为实际上是一种悖论性质的存在物:在故事层里,莫莉的外在语言表达上确实表现出沉默现象,但是叙述者将自由间接引语的话语表达技巧几乎专用在莫莉一人身上,在话语层凸显出她的内心声音,打破了沉默。

二 自由间接引语与女性主体意识的弱化

按照 J. 希利斯·米勒的说法,"聚焦""意识中心"和"叙述者"之类的术语固然是叙事学不可或缺的,但它们仅仅是比喻,只有自由间接引语才是真正关于语言的术语。① 自由间接引语不仅备受文体学家的关注,因为涉及聚焦、叙述者以及声音等因素,在叙事学界也很受重视。关于自由间接引语的性质,布莱恩·麦克黑尔做出了比较精确的定义,他指出,"自由间接引语之所以'间接',是因为它在人称与时态上契合间接引语的模式,它是'自由'的,是因为它在语法上并不附属于'说'或'想'的动词"②。自从简·奥斯丁开始,自由间接引语的技巧被福楼拜和亨利·詹姆斯等作家使用,后来被沃尔夫和乔伊斯等现代派作家运用到新高度。③ 批评界很早就发现自由间接引语兼具叙述者和故事人物的两重声音。④ 罗伊·帕斯卡在分析自由间接引语时指出,自由间接引语代表两种观点的结合,它可以"通过词汇、句子结构和语调来微妙地融合叙述者和人物的声音"⑤。在《妻子与女儿》中,叙述者用自由间接引语的形式表达出莫莉的内在声音。这些自由间接引语具备两重声音属性:既是小说主要人物莫莉内心的意识,同时又被《妻子与女儿》的全知叙述者用自己的声音叙述出来。以此为基准,人物声音和叙述者声音之间存在互为消长

---

① [美] J. 希利斯·米勒:《亨利·詹姆斯与"视角"》,申丹译,《江西社会科学》2007年第1期。

② Brian MacHale, "Free Indirect Discourse", in David Herman, et al, eds. *Routledge Encyclopedia of Narrative Theory*, London and New York: Routledge, 2005, p. 189.

③ See Alan Palmer, "Thought and Consciousness Presentation", in David Herman, et al, eds. *Routledge Encyclopedia of Narrative Theory*, London and New York: Routledge, 2005, p. 603.

④ See Shlomith Rimmon-Kenan, *Narrative Fiction*, London and New York: Routledge, 2002, pp. 111-112, 116.

⑤ Roy Pascal, *The Dual Voice: Free Indirect Speech and its Functioning in the Nineteenth European Novel*, Manchester: Manchester UP, 1977, p. 26.

第四章 《妻子与女儿》女性地位叙事的两重性

的动态关系：叙述出来的人物主体意识越强，人物的声音也就相应越强，与之相对应，叙述者的声音则越弱。声音不仅可以视为叙事的结果，还可以视为一种叙事的功能。在《妻子与女儿》中，全知叙述者基本退隐在叙述层后面，大量依赖展示人物内心意识与通过人物意识来聚焦，叙述者的声音在强度上被极度弱化。文体学家利奇与肖特曾指出表现人物思想的行为与舞台戏剧独白之间的关系："我们无法看见其他人的思想，但是如果要向读者表明人物行为与态度的动机，对他们思想的表现，就像舞台上使用独白一样，是必须许可的行为。"① 上文引述的莫莉的话语属于被叙述的内心独白，它们和戏剧表演当中的"内心独白"具有相同的地位，它们都能被受叙者听到。

　　《妻子与女儿》的全知叙述者在小说叙事进程中有选择性地短暂借用了莫莉的限知眼光，用自由间接引语呈现莫莉内心意识，在涉及莫莉内心意识的地方拉近她与读者之间的叙述距离，莫莉的意识就被相对前景化了。叙述者在小说第2章开始展示莫莉内心活动。由于克莱尔的失误，莫莉睡过了头，其他访客都回家了，只剩下莫莉被留在丘莫纳伯爵家。这是莫莉第一次来到贵族家里，她不太懂人情世故，个性敏感而叛逆，还隐约带着一丝自卑。莫莉对克莱尔刻意奉承丘莫纳一家的言语感到很不舒服，此时，叙述者开始展示莫莉的内心意识："莫莉听到（克莱尔的）最后这句话，变得越发激动起来。要是她们不管她就好了，不要劳烦她们关心她；要是她们不要为了她而'自己劳神'就好了！"② 在此之前，全知叙述者一直都在使用报道概括或者直接引述人物言语的方式叙述故事。从这里开始，莫莉的内心意识慢慢出现，逐渐与叙述者的意识融合在一起。叙述者在这里专门用引号引述了克莱尔刚对卡克斯哈文夫人所说的原话，直接显示出莫莉敏感的自尊心受到的伤害。这个句子混合了两种话语模式，它的主体部分属于自由间接引语，但是在后半部分用引号插入了克莱尔的原话"自己劳神"，但它的人称"自己"仍然发生了变化，被转换成从莫莉的角度做出表述，以表达她内心强烈反讽的语调；因此，这个句子的后半句出现了两重的间接引用——先是被莫莉引用，然后再被叙述者引用。

---

① G. Leech and M. Short, *Style in Fiction*, London：Longman, 1981, p. 337.

② Elizabeth Gaskell, *Wives and Daughters*, Humphrey Milford：Oxford UP, 1910, p. 24. 所有译文均为笔者自己翻译。后文出自该著的引文，将随文标出引文页码，不再另行作注。

在这个句子中分别出现了克莱尔、莫莉和叙述者的三重声音，它们彼此镶嵌在一起，以莫莉的意识形式出现，通过叙述者的声音被叙述出来。莫莉声音中所饱含的情感和价值判断塑造出了这个声音的整体基调，她的意识起了主导作用。

在这个场景之后，克莱尔走了，莫莉终于松了口气，她开始仔细端详伯爵家客厅豪华的装饰和衣着光鲜的各式男女人群。"突然，莫莉想起了刚才和她一起走进餐厅的那些孩子，她似乎属于他们那个阶层，——他们在哪里？一个小时前就睡觉了，妈妈悄悄把他们带走了。"（第 24 页）在这句话的前半部分，莫莉的思想被叙述者以概括的形式表达出来，但是在句子的中间部分，突然以逗号与破折号并列的方式插入莫莉的意识"他们在哪里"，莫莉带有疑问性质的意识瞬间闪现在叙述者的话语中。最后，整个表达完整意义的句群仍然以叙述者的声音结尾："一个小时前就睡觉了，妈妈悄悄把他们带走了"。很明显，这里是叙述者的声音，因为莫莉根本不可能知道那些小孩的状况。在这个句群里，莫莉的意识和叙述者的意识不像上面那个例句那样难以分辨，它们分别出现在一个句子的不同部分，但是在形式上已经完全镶嵌在一起，共同构成一个完整的意义单元。

紧接着，克莱尔回来了，告诉莫莉说她父亲来接她回家。莫莉想尽快离开他们，而克莱尔却偏偏指着伯爵夫人，叫她过去说一些客套话。莫莉年纪虽小，但她心里已经有很深的阶级隔阂，对伯爵家女人们高高在上的态度很是反感，尤其是高傲和威严的丘莫纳伯爵夫人。莫莉对此的反应非常激烈。小说中是这样描写的："哼！她在那边——四十英尺远——一百英里远！得跨过这么远的无聊距离；还不得不讲出一番说辞！"（第 25 页）从叙述者对莫莉在丘莫纳伯爵家客厅的一系列意识活动的叙述可以看出，她的反抗意识越来越强烈。这段话没有用引号，也没有用引述句与连接词，但动词的时态并不是一般现在时，而是相应变成了一般过去时，它们属于自由间接引语的表达形式。在这段话的前后文，叙述者都是用直接引语的形式引述人物言语，语调较为客观冷静；而这个自由间接引用的段落充满则强烈地反映了莫莉的主体意识，以感叹号标示出激烈的情感，和前后文语境对比起来显得很突兀。跟刚才两个例子不同，这几句话在文中自由单独地组成一个段落，更起到突出效果。这些话作为莫莉未被言说出的内心思想而被叙述者所引述，传达出莫莉的声音，迂回渗入叙述者的话语中。莫莉的内心思想被自由间接引语的形式呈现出来，和莫莉的主体性

第四章 《妻子与女儿》女性地位叙事的两重性

紧密地结合在一起,叙述者的话语和人物的主体意识之间产生了密切联系。

《妻子与女儿》使用自由间接引语形式叙述莫莉的内心意识,让受述者感觉到它明显不同于全知叙述者在叙述层其他地方所使用的语言表达方式,这一点在上文引述的例句可以看出来。"哼!她在那边——四十英尺远———百英里远!得跨过这么远的无聊距离;还不得不讲出一番说辞!"此处莫莉的声音占有明显强势地位,体现了她发自内心的思维跳跃、情感表露和价值判断。莫莉的意识成了复合的连接体,不仅在故事层发生作用,用自己的情感评价小说人物,还可以在话语层产生影响。盖斯凯尔将莫莉的意识和主体性注入叙述者的声音之中,以融合的形式从语言内部控制叙述声音,从而使莫莉具有了部分话语权。莫莉的内心意识不断通过人物限知视角的模式出现,并以自由间接引语的形式予以表达,得以进入到叙述层,从而在小说的叙述声音里占有自己的一席之地。这种叙事情境在小说中不断重复出现。自由间接引语的运用使莫莉成为《妻子与女儿》故事世界里唯一可以在话语层找到自我印记的人物。然而,或许由于盖斯凯尔性别立场上的保守姿态,随着叙事进程的推进,话语层所表现的莫莉内心世界却让我们看到了这位女主角自主意识逐渐弱化的过程。

《妻子与女儿》是一部以女性为主的家庭与婚姻小说。如标题所示,它关注的主题是女性在家庭中作为女儿和妻子的两个重要角色。"妻子"和"女儿"均以复数形式出现,讲述了包括克莱尔、莫莉、辛西娅、汉默利夫人、丘莫纳夫人、卡克斯哈文夫人、哈瑞特小姐等人在内众多妻子与女儿的生活故事。小说开始时,女主角莫莉高度依赖父亲,后来逐渐成熟,成为在思想、智性和道德方面都具备同等能力的独立女性。[1] 同时,她在成为妻子、迈向婚姻的过程中不断修正对罗杰的看法,开始时充满偏见与反感,最后认清了爱情的真谛。总体而言,小说展示的是莫莉如何成长为作者所赞赏的维多利亚淑女典范的过程。

随着交往的日益深厚,莫莉发现自己对罗杰慢慢产生了好感,可罗杰却对此一无所知,只想追求辛西娅(莫莉继母的女儿)。辛西娅虽然外表漂亮,举止优雅,但她不喜欢传统道德观的束缚,举止轻佻,并没有打算真的和罗杰结婚。莫莉因此陷入无尽的烦恼之中。对罗杰的情感问题上,

---

[1] Elizabeth Gaskell, *Wives and Daughters*, Humphrey Milford: Oxford UP, 1910, pp. 596-602.

莫莉可以说是陷入了道德的危局，她不断思考自己与罗杰之间的感情，从厌恶到接受，再到好感，然后再演变成爱慕，而她却受传统淑女道德观的压制，不断克制自己日益热切的爱慕之情。书中后半部分的自由间接引语基本都与此有关。盖斯凯尔用自由间接引语的形式表达莫莉不断思索那段感情应该何去何从，一直延续到小说的结尾部分。此时罗杰已经从非洲科考回来，冷静思考之后，他认清了自己对辛西娅的感情不过是一时冲动，莫莉才是真爱。此时辛西娅已经和伦敦的一位律师结婚，罗杰和莫莉之间的婚姻大门已经敞开。可是莫莉一直以淑女的道德规范作为准绳，在感情的外在表达上非常保守和羞涩。这天她到罗杰家去看望他父亲汉默利先生，故意避免和罗杰的尴尬接触，小说是这样叙述的：

> 莫莉能做的是决定只关注这位和蔼老先生的身心愉悦，要化解他和儿媳艾米之间可能存在的过节，尽量忽视罗杰。好罗杰！善良的罗杰！亲爱的罗杰！要自始至终都用通行的礼貌疏远他，这很难办到；但的确应该这么做；和他在一起的时候一定要尽量自然些，否则会被他看出异样来的；但怎样才算自然呢？应该疏远他到什么程度呢？他到底会不会注意到她与他在一起时更加拘谨，说话都更注意了呢？咳！从此以后他们之间的来往再也不可能单纯了！她为自己立了规范；她决定要专注于老先生和艾米两人，忘记古德尹娜芙夫人之前愚蠢的话；但是她没有绝对自由了；随之而去的还有她半数的机会，也就是说，对陌生人而言半数了解她的机会；他们可能会觉得她拘束而笨拙，总会口无遮拦，然后再收回说过的话。（第725页）

这段引文第一句话的开始部分很明显属于叙述者对莫莉思想的转述和概括，可是在句子的后半段开始，叙述者与莫莉的声音逐渐融合，在句子末尾提到罗杰的名字时，转述行为倏然而止，在接下来的句子里直接切换到自由间接引语，表达莫莉对罗杰热切的思念："好罗杰！善良的罗杰！亲爱的罗杰！"在爱慕情绪短暂迸发后，莫莉立刻又回复到理智当中，思忖着应该如何尽力保持女性的矜持、如何使行为符合道德规范，可是她对此又持有怀疑态度，认识到很难自始至终都疏远罗杰，转瞬之间她立刻又对自己可能违背淑女规范的行为进行问责，"但的确应该这么做"。莫莉徘徊、纠结和犹豫着到底应该继续按照淑女德行压抑自己，还是自由表达对罗杰的爱慕。经历一系列的自我质问之后，莫莉并没有继续深入思考压抑与自由的本质问题，也没有得出一个能说服自己的结论，仅仅以一个道德含义模糊的评语结束这番自我反省，"咳！从此以后他们之间的来往再也不可能会单纯了！"莫莉以不容置疑的"道德正义"（it would be right to do it）简单地终止了内心世界里自由意志和追求爱情的权利。她压抑感情的办法是"为自己立了规范"（she made laws for herself），在对待维多利亚社会正统道德价值观的问题上，莫莉从来不曾像辛西娅一样洒脱和充满叛逆思想，而莫莉这一点恰恰是盖斯凯尔要赞赏的。

莫莉的成长过程其实是她向维多利亚传统道德思想进行归附的过程。她对丘莫纳伯爵夫人态度的戏剧性转变鲜明地体现了这一点。莫莉进入社会公共领域后遇到的第一个危机就是在丘莫纳伯爵家的游园会上，她对丘莫纳伯爵夫人产生了强烈的抵触情绪。等小说进入结尾部分的第58章时，莫莉再次回到丘莫纳伯爵家的庄园，她不仅在情感上和跟爵夫人和解了，而且还"非常吃惊地发现自己很遗憾，得离开伯爵家的庄园"（第719页）。叙述者转述了莫莉的内心思想，披露了莫莉价值判断上的巨大转变：在青年时代，伯爵家的庄园曾是莫莉道德和心理上遭受折磨与打击的地方，她对此素来抱有成见；如今，她对此竟有了"崭新和新鲜的理解"（第719页）。随着叙事进程的发展，自由间接引语让我们看到的是莫莉越来越服从于父权制社会的道德机制，她的自主意识越来越弱，而她还将以前的叛逆归结为不成熟的"孩童时期"的遭遇（第719页）。

第三节　视线、限知视角与莫莉眼中的世界

在带有女性主义色彩的文本里，女性眼光经常和自由间接引语一样被用来表现女性人物的主体意识，从女性独有的情感体验和价值判断出发来品评世界，起到对抗父权制意识形态的作用。但是，盖斯凯尔在《妻子与女儿》中对女性视线的处理却大不相同，[1]她似乎仅仅注重女性人物的观

---

[1]　"视线"在此表示与眼睛有关的观察行为，它涵盖的范畴包括各种眼睛观察的动作，最常见的有"see""look"和"gaze"等。这些英文词汇在心理分析理论、女性主义理论和跨媒体研究中用不同的意识形态含义，而本书的视线则基本表示这些眼睛观察行为的共同内核，即作为主体的人的眼睛观察客体事物的效应，它与身体密切地联系在一起。

察位置与形式策略，并没有涉及文化批评中女性视线所蕴含的挑战父权制的女权思想因子。

一　女性视线与莫莉的眼光

在小说第 2 章，莫莉被丘莫纳伯爵邀请去家中参加一年一度的女子游园会，这是她生平第一次穿戴整齐，以成年女子的身份出席正式社交场合。莫莉在游园会上离开人群，独自在庄园偏僻处的一棵雪松树下睡着了，不久她忽然惊醒了，发现有两位陌生女士站在自己面前。以下是当时场景：

> "可怜的小姑娘！她迷路了，肯定是跟着那些豪林福德镇人一起来的。"其中一位年纪大一点的女士说道。她看起来大约四十岁上下，而实际上她还不到三十。她相貌平平，表情肃穆，穿的礼服却华美无比。她的嗓音深沉而生硬，如果放在身份低微的人身上那得叫粗哑，不过这个词可不能用来描述卡克斯哈文小姐，她是丘莫纳伯爵家的大女儿。另一位女士看起来年轻多了，但实际上她的岁数却更年长一些。一看到她，莫莉就觉得她是自己见过的最漂亮的女人，她确实是一个非常动人的女人。当她对卡克斯哈文小姐说话时，声音柔和，带着一丝忧愁。（第 14 页）

这段话是全知叙述者叙述的，但全知叙述者让渡和隐藏自己的部分权利，使此处的聚焦方式变得复杂起来，产生两种可能：它有可能是暂时采用内聚焦的方式将视角限制在莫莉的感知能力层面，也有可能是采取全知视角模式，佯装旁观者客观描述人物的外貌与行动。文中提到了"她看起来大约四十岁上下，而实际上她还不到三十，"这句话的后半段说明叙述者已经掌握这位女士的具体信息，认识她是丘莫纳伯爵家的卡克斯哈文大小姐。这里已经掺入了叙述者个人的意识与判断，没有将叙述内容限制在旁观者目光所能看到的人物外貌与行为。综合前后文考虑，这里的聚焦方式整体上应该是全知叙述模式，但是中间在局部范围内进行了内部视角转换，间歇性地暂时借用莫莉的眼光观察事物，将理解能力限制在莫莉的感觉和认知范围内。

在这段话的开始部分，全知叙述者将视角限制在莫莉的认知能力层面,然而又立刻补充道"而实际上她还不到三十,"并且指出她的确切名字与身份。接着全知叙述者又将视角限制在莫莉的认知能力层面,将另一位女士描述"看起来年轻多了,"接着又切换到全知视角"但实际上她的岁数却更年长一些"。在这段叙述中全知叙述者让渡和隐藏了自己的部分权利,不断从莫莉限制性视角和自己无所不知的视角进行切换,在叙述的话语层面产生模糊与部分重合,叙述者与观察者的意识在运转过程中互相镶嵌。

紧接着刚才那个场景之后,莫莉告诉这两位陌生女士说自己有点饿了,这时书中是这样叙述她们的反应:

> 这两位女士低声交谈了一阵,然后那位年纪大一点的女士用她对另一位女士说话时一直惯用的命令式口吻说道:"你好好坐在这里,我们回屋里去,克莱尔会带东西来给你吃,然后你就可以走回去了,这段路可不短呐。"(第15页)

这段文字很明显是从莫莉的内聚焦视角进行描写的,因为全知叙述者在此之前已经点明了这两位女士的名字与身份,而此处却仍然用"年纪大一点的女士"以及"另一位女士"来称呼她们,体现了叙述眼光在观察与过滤周围事物时感知能力存在的局限性。莫莉主动观察的眼光被叙述者短暂地借用,她的感知得以进入话语层面。故事外全知叙述者的自由聚焦模式与故事内人物莫莉的内聚焦模式之间在《妻子与女儿》的前半部分频繁进行切换,二者发生复杂的联系。盖斯凯尔不断切换叙述眼光,打破了开篇之时全知叙述者用客观全面的眼光观察世界的垄断地位,她借用莫莉拘束却敏感的眼睛来感知丘莫纳伯爵家游园会上的诸多细节,但莫莉的视线并没有对父权制形成任何挑战,不带性别政治的含义。

盖斯凯尔小说(尤其是其中的家庭题材小说)的叙事风格一贯比较平实流畅,处理的题材是日常家庭生活场景,正如《妻子与女儿》的副标题所声明的那样,它是"一个日常故事"。盖斯凯尔这些叙事风格让她的小说具有一定的迷惑性,遣词造句与谋篇布局上有很多细微变化之处容易被忽视。正如菲利普·戴维斯所说,盖斯凯尔在遣词造句上频繁使用各种切换方式,它们看似毫不起眼,实际上却颇为复杂,在瞬息间充满变化,需要读者仔细分辨才能看出其中妙处,否则就只能看到流畅的叙事表面,"《妻子与女儿》这种深藏不露的含蓄是维多利亚时代现实主义小说阅读经历的最大考验"①。莫莉眼光在丘莫纳伯爵的游园会上对卡克斯哈文小姐以及克莱尔的观察处在相对主动的状态,叙述者暂时放弃自己的视角而借用故事人物莫莉的视角,形成内聚焦的方式;眼光的观察行为不仅涉及故事层,而且还因为自身在叙述行为中的观察视角功能而进入叙述行为,成为话语层的一部分。莫莉观察世界的眼光频繁被叙述者借用,在叙事进程中为莫莉的内心世界打开一扇窗口,从中可以看到莫莉从幼稚到成熟的发展历程。同时,莫莉的视角又是观察故事世界与其他人物的形式渠道,在话语层产生作用,她的视角成了事物通过故事层进入话语层的过滤器,所有借用莫莉视角观察而得的事物都不可避免地烙上了莫莉主观感知的印记。

按照维多利亚时代英国社会的阶级分层标准,莫莉出身中产阶级家庭。按照当时约定俗成的少女成人礼仪,她首次身着成年女子的衣服和装束,参加丘莫纳伯爵夫人的女子游园会,这种正式的社交场合宣告她成年时代的到来。小说有一个值得回味的细节,莫莉参加游园会时才12岁,从年龄上来讲,还没有正式参加的资格,她是受到丘莫纳伯爵的特别邀请才去的(第6页)。莫莉此时已经有了青春期少女的叛逆思想和敏感心理,她对游园会上阿涅斯小姐所做花草栽培的冗长演讲感到厌烦(第13页),对丘莫纳伯爵夫人的居高临下感到反感(第23页),对克莱尔瞒上欺下的虚伪感到愤怒(第24页)。然而此时懵懂的莫莉还无法真正理解丘莫纳伯爵夫人、卡克斯哈文小姐、克莱尔以及勃朗宁姐妹所代表的成年女性世界,更无法洞察社会内部所涉及的阶级身份、教育素养、职业分工、个人性格等方面的复杂与纠结。在上面的引文中,叙述者将莫莉作为聚焦人物,借用她的眼光叙述卡克斯哈文小姐和克莱尔在游园会上与莫莉的相遇情景,不仅涉及单纯视觉印象,还不可避免地掺入了莫莉观察时的个人感知,比如说"穿的礼服却华美无比"以及"一直都惯用的命令式口吻"等,都包含了莫莉个人对卡克斯哈文小姐的价值判断与情感去向。

莫莉当时才十二岁,但她第一次象征性地走出儿童时代,步入与成年

---

① Philip Davis, *The Victorians*, Beijing: Foreign Language Teaching and Research Press, 2007, p. 367.

第四章 《妻子与女儿》女性地位叙事的两重性

社会接轨的青年时期。莫莉从童年向青年的转变除了生理的变化以外，更重要的是心理层面对自己社会角色的重新定位。如何完成从如今女儿身份到将来妻子角色的转换，这是莫莉必须直面的问题。随着莫莉从青春少女慢慢成长为成年女子，她观察事物的眼光越发敏感和深刻，不再是游园会上用眼光打量中上层阶级女性与贵族庄园的稚嫩女孩了，她的眼睛具备了足够的洞察力，可以见微知著地察觉小说中其他人物无法发现的细节，比如说她以女性特有的敏感最早发现罗杰爱上了辛西娅。全知叙述者将莫莉的眼睛称为"善于观察的眼睛"（observant eyes）（第361页）。细读全文，可以发现书中人物之间充满了各种与眼神有关的观察行为，但是叙述者对"observant eyes"一词的使用还是比较谨慎，除了莫莉外，只用它描述过三个人：丘莫纳伯爵夫人、莫莉的父亲吉布森和老医生尼克尔斯（第123页、378页、742页）。丘莫纳伯爵夫人善用居高临下的贵族权威俯视所有豪林福德镇人，她的眼神具有身份的权威；吉布森和尼克尔斯出于医生的职业敏感，自然察人观物会比常人更加细致，他们的眼神具有职业的权威。从这一情境所产生的关联意义来看，叙述者使莫莉拥有跟这两种权威同等的观察能力，也就在某种意义上认可了莫莉眼光的可靠性，但莫莉的眼光并不对父权制具有任何挑战。

二 莫莉的眼光：女性凝视？

在女性观察的各种视线中，批评界对女性凝视（female gaze）的意识形态作用与意义已多有论述。"凝视"观点其实可以上溯到弗洛伊德和拉康的精神分析理论。劳拉·穆尔维（Laura Mulvey）于1975年发表的论文"Visual Pleasure and Narrative Cinema"被公认为女性主义电影理论的奠基作之一，她提出的"凝视"观点也被视为此领域的开创性成果。[1] 劳勒·伽曼等人继承和发展了劳拉·穆尔维以及约翰·伯格（John Berger）关于凝视的观点，提出女性凝视（female gaze）可以打断父权制话语，使男性

---

[1] 关于凝视与欲望理论的渊源、分歧及其发展趋势，See Carline Evans and Lorraine Gamman, "The Gaze Revisited, or Reviewing Queer Viewing", in Paul Burston and Colin Richardson, eds. *A Queer Romance: Lesbian, Gay Men and Popular Culture*, London: Routledge, 1995, pp. 12 - 61; Todd Macgowan, *The Real Gaze: Film Theory after Lacan*, Albany: State U of New York P, 2007, pp. 1-20。

带有情欲色彩观察女性的目光发生断裂,对父权制社会意识形态造成挑战。① 一般认为,男性的凝视具有攻击性和客体化力量,使女性身体物化为欲望表达对象和构建男性自我主体性的符号。罗比·沃霍尔曾对性别身份对叙述聚焦的影响问题做出过精辟的论述,她在概述劳拉·穆尔维关于男性凝视理论时指出其具有攻击性,"将女性身体进行了肢解(dismember)和物体化"②。父权制社会维持运转的一个方式是压制女性身体与情感的自由,利用各种社会机制和习俗使女性自觉禁锢自己主动观察与参与公共领事务的权力。相比之下,女性凝视与观看倒置了男性以女性作为凝视客体的权利主从关系,使故事的叙事进程染上女性个体意识的色彩。当然,女性凝视与男性凝视有很大的区别。苏珊娜·摩尔指出女性的凝视"不是简单复制整体的、男性化的眼光,相反它涉及各种不同的眼神(looks)与扫视(glances)——多种可能性之间的相互作用"③。根据摩尔的论断看来,女性凝视的优势在于它注入了女性意识。与男性凝视单一庞大的压制性与情欲化的眼光不同,女性凝视具有局部化与多样化的特点。《妻子与女儿》不断采用莫莉的视线来观察事物,但她的视线对父权制社会却没有任何挑战性。除了采用莫莉这个视角人物的眼光观察事物以外,还有很多章节充满了故事人物在故事层的各种观察行为。除了出现频率特别高的表达"看"的常用词汇"看见(see)""观看(look)"和"注视(watch)"以外,"凝视(gaze)"至少出现了24处;"扫视(glance)"至少出现了19处;"察看(observe, observation)"至少出现了16处;"瞥视(glimpse)"至少出现了11处;"盯视(stare)"至少出现了4处;"窥视(peep)"至少出现了4处。故事人物之间的这些观察行为不断将视线带入叙事进程,强化了视线与身体之间的紧密联系。这些人物之间的相互观察行为既涉及女性又涉及男性,但基本上以女性人物为主,而这

---

① See Lorraine Gamman, "Watching the Detectives: The Enigma of the Female Gaze", in Lorraine Gamman and Margaret Marshment, eds. *The Female Gaze: Women as Viewers of Popular Culture*, Seattle: Real Comet Press, 1989, pp. 15–16.

② [美]罗宾·沃霍尔-唐:《形式与情感/行为:性别对叙述以及叙述对性别的影响》,王丽亚译,《江西社会科学》2008年第1期。

③ Robyn Warhol, "The Look, the Body and the Heroine of *Persuasion*", in Kathy Mezei, ed. *Ambiguous Discourse: Feminist Narratology and British Writers*, Chapel Hill: The UP of North Carolina, 1996, p. 25.

些女性人物的眼光并不具备挑战父权制的意义。

全知叙述者借用莫莉的眼光、采用内聚焦的模式叙述在第 2 章以后也出现过，但并没有持续性。小说的其余部分基本都是用全知叙述者自由聚焦的模式叙述，即使叙述者多次描述莫莉照镜子审视自我以及她第一次遇见男主角罗杰等重要场景也不例外（第 73 页、97 页、324 页、437 页）。在全书的叙述过程中，叙述者的眼光经常游移不定，很难分清是否暂时借用书中人物的眼光。这样的段落在书中比比皆是，以莫莉为例，第一次去汉默利先生家时，有一段她站在窗边看风景的叙述就很难确定是否借用了她的眼光聚焦（第 70 页）。叙述者将自己观察的视角放在与莫莉观察的角度相近的位置，虽然实际上仍为全知叙述者从外部聚焦，但总是将视线在莫莉与风景之间来回切换，这种模棱两可的状况深深地烙上了莫莉内聚焦眼光的印迹。①

女性的凝视眼光通常是一种与男性凝视眼光相对立的观察视角，为了颠覆男性凝视将女性物化为客体和欲望表达物的意识形态内涵，为了颠覆男性凝视的压迫力量和女性的被压迫地位，女性凝视往往喜欢以彼之道还施彼身，它观察的对象通常都是男性人物，将男性的身体作为欣赏与迷恋对象。然而有意思的是，莫莉在书中作为视角人物出现时，她的眼光往往只观察女性人物（如前文对克莱尔和卡克斯哈文夫人），或者更多时候是风景，她对男性人物基本不直接进行视觉观察。随着自我意识的逐渐成熟，莫莉在小说后半部分已经不仅是别人凝视的对象了，她敢于更加大胆地凝视观察男性，尤其是她爱慕的罗杰，以至于罗杰在她热切的视线注视下都觉得不好意思，赶紧借机离开（第 686 页）。但是，莫莉在此处对罗杰的凝视也仅限于故事层，叙述者也没有描写凝视的具体细节，更没有借用她的眼光使之入话语层。

相比而言，全知叙述者对男性人物的观察却很仔细，甚至远远超过莫莉、辛西娅和克莱尔等主要女性人物。在叙事进程中，莫莉观察男性人物的视线不仅谈不上凝视，甚至刻意对男性人物避而远之。小说如此描写男

---

① 西蒙·查特曼将这种叙述过程疑似掺杂了人物感知在内的描写称为"自由间接感知"（free indirect perception），伯纳德·菲尔则称为"替代性感知"（substitutionary perception）。See Seymour Benjamin Chatman, *Story and Discourse: Narrative Structure in Fiction and Film*, Ithaca: Cornell UP, 1978, pp. 203-204.

主角罗杰的外貌：

> 他是一个高大魁梧的年轻人，给人的印象不是优雅而是力量。他的脸庞比较方正，脸色红润（他父亲用来形容他的词语），头发和眼睛是褐色的——后者深陷在浓密的眉毛下；当他想仔细看东西时，总是习惯皱起眼睑，这时候他的眼睛显得更小了。他的嘴巴很大，嘴唇极其灵活；他另一个习惯是当自己快要被逗笑时总是用一种奇怪的方式压抑笑的冲动，撅起和颤动嘴唇，直到幽默感占了上风，他的容貌便放松下来，露出灿烂的微笑；他漂亮的牙齿——他五官中就数这个漂亮了——露出来，在红褐色皮肤的衬托下发出熠熠白光（第97页）。

叙述者在这里用了大段篇幅将罗杰·汉默利的身材、体貌、脸庞、眼睛、头发、眉毛、眼睑、嘴唇、牙齿、表情和笑容等身体细节逐一向读者做了展示。盖斯凯尔和其他经典现实主义原则的信奉者一样，认为小说创作的重要原则是对人物、事件与环境的细节描写力求模仿写实。她将语言作为摹仿工具，想要通过描写事物的细节来虚构出一个类似真实事物的映像世界。盖斯凯尔在1859年写给一位年轻作家的信中谈到自己的写作原则（现存资料显示，盖斯凯尔很少直接谈论自己的小说写作方法与理念）："将自己想象成（小说中）每一个场景和事件的观众和听众。一直写下去，直到它成为你的现实——要像它刚出现在你脑海时那样将它完整而精确地回想、描述和报告出来，这样你的读者就会得到相同的效果。"[①]虽然此处的观察者是全知叙述者，但这段引文的前后文语境均不断提及莫莉，它们之间密切的联系容易给读者造成聚焦者是莫莉的错觉。这种情形在书中频频出现，或许它是导致不少批评家认为莫莉是小说"中心意识"的重要原因。紧接在上面引文之后，叙述者便提到莫莉羞涩地对罗杰外貌进行瞥视（glance）后得到的印象，莫莉认为罗杰看起来"壮实，笨拙"，她的想法是"知道自己永远都不会和这样的人相处得很好"（第97页）。叙述者在这里仅仅直接转述了两个表达莫莉简短想法的引语，寥寥数词便一笔带过。叙述者在第13章对另一位主要男性人物普瑞斯顿的外貌描写和此处几乎如出一辙，都是由莫莉引出人物的外貌描写，但聚焦的眼光却

[①] Elizabeth Gaskell, *The Letters of Mrs. Gaskell*, Manchester: Manchester UP, 1997, p. 542.

是全知叙述者的（第176页）。

接下来，叙述者转而用莫莉的意识来聚焦，通过自由间接引语表现莫莉的内心意识，她用充满道德意味的声音质询罗杰的行为。这是莫莉与罗杰的第一次见面，她不了解事情真相，有了先入为主的偏见，为奥斯本的失败感到难过，对罗杰的冷淡愤愤不平：

> 她认为他的健谈中毫无情感，他在一些漠不关心的事情上总是滔滔不绝，这让莫莉感到奇怪而反感。母亲坐在那里几乎什么都没吃，无法控制住不断涌出来的眼泪，父亲也愁眉紧锁，明显对儿子喋喋不休的话毫不在意——至少在开始时是如此——他怎么还能这样兴高采烈地高谈阔论？罗杰·汉默利先生难道没有同情心吗？不管怎样，她会让别人知道自己还有同情心。（第98页）

这段引文的第一句话是关于莫莉思想的转述，从第二句开始便滑入自由间接引语的形式。莫莉此时已经可以从伦理和社交礼仪等角度思考问题，更重要的是，她已经开始用自己的道德标准作为参照物去评判他人的行为，认为罗杰有悖于伦理道德与社会正统价值观，是一个缺乏同情心的男人。盖斯凯尔对这一场景的戏剧化处理似乎显示出她在涉及成年男子身体描写场景时面临的矛盾心理：她没有让叙述者借用莫莉的眼光观察与凝视罗杰和普瑞斯顿等男人的身体，使莫莉染上情欲成分，宁愿通过自由间接引语的方式，用带有莫莉浓厚主体意识的叙述声音来表现她如何按照道德规范来塑造自己的成长历程。

叙述者借用莫莉的眼光和视线观察世界，使她的视线成为一种话语技巧进入话语层面，这是表达莫莉主体意识的极佳途径。但是盖斯凯尔将莫莉作为视角人物时仅仅使用了女性凝视的表面结构，并不用来表现性别政治对立。盖斯凯尔只是在形式上借用了女性凝视观察者主动观察的战略位置而已，在意识形态内容上却放弃了一件极具颠覆力量的武器——女性凝视中跟欲望和性别政治有关的力量。盖斯凯尔局限于用莫莉的眼光去观察女性人物，在可能涉及情欲成分时便压制莫莉的观察眼光，紧接着却直接呈现莫莉带有道德讯问意义的个人声音。盖斯凯尔将莫莉接受父权制传统道德规范塑造的过程跟女性的欲望保持绝缘，将叙事重点放在描写道德层面的自我净化。如此一来，莫莉的观察眼光仅仅在认知角度具有主动性，在性别政治上缺少了客体化和物化男性身体的颠覆力量，仍然处在消极地位。

盖斯凯尔在道德生活上倾向于保守，或许受到维多利亚时代正统小说写作规范的制约，在《妻子与女儿》中仍然不敢直接处理欲望的问题，情形跟之前的几部小说一样没有变化。詹姆斯·亚当斯指出，维多利亚家庭生活有许多理想化的冲动，它们将道德与性欲置于相互抵触的境地，并导致了禁欲主义。考文垂·帕特莫的"家中天使"女性形象其实是"维多利亚时代反肉欲主义最持久的符号，它将女性塑造成不受情欲等个人欲望困扰的准精神存在物，她们存在只是为了无私地给家人施与爱和道德引导"①。亚当斯所指的反肉欲主义或者去情欲化在《妻子与女儿》中体现得也很明显。盖斯凯尔没有直白地处理两性欲望的问题，但还是含蓄地表达了很多关于女性身体意识与欲望的情景。《妻子与女儿》关注的主题是爱情与婚姻，整部作品的情节主要是叙述莫莉身体与情感从儿童到少女再到青年女子的成长历程。除了莫莉与罗杰感情故事发展的主线，其他并行与次要的情节中既有辛西娅与普瑞斯顿、奥斯本与艾美等年轻人的爱情故事，也有吉布森夫妇与汉默利夫妇等中老年人的婚姻生活，情欲在这些故事中具有举足轻重的作用。由于当时采取连载的形式发表，前4章与小说主要情节关联不大：前2章组成一个相对独立的整体，叙述莫莉去丘莫纳伯爵家参加游园会；第3章和第4章基本都是在现在与过去之间穿梭，介绍故事人物以及故事背景，为后文的发展做出铺垫。第5章一开始就发生了戏剧性的一幕，吉布森先生截获了学徒考克斯写给莫莉的情书。休斯指出，"考克斯写给莫莉的情书推动了全书正式情节的开展，使得莫莉的父亲将她送到汉默利先生家小住一段时间，这才有了莫莉与罗杰的相遇；另外，它还使莫莉的父亲考虑再婚问题，娶了克莱尔，这才有了辛西娅和普瑞斯顿走进莫莉的生命中"②。小说的前半部分处理莫莉由童年向成年女子心理和生理上不断成熟转变的过程，盖斯凯尔在凸显莫莉的意识觉醒时采取自由间接引语形式表达莫莉主体意识强烈的声音，或者采用莫莉眼光观察世界，以莫莉主体意识色彩浓厚的眼光作为表现其他人与物的形式渠道；但是盖斯凯尔在叙事进程中一直坚持这种在局部范

---

① James Eli Adams, "Victorian Sexuality", in Herbert F. Tucker, ed. *A Companion to Victorian Literature and Culture*, Oxford: Blackwell, 1999, pp. 129-130.

② Linda K. Hughes, "*Cousin Phillis*, *Wives and Daughters*, and Modernity", in Jill L. Matus, ed. *The Cambridge Companion to Elizabeth Gaskell*, Cambridge: Cambridge UP, 2007, p. 94.

围内将二者分开的策略,直到第 34 章情况才有变化。在这之前,莫莉渐渐发现自己对罗杰有了深情,但将它视为兄妹感情,因此对罗杰和辛西娅之间的感情发展并不感到嫉妒。在这个章节里,莫莉得知罗杰向辛西娅求婚的消息,在那瞬间她似乎对自己与罗杰的感情有了更深刻的理解。那天下午,莫莉外出散步,专门采了野黑莓给辛西娅吃,刚进门就被继母叫住了,嘱咐她不要上楼,因为罗杰可能要向辛西娅求婚了。接着,叙述者是这样叙述莫莉的反应:

> 但是莫莉没有听完最后那句话。她躲到楼上,关了门。她还下意识地带着那一大包黑莓——辛西娅现在还要黑莓做什么?她感觉似乎有点不太明白;但是就那件事而言,她能明白什么?什么都没有。好一阵子,她的脑袋似乎纷乱如麻,一片空白,只觉得自己仍旧在和地球一起旋转,和岩石,和石块,和树木一起,随波逐流,像死了一样。接着房间变得让人透不过气来,她下意识地走到敞开的窗户边,探出身去,急促地喘着气。慢慢地,柔和安宁的风景浸润了她的头脑,使喧闹的混乱变得冷静下来。那边,秋天阳光平坦的光线里,沐浴着柔和平静的风景,都是她从小就熟悉和喜欢的;那么恬静,这种时候总是充满着生活的低低嘈杂之声,世世代代都没有改变。秋天的花朵盛开在下面的花园中,慵懒的牛群在远处的草地上慢慢咀嚼着反刍的青草;远处村庄里,柴火刚点着,迎接丈夫回家,缕缕青烟在静静的空气中袅袅升起;刚放学的孩子们在远处高兴地叫喊着,而她——这时她听到了近处的声音;门开了,下面的楼梯响起一阵脚步声。他不会不见她一面就走的。他绝不会,绝不会做这么残忍的事情——绝不会忘记可怜的莫莉,不管他多么高兴。不!那边传来脚步和说话的声音,客厅的门开了又关上。她将头靠在窗台边的手上,哭了起来——想起他的不辞而别,就很难过,他的母亲那么喜欢她,将她当成他那个夭折的小妹妹。(第 433 页)

在这个叙事场景中,与身体密切相关的眼光和声音的交融起了重要作用。莫莉听到罗杰求婚的消息后,深受打击,觉得"脑袋似乎都纷乱如麻,一片空白,只觉得自己仍旧在和地球一起旋转,和岩石,和石块,和树木一起,随波逐流,像死了一样"。叙述者通过自由间接引语描述了莫莉在痛苦中忘我的心态，这些词汇与语调让人联想起华兹华斯《露西》组诗中的"露西""天天和岩石、树木一起/随地球旋转运行"①。与露西不同的是，莫莉只是暂时陷入物化的境界而失去自我，她立刻"慢慢地"苏醒了过来。跟她在伯爵家游园会上醒来的情形一样，此次苏醒具有深刻的象征意义：莫莉的主体意识已经臻于成熟，可以自由和完整地出现在叙述层。在这里莫莉终于真正具有了詹姆斯意义上的"意识中心"功能（虽然并没有真正上升到詹姆斯意义上系统性结构中心的高度），她的感知（成熟的视觉和听觉）和声音有机地融合在一起，成为话语层的塑形力量。在整个事件中，她的眼光（感知）处于观察周围世界的聚焦主体位置，其他物体都经过它的过滤而出现在话语层；同时她个性化的声音也渗入叙述者的声音中，抒发出强烈的个人情感。

跟小说前面的其他场景一样，盖斯凯尔在塑造莫莉主体性的时候，似乎总是摒弃情欲的成分，以至于莫莉一直没有正视自己对罗杰的感情究竟是何种性质，也就意味着她无法真正认识自己。在叙事进程中，莫莉主体性的表达是一个并未完成的过程，因为主体性"是一个复合的过程，在这个过程中，主体带着不同的问题和障碍，并通过远未完成的形式存在"，主体无法与性欲分隔开来，因为"主体的问题一直贯穿着性的问题，后者一直在遭遇它，增殖它"②。在表达莫莉主体性的过程中，盖斯凯尔往往以道德压抑莫莉的女性欲望。

听到罗杰向辛西娅求婚后，莫莉感到非常嫉妒和难过，可仍将自己与罗杰的感情定位为兄妹情："他的母亲是那么喜欢她，将她当成他那个早逝的小妹妹"。随着时间的推移，莫莉对罗杰的感情越来越强烈，但她仍然不敢审视这段感情，考虑得更多的是克制自己和顾及他人（第725页）。莫莉在感情和结婚这类事情上一直都处于被动状况，她在性别意识上的觉醒一直伴随着道德对主体性的自觉压抑作用。斯通曼认为莫莉所代表的女性"将德行视为不假思索地顺从准则，这不仅是痛苦的源泉，还会阻碍女性在道德方面的成熟"③。这个问题表现出盖斯凯尔在《妻子与女

---

① 关于华兹华斯对盖斯凯尔写作理念的影响，参见 Donald D. Stone, *The Romantic Impulse in Victorian Fiction*, Cambridge, Massachusetts: Harvard UP, 1980, pp. 133-172。

② ［法］米歇尔·福柯：《惊奇与欺骗的"两重游戏"？》，严锋译、包亚明主编《权力的眼睛：福柯访谈录》，上海人民出版1997年版，第119页。

③ Patsy Stoneman, *Elizabeth Gaskell*, Manchester: Manchester UP, 2006, p. 126.

儿》中叙述主体意识时的两重性：盖斯凯尔试图通过人物限知视角的叙述策略在话语层上呈现出莫莉所代表的女性主体意识变化历程，但她在叙事进程中呈现出的却是不断向父权制道德的归附。盖斯凯尔用父权制道德的力量去涤除莫莉女性自我性别意识印记，导致莫莉的主体意识仍然在父权制范围内运作。盖斯凯尔给予莫莉很多表达主体意识和提高女性地位的机会，但她终究没有摆脱父权制道德权威的约束力量。

第四节　并非叙述女性力量：身体与视线的道德驱魔效用

雅克·拉康曾说道："眼睛只是某种物体的隐喻，这种物体先于他的眼睛而存在，可称之为观看者的'瞄准'（shoot）"，需要将它圈定为凝视的前存在："我只能从某一点观看，而在我的存在里，自己却被来自各个方向的目光所观看。"[1] 在这种理论观照下，世界是"全视"（all-seeing）的，拉康形象地描述了个体观看者眼睛的观看功能与全视世界之间的关系。他强调我们时刻生活在世界的先在凝视之中，成为被观看的客体，这是具有决定意义的。然而，这种外界凝视除了与先在全视有关的本体意义，可能还具有某种工具特质，可以成为用来质询和规训社会个体成员的压制性力量；但是，如果策略运用得当，这种由视线产生的无所不在的外在象征性力量也完全可以被社会个体利用，反其道而行之，使之在一定程度上成为救赎力量。下面我们从这个角度进入，分析《妻子与女儿》第49章中的一个细节事件：哈瑞特小姐如何利用社会公众视线的力量来治愈社会凝视力量对莫莉造成的道德声誉损害。

哈瑞特小姐是莫莉的好朋友与庇护者，为了澄清莫莉在私会普瑞斯顿丑闻中的误会，维护莫莉的清白，她不惜和普瑞斯顿直接对峙，了解事情的真相。哈瑞特小姐想尽力挽救莫莉的名声，于是亲自去找莫莉，陪她一起"将豪林福德镇的主要街道从头到尾逛了两遍，"还特意在丑闻的事发现场格林斯德书店"晃荡了半个小时"（第616页），最后以拜访布朗宁斯姐妹

---

[1] Jacques Lacan, "The Split Between the Eye and the Gaze", *The Four Fundamental Concepts of Psychoanalysis*, trans. Alan Sheridan, New York and London: Norton, 1981, pp.72—75. 译文部分参见雅克·拉康《论凝视作为小对形》，吴琼译，《视觉文化的奇观》，中国人民大学出版社2005年版，第10—20页。

未遂愿、留下名片而结束。具有讽刺意味的是，莫莉无法理解哈瑞特小姐此举的真正意义所在，在整个过程中她都处在"无意识"（unconscious）与"迷惑"（perplexed）之中，觉得整个下午只是像一个"没有生命的物件"，被哈瑞特小姐给"占据了"（had been taken possession of）（第616页）。

笔者认为叙述者在这里实际上是在叙述哈瑞特小姐为莫莉在道德意义上举行的一场驱魔仪式（exorcism）。"possession"一词在英文中除了表示占有，还有被神鬼附体的意思。叙述者在叙述过程中刻意营造与驱魔仪式有关的氛围，引起读者的联想。[①] 莫莉在整个下午的行动中都处在无意识、无生命、迷糊和被动的状况之中，就像被哈瑞特小姐掌控和附了体一样被带着在镇子上逛荡。在这个与逛街出行有关的章节里（第49章），叙述者用了大量篇幅讲述哈瑞特小姐在此之前所做的准备工作（包括伯爵家的谈话还有与普瑞斯顿的对峙），叙事节奏比较缓慢；相反，叙述者对于哈瑞特小姐带着莫莉出行这一事件的过程本身却叙述得相当简略，仅用叙事报道的形式勾勒事情经过，叙事节奏骤然变快。这是盖斯凯尔在书中常用的叙述手法：在叙事过程中详细叙述核心事件周围的序列事件，而对核心事件本身的信息进行简化或刻意进行压制。如果我们以这一事件作为意义阐释中心，将阐释视角延及莫莉丑闻的相关大叙事框架甚至全书叙事框架（比如莫莉丑闻的前因后果，哈瑞特小姐姓名可能隐含的文化意义，[②] 以及本章前后不断提及的莫莉继母生病一事），[③] 那么这一事件所隐

[①] 盖斯凯尔虽然信奉的是神体一位论，但她对一般专属于天主教的"驱魔"仪式应该有一定的了解，她在1856年12月发表的中篇小说《可怜的克莱尔》（"The Poor Clare"）中就多次提到此事；在《北方与南方》中也使用了与此处"附体"相同的词汇："似乎某种邪灵附在了她（玛格丽特）的形体上"（as if some evil spirit had got possession of her form）。See Elizabeth Gaskell, "The Poor Clare", in Laura Kranzler, ed. *Gothic Tales*: *Elizabeth Gaskell*, London: Penguin Group, 2000, pp. 83, 88, 93; Elizabeth Gaskell, *North and South*, New York and London: Norton, 2005, p. 301.

[②] 哈瑞特小姐第一次被提到是在第2章，当时叙述者讲到马车，用括号的形式提到丘莫纳伯爵夫人的小女儿哈瑞特以及这个词的两种不同发音和拼写方式："双轮马车和她的名字（chariot）谐音"（第18页）。双轮马车在基督教文化中有特殊含义。《圣经》中屡次提到，它不仅仅是神与人乘坐的工具，还是权力与荣耀的象征，马修·亨利认为两个轮子"代表了上帝在人间所创造的功绩：用眼睛注视一切，守护神功绩的天使……" Nancy M. Tischler, *All Things in the Bible*, Vol. 1, Westport: Greenwood Press, 2006, pp. 102-103.

[③] 莫莉陷入丑闻后她便生病了（第602页），此事之后才"慢慢地康复了"（第617页）。克莱尔虚荣势利和虚伪自私的个性是她自身女性德行上的缺陷，她没有很好地履行作为母亲的角色，无法在道德行为上为莫莉做出保护与指引，用身体的病患隐喻道德上的失职。

含的意义就会逐渐变得明朗起来。

　　这个事件只是莫莉私会普瑞斯顿丑闻事件的余波，和这个大叙事框架范围内的其余事件相比，只占用了很短的篇幅，因此往往容易被忽视。与这一事件相关的大情节框架横跨了较长篇幅。辛西娅年少时借了普瑞斯顿的钱，条件是答应以后嫁给他。几年后，当他们再次见面时，普瑞斯顿便以此为由一直纠缠辛西娅。莫莉为了帮助辛西娅摆脱普瑞斯顿的钳制，自告奋勇去秘密会见普瑞斯顿，想要拿回他用来挟持辛西娅的书信。结果这次在郊外的秘密会面被西普申克斯先生撞见（第559页）。不久之后，尽管莫莉很不情愿，但为了替辛西娅偿还欠款，她只得再次去找普瑞斯顿，在格林斯德书店见到他之后，将装了钱的信封偷偷塞给他，被古德尹娜芙夫人一眼逮个正着（第575页）。莫莉私会普瑞斯顿一事成了豪林福德镇女人们议论的话题，她卷入了绯闻之中，名节受到损害。为了保护辛西娅的秘密，莫莉无法澄清事情的真相，于是便用消极态度面对现实，对外面的流言蜚语充耳不闻。哈瑞特小姐决定挽救莫莉的名誉与清白，跟普瑞斯顿对质并了解真相后，她想出了一个解决办法，就是亲自带着莫莉在豪林福德镇的主要街道上散步，并特意在丑闻事发现场的格林斯德书店消磨了很长时间。最后她们去拜访布朗宁斯姐妹，可是却未遇到，哈瑞特小姐留下了名片，并在上面写下了莫莉的名字，以此结束这一系列事件。

　　莫莉是带着英雄情结去私会普瑞斯顿的，她一直抱有道德上的幻觉，以为自己是在帮助无辜的辛西娅摆脱普瑞斯顿这个"无赖"的纠缠，拯救辛西娅于水火。莫莉以为有了"拯救"这层道德权威的庇护，自己便可以无所畏惧，可是她没有意识到在维多利亚社会中道德训诫在控制女性身体与行为上的强大力量。在维多利亚社会的意识形态中，未婚的成年女性对自己的身体并没有完全的自主支配权：她的身体是父权制社会中贞洁、德行与名誉等淑女观念的训诫对象，一旦行为逾越了这些观念划定的范围，惩罚便会立刻到来。莫莉两次都是在未经父亲同意，且没有年长女性陪同的情况下私会普瑞斯顿，她的行为违背了维多利亚中产阶级淑女的准则。对于豪林福德镇的流言蜚语，莫莉的父亲没有好的解决办法，抱病在身的继母对此事毫不知情，辛西娅去了伦敦，而替罪羊莫莉则采取鸵鸟心态的逃避态度，仍然想用道德殉道者的姿态默默忍受（第603页）。最后，在这件事情的解决上起到关键作用的是丘莫纳伯爵的小女儿哈瑞特小姐，她将自己和莫莉的身体暴露在公众视线之中，以此为莫莉完成道德上的"驱魔仪式"。

驱魔是一种与身体密切相关的仪式,将身体作为权力斗争的直接场所,利用某种更高权威的力量(如基督教的上帝)来驱除附在身体上的邪灵力量。从本质上来说,这种仪式的意识形态基础是森严的等级秩序,"在天主教神学体系中,邪灵是宇宙等级制度中的一员,从属于上帝"[1]。《妻子与女儿》的世界也同样与等级制度密不可分。小说开篇提及豪林福德镇时就将它与阶级联系起来,提到丘莫纳伯爵和他的庄园,还声明那里"遗留了很多很多封建的情感,在许多小事上都可以看出来"(第2页)。莫莉之所以卷入私会男子的丑闻,是因为她违背了社会为中产阶级淑女制定的道德行为准则。如果说第一次会面被西普申克斯先生撞见,她还有辩解的余地,那么第二次会面时主动偷偷塞信给普瑞斯顿,则破坏了女性在传统恋爱与婚姻事务中的禁忌:不应背着父母私下会见陌生男人,更不能成为主动角色。维多利亚社会的主流道德典则规矩森严,但实际上偷偷违背这些清规戒律的人也不在少数。故而维多利亚人在性与性别问题上表面拘谨克制、背地里人欲横流的态度往往被斥为"虚伪"。[2]不论在生活中还是小说里,私下约会甚至私奔的年轻男女很多,而成为丑闻的却并不多。《妻子与女儿》里提到,随着时代的发展,英国社会对男女恋爱以及性与性别的问题也变得越来越宽容(第578页)。在小说中,汉默利家的长子奥斯本不仅私会情人艾美,而且还背着汉默利夫妇结婚和生养小孩,他们在很长时间内都没有爆出丑闻。罗杰和莫莉都知道奥斯本的事情,但他们都保守了秘密,没有进行曝光。直到奥斯本去世后,他父亲才知道儿子结婚生子的事。男女私会丑闻被曝光后,声誉受到伤害最大的总是莫莉这样的女性,普瑞斯顿虽然也受到牵连,但他并不是人们讨伐的重点。除父亲以外,奥斯本甚至几乎得到了所有人的支持与同情。奥斯本的父亲与他决裂,主要原因其实并不是出于道德考虑,更多是出于经济与政治因素。奥斯本因恋爱毁掉了学业与前途,还欠下大笔债务,作为家族继承人,他本来应该和富贵家庭联姻,以此挽救在经济上日益颓败的汉默利家

---

[1] Lana Condie, "The Practice of Exorcism and the Challenge to Clerical Authority", *Access: History* Vol. 3, No. 1, 2000, p. 94.

[2] See Françoise Barret-Ducrocq, *Love in the Time of Victoria: Sexuality, Class, and Gender in Nineteenth-Century London*, London and New York: Verso, 1991, p. 1.

族（第427页）。他不负责任的择偶行为对汉默利家族重新崛起的希望给予了沉重打击。

莫莉在短时间内就卷入丑闻，重要原因在于她的身体遭到了曝光，暴露在公众的视线之中。在整个男女私会丑闻中，最为关键的是她在格林斯德书店递信给普瑞斯顿时被古德尹娜芙夫人亲眼逮住现行："古德尹娜芙夫人连进门的动作都呆住了，瞪着圆圆的眼睛盯着莫莉看，由于戴眼镜的缘故，眼睛显得更圆了，像猫头鹰一样……"（第575页）叙述者在这里并没有借用莫莉或者古德尹娜芙夫人的眼睛进行聚焦，而是从外部观察古德尹娜芙夫人注视莫莉的神情和眼神。全知叙述者全面而灵活的观察视角使整个情景得以完整呈现，简单明了地阐明古德尹娜芙夫人作为事件观察者信息缺失造成的错误感知及误解。古德尹娜芙夫人并不清楚莫莉递信给普瑞斯顿的真实原因，想当然地将其理解为暗递情书。这一误解直接在道德层面上将莫莉的身体与声誉置于危险境地。在古德尹娜芙夫人带着道德训诫功能的视线注视下，莫莉的身体成了女性道德之矛的攻伐对象，丝毫没有反击和辩解的能力。古德尹娜芙夫人以为自己审视莫莉身体的视线带有道德的优越感，其实只不过是已经内化的父权制传统道德观而已。

如果打破男女二元对立的范畴，将与视线有关的凝视行为放置到社会话语体系中，我们会发现凝视行为不仅与欲望有关，它还与社会道德机制施行训诫的效应有着密切联系。福柯在谈论与凝视有关的视线规训功能时指出，边沁的圆形监狱本质上体现的是社会权力机制的运作模式，边沁提到的可视性的问题完全是围绕着一种统治与监视意义的凝视而建立起来的。在这种凝视的规训力量下，"每一个同志都变成了监视者"；同时，每一个人都会受其压制，并将检查性质的凝视内化，施行自我监禁，"成为自己的监视者"。[1] 在这种带有训诫功能的凝视下，权力无处不在、无时不在地渗透到社会关系网络的每一个节点和角落，化身为一种无形的凝视力量，监视与规训社会成员的行为规范："整个社会机体已经被无个性的凝视改造成一个具有感知能力的场所；到处都布满了成千上万只眼睛，

---

[1] Michel Foucault, "The Eye of Power", in Colin Gordon, ed. *Power/ Knowledge: Selected Interview and Other Writings 1972-1977*, Hetfordshire: Harvester Press Limited, 1980, pp. 152-155.

警觉地施行流动戒备……"①《妻子与女儿》的故事世界似乎就是一个道德意义上的圆形监狱，古德尹娜芙夫人等人是道德训诫力量的监视者，而莫莉是一个试图拒绝在道德领域实施自我监视的僭越者。在小说中，古德尹娜芙夫人的视线曝光了莫莉的"丑行"，这一瞬间具有某种仪式的象征意义。莫莉身体上的传统女性德行已经不复存在，取而代之的是古德尹娜芙夫人的视线所象征的女性公德捍卫力量赋予的新身份，它与堕落行为有关："耻辱"（第578页）、"糟糕"（第581页）、"名声扫地"（第589页）、"偷偷摸摸"（第596页）等。维多利亚女性道德对莫莉产生训诫作用的原因在于对莫莉行为的成见，因而制造的社会舆论就像恶灵一样依附在莫莉身体上。莫莉被妖魔化了，她变成了被社会道德舆论寄生、控制和扭曲的受害者。

盖斯凯尔在《妻子与女儿》中放弃了以前小说中常用的叙述者在展示人物内心方面对不同人物基本保持相同距离的做法，它的全知叙述者对书中不同女性人物心理和情感的展示呈现出阶梯状的特点，以莫莉最多，其次是哈瑞特小姐，再次是豪林福德镇的女人们如古德尹娜芙夫人，再其次是吉布逊夫人，最后是辛西娅。②在全书叙述进程中，哈瑞特小姐对推动情节的发展起着重要的作用。在莫莉道德驱魔仪式中，哈瑞特小姐是驱魔人。她贵族小姐的血统和与之相应的健全女性德行在整个仪式中起到关键作用，因为仪式是否有效"完全取决于驱魔人的道德是否纯洁"。③莫莉自幼丧母，在她的成长过程中，哈瑞特小姐和布朗宁姐妹一起成为她的道德生活庇护者。哈瑞特是丘莫纳伯爵的小女儿，身上具备了贵族女性应有的各种德行，还熟谙社会与政治事务，是贵族阶层与中产阶级的调停者。哈瑞特不仅继承了丘莫纳伯爵的贵族血统，还是子女中唯一继承了他性格与能力的人。比较典型的情形是她在社交舞会上传授兄长豪林福德爵士笼络人心的办法，拉近他家与中产阶级附庸之间的距离（第343—345页）。她知道豪林福德镇的公众视线在莫莉丑闻事件中所起的关键作用，

---

① Michel Foucault, "Panopticism", *Discipline and Punishment*: *The Birth of the Prison*, trans. Alan Sheridan, New York: Vintage Books, 1995, p. 214.

② See Wendy A. Craik, *Elizabeth Gaskell and the English Provincial Novel*, London: Methuem, 1975, pp. 225-226.

③ Lana Condie, "The Practice of Exorcism and the Challenge to Clerical Authority", *Access*: *History*, Vol. 3, No. 1, 2000, p. 95.

第四章 《妻子与女儿》女性地位叙事的两重性

所以携带莫莉重新回到丑闻事发现场格林斯德书店，利用她贵族身份的权威在道德意义上为莫莉举行一次驱魔仪式，将恶毒舆论的恶灵驱除出去莫莉的身体。此时，莫莉的身体成了斗争的场所，哈瑞特小姐以贵族女性的道德权威来压制中产阶级女性道德化身对莫莉的扭曲和妖魔化力量。哈瑞特小姐带莫莉一直在豪林福德镇街道逛荡的目的在于将自己贵族女性的身体和莫莉的身体一起暴露在公众视线中，使豪林福德镇的男性与女性旁观者意识到哈瑞特小姐在以贵族女性的身体与道德权威作为莫莉道德契约的担保人，为丑闻缠身的莫莉正名。

维多利亚女性，尤其是哈瑞特所代表的贵族女性，一般不愿意抛头露面地出现在街道和商店等公共场合。在维多利亚的道德观中，女人们对公众场合的露面都有天生的焦虑，因为"对女人来说，出现在公众场合就是展示自己的身体，公然想要引人注意，招致议论"①。女人一旦自我暴露在公众视线中，就可能会使人联想起与性有关的不道德行为，因此维多利亚社会中的女性一般都做安居在家庭领域里的"家中天使"，尤其是贵族和中上层中产阶级家庭的年轻女子。除了在剧院、公园、服装店等少数适于女性的地方现身外，她们很少会刻意在公共场所抛头露面和引人注视。维多利亚社会具有比较严格的阶级界限，贵族和中产阶级的女子无需工作，只要学习钢琴和素描等淑女必备的技能即可。相比之下，工人阶级和穷人家庭的女子为了谋生则必须从儿童时期就外出工作。下层劳动妇女因工作关系经常得现身街头，"她们在奔波履行自己的角色，形色匆匆地穿过街头的脚步可视为诚实品格的标尺"。②街道在维多利亚文化中则更有特殊的阶级与道德含义，被视为"穷人的起居室"，是充满了各种骇人与堕落行为的地方。街道在道德意义上是一个危险之方，女人们如果长时间无所事事地在街上游荡，会被视为"反常"。如果不是为了购物或者其他必须的活动，她们的道德品质就可能遭到猜疑。③ 在这样的历史和文化语境下，哈瑞特小姐带着莫莉刻意将镇上的主干道逛上两遍，并且还在书店里足足待了半小时的行为偏离了常规，产生了新的意义：哈瑞特主动将莫

---

① Barbara Leah Harman, "In Promiscuous Company: Female Public Appearance in Elizabeth Gaskell's *North and South*", *Victorian Studies*, Vol. 31, No. 3, 1988, p. 351.

② Françoise Barret-Ducrocq, *Love in the Time of Victoria: Sexuality, Class, and Gender in Nineteenth-Century London*, London and New York: Verso, 1991, p. 10.

③ Ibid., pp. 9-10.

莉的女性身体暴露在公众视线之中，巧妙地利用了世界全在性质的凝视力量，将其为己所用，将公众视线凝视的强大力量变成为莫莉正名的工具，如果说莫莉的丑闻来自其偷偷摸摸行为而诱发的不法联想，那么哈瑞特反其道而行之，用光明正大的逛街行为强制改变人们观看莫莉的眼光，或者说哈瑞物以自己的道德光环为莫莉加持，成功地消除了它之前错误地在莫莉身体上烙下的道德耻辱印记。

女性主义色彩的研究中，女性凝视用带有情欲的眼光凝视男性、将男性身体客体化并以此在意识形态上挑战父权制社会的压制作用。与此不同，哈瑞特小姐和莫莉在逛街事件中并没有改变与置换观察者与被观察者之间的位置，并不具备挑战父权制的含义。莫莉私会普瑞斯顿一事只是豪林福德镇女人们议论的话题。哈瑞特小姐带着莫莉逛街和拜访布朗宁斯姐妹，并留下了写有莫莉名字的名片，这些行为针对的主要是这些误解莫莉的女性。诚然，这些女性内化了维多利亚父权制的道德观念，但哈瑞特带着莫莉进行道德驱魔的目的并非要挑战父权制的道德观念，而是为了说明莫莉实际上并没有违反父权制的道德观念，她是符合父权制道德规范的具有传统美德的淑女。

哈瑞特小姐之所以能够拥有为莫莉进行道德驱魔的资格，主要原因并不在于她德行纯洁这个事实，而在于她的身份是贵族这个事实。贵族身份是她给莫莉进行道德驱魔的权威来源，它对中产阶级道德训诫力量具备自上而下的压制作用。叙述者在驱魔仪式结尾时也做出了暗示：她们拜访布朗宁姐妹未果，哈瑞特提出要留下自己的名片，还要把莫莉的名字添加在它底部（第616页）。哈瑞特的名片就是驱魔仪式中传递权威的信物，象征着贵族阶层在父权制等级社会中的强大力量。《妻子与女儿》虽然涉及很多关于现代性的冲击的问题，但刻画的仍然是一个阶级壁垒森严的世界。叙述者在书中用了大量篇幅讲述新兴资本贵族丘莫纳与没落土地乡绅汉默利两个家庭之间的纷争，它是全书比较重要的次要情节。在这一情境下，哈瑞特的身份和莫莉的女性身体其实也只是维护父权制道德规范和等级制度的工具而已，无形中成了父权制权力体系的散播者和同谋，强化了阶级壁垒。虽然丑闻的目击者和煽动者主要都是女性，但她们行使的是父权制社会道德凝视训诫作用的功能。哈瑞特小姐和莫莉利用女性身体和视线为莫莉进行道德驱魔，这种行为并不是为了叙述女性力量，而仅仅是利用了视线的工具属性，巧妙地利用它为莫莉消除道德流言，为把她塑造成维多利亚淑女典范服务。这一点恰如其分地体现了盖斯凯尔提升女性地位叙事过程中的深层次悖论状态。

《妻子与女儿》在性别立场上是相当保守的作品,与《克兰福德镇》和《北方与南方》形成了对照,构成更大范围内的性别政治上的两重性。盖斯凯尔写作生涯早晚期之间的变化表现了她在女性问题上不确定的思维方式,这种不确定性使她的作品在性别政治上呈现出摇摆不定的状态。

结　　语

　　盖斯凯尔生活在英国维多利亚时代这段波澜壮阔的历史里。那是一个呼唤伟大作家而且产生伟大作家的时代。在19世纪英国小说的版图上，一大批女性作家留下了浓墨重彩的篇章。盖斯凯尔之前有光华灿烂的简·奥斯丁、大放异彩的玛丽·雪莱、稳健高产的玛利亚·埃奇沃思和老当益壮的弗朗西斯·伯尼，跟她同时代的有恣肆奔放的勃朗特三姐妹、笔力雄健的乔治·艾略特、纯真灵动的伊丽莎白·勃朗宁等人。如果将盖斯凯尔置于这个伟大的作家群体中，她在长篇小说创作方面的优劣之处或许会更加明晰。自1837年发表第一篇诗歌《清贫绘》以来，盖斯凯尔一直在坚守着自己钟爱的题材与风格，用怀旧温婉的笔调描写乡村士绅阶层的衰落和城市中下层人民的困苦。她没有奥斯丁的睿智与幽默，叙事风格同样也就没有奥斯丁式的犀利反讽和咄咄逼人的锋芒；她缺乏玛丽·雪莱的知性和浪漫，写作题材自然绕开了玛丽·雪莱的怪力乱神与天马行空；[①] 她没有夏洛特·勃朗特那种桀骜与执拗，笔下的人物角色自然不会有夏洛特·勃朗特式的个性张扬和果敢决绝；她没有艾米莉·勃朗特那种奇才与炽情，作品格调当然也就不会出现艾米莉·勃朗特式的阴郁粗粝和偏执疯狂；她没有乔治·艾略特的博学与细腻，小说布局同样避免了乔治·艾略特式的道德执念与繁复琐碎。盖斯凯尔有自己的文学品质与风格。

　　盖斯凯尔平淡却同样奏效的叙事理念、矛盾却不乏睿智的政治视野、稳健却保持优雅的叙事能力、温情却不失准则的道德关怀、保守却充满进取的精神内涵以及批判却不忘自省的思维方式获得了越来越多的认可，重

---

① 盖斯凯尔的长篇小说都是温良淳厚的风格，但也有短篇小说涉及鬼怪、神话、传说、凶杀、复仇和哥特风格等惊悚因素，如"Lois the Witch"，"The Old Nurse's Tale"，"The Poor Clare"等。

新受到当代读者的赏识。她的小说在形式和内容上呈现出一些挑战父权制意识形态的姿态，但离英国19世纪末期出现的反维多利亚淑女形象的"新女性小说"以及真正意义上的女性主义作品还有很大差距。盖斯凯尔未能超出她的时代。然而从另一个角度来看，她的这种典型特性恰恰可以使她成为维多利亚时代女性作家的有力代言人。她在英国文学史上的一大贡献在于她的小说叙事过程中呈现出各种矛盾纠结状态，它们以小说虚构叙事的话语形式反映了维多利亚时代提升女性地位问题所面临的种种困境。

《克兰福德镇》是盖斯凯尔的早期作品，长期以来都被视为家庭题材小说或幽默风俗小说。这部作品也隐含着对现代化进程的深刻反思。"雅致经济"是这个带有乌托邦色彩的集体女性社区的核心生活理念，这个简约的概念本身就折射出她作品的复杂性和多重意义。虽然这是一个与女性社区以及居家生活有关的故事，但是盖斯凯尔在其中不断引入公共话语来突破家庭话语的界限，它微妙地体现了工业化进程中英国社会存在着农业文明与工业文明、土地贵族与资产阶级以及社会精英与普通民众之间的诸多矛盾。克兰福德镇是一个具有乌托邦色彩的女性社区，通过深入细致的考察可以看到，它的内部存在各种异质和分裂的力量；这些力量使小说话语层与故事层之间的离散力量不断加大，进而造成断裂，克兰福德镇这个女性乌托邦在叙事进程中慢慢幻灭。《克兰福德镇》体现了盖斯凯尔构建女性乌托邦的困境，其中的叙事策略揭示出盖斯凯尔思维意识的两重性。我们如果不以开放的眼光来深究细察文本，考察文本与语境的复杂关联，就难以看到以上诸多潜藏意义，也就无法深刻把握她在叙述维多利亚女性地位过程中所面临的复杂情境。此处给我们的启示是：在文学批评的过程中，尤其是采用某种理论框架（如女性主义方法）来阐释时，我们不能为了达到某种预先设置好的阐释目标而对文本进行单向的阐释，而应该有意识地深入考察文本是否具有隐含的两重甚至多重意义。

《北方与南方》最显著也最吸引批评家注意力的是女主角玛格丽特的形象，她的光芒掩盖了其他人物。我们可以换一个新的思路看待这个问题：从小说的次要人物入手，选取玛格丽特的父母作为分析对象，他们因为自身性格缺陷而得到较低的评价，也容易被忽略。功能性人物塑造这个结构安排角度可以成为一个合适的切入点。玛格丽特的父亲之所以被描写成软弱无能的女性化男人，她的母亲之所以被塑造成一个自怨自艾的病人，其实很可能都是出于叙事功能的考虑。他们之所以被塑造成这样的形象，很大程度上是为了给玛格丽特跨越社会空间分界行为创造出足够的发展空间。女主角玛格丽特是关键人物，她的人物形象引导了与南方相关的转喻意义链条的内涵。玛格丽特与桑顿的婚姻所指涉的性别与社会空间转喻体系中存在着两重性，通过性别置换和转喻意义体系，玛格丽特获得了父权权威缺失所创造的自由权力空间，走出家门进入与阶级冲突有关的公共领域。然而她在最关键的工人暴动场景中施展女性力量时，诉求的却是期盼男人尊重和保护女人的父权制道德行为准则。这是盖斯凯尔在叙述女性力量越界家庭领域的过程中无法摆脱的两重性。这种多方位、多层面的解读不仅有利于看到作品丰富和潜藏的深层含义，而且有利于看到与主题意义密切相连的艺术性结构安排。

《妻子与女儿》是盖斯凯尔的最后一部长篇小说，与上面两部在性别立场上形成较为明显的对照，表现出更加保守的姿态。她在《妻子与女儿》中运用了自由间接引语和人物限知视角来展现莫莉的内心意识和观察视线，但它们并不是女性主义意义上用来表现女性主体意识和对抗父权制意识形态的手段；相反，它们只是她表现莫莉在成为维多利亚淑女过程中如何净化自我意识的叙述策略。随着叙事进程的发展，莫莉越来越服从于父权制社会的道德机制，自主意识越来越弱，逐渐成为模范式的维多利亚淑女。与此类似，哈瑞特小姐利用女性身体和视线为莫莉进行道德驱魔的行为并不是有意识地叙述女性力量，而仅仅是利用了视线的工具属性，巧妙地利用它为莫莉消除道德流言。盖斯凯尔在《妻子与女儿》中所运用的叙事策略并没有多少女性主义的含义。这部作品与《克兰福德镇》和《北方与南方》在性别立场上的对照告诉我们，一位作者在不同作品中可能会持不尽相同的立场。我们不能因为盖斯凯尔在《妻子与女儿》中的保守立场而否认她在其他作品中为提升维多利亚时代女性地位所做出的贡献，也不能因为《克兰福德镇》和《北方与南方》某种程度的女性主义意识而认为盖斯凯尔的作品就普遍具有女性主义的含义。

盖斯凯尔通过《克兰福德镇》《北方与南方》《妻子与女儿》等系列小说描绘出诸多温和却又坚毅的女性形象，这些女主角们都是维多利亚时代温婉贤淑的"鸽子"和善良纯洁的"天使"，安居在家庭生活的琐碎日常里。这些维多利亚时代的女人们身处平凡的世界，却从未放弃追求美好生活的愿望。她们对爱情的期待与彷徨，经历的痛楚与悸动都显得分外真切感人。这些女人们身处艰辛坎坷的尘世，可是她们心有双翼，仍然向往着幸福的星空。这些小说中既有青春花季少女，也有大量中老年妇女，她们并不完美，各人带着各样的小性格和小缺憾，这些人物角色使小说显得真挚可人。她们并没有女权主义样式"平等"或"解放"的人生诉求，想要的无非是在乱世或盛世都能和相亲相爱的人长相守，安然度此一生。盖斯凯尔描绘了维多利亚时代广大女子群体丰富和敏感的内心世界，为当时以及后世的读者展现了英国在维多利亚时代大国崛起辉煌图景中一群普通民众的日常生活场景。她将这群女人的身影定格在了维多利亚时代文学历史的天空。

引用文献

英文文献

Abel, Eileen Dolores. "'Blessings Left Behind': Self and Social Obligation in the Novels of Elizabeth Gaskell." *DAI*, 57 (1996): 0688A.

Adams, James Eli. "Victorian Sexuality." *A Companion to Victorian Literature and Culture*. Ed. Herbert F. Tucker. Oxford: Blackwell, 1999, 125-138.

Allen, Dennis W. "'Peter Was a Lady Then': Sexuality and Gender in *Cranford*." *Sexuality in Victorian Fiction*. Norman and London: U of Oklahoma P, 1993, 60-83.

Allot, Miriam. "Elizabeth Gaskell." *British Writers*. Ed. Ian Scott-Kilvert. Vol. 5. New York: Charles Scribner's Sons, 1982, 1-16.

Armstrong, Nancy. *Desire and Domestic Fiction: A Political History of the Novel*. New York: Oxford UP, 1987.

Bailey, Peter. *Leisure and Class in Victorian England: Rational Recreation and the Contest for Control, 1830-1885*. London: Routledge, 1987.

Barret-Ducrocq, Francoise. *Love in the Time of Victoria: Sexuality, Class, and Gender in Nineteenth-Century London*. London and New York: Verso, 1991.

Blackmur, Richard P. *Studies in Henry James*. New York: New Directions Publishing Corporation, 1983.

Broomfield, Andrea. *Food and Cooking in Victorian England: A History*. Westport: Praeger Publishers, 2007.

Booth, Wayne. *The Rhetoric of Fiction*. Chicago: U of Chicago P, 1983.

Brodetsky, Tessa. *Elizabeth Gaskell*. Leamington Spa: Berg, 1986.

Caine, Barbara. *Victorian Feminists*. New York: Oxford UP, 1992.

Carroll, Berenice A. "Peace Research: The Cult of Power." *Journal of*

Conflict Resolution 16.4 (1972): 585-616.

Cecil, David. *Early Victorian Novelists: Essays in Revaluation*. Harmondsworth: Penguin, 1948.

Chadwick, Esther Alice. *Mrs Gaskell: Haunts, Homes, and Stories*. Cambridge: Cambridge UP, 2013.

Chapple, J.A.V. "Introduction." *The Letters of Mrs. Gaskell*. Manchester: Manchester UP, 1997.

Chapple, John. "Notes to *Cranford*." *Cranford and Selected Short Stories*. Hertfordshire: Wordsworth, 1998, p. 176.

Chatman, Seymour. *Story and Discourse: Narrative Structure in Fiction and Film*. Ithaca: Cornell UP, 1978.

Colby, Robin Bailey. *Some Appointed Work to Do: Women and Vocation in the Fiction of Elizabeth Gaskell*. Westport: Greenwood Press, 1995.

Condie, Lana. "The Practice of Exorcism and the Challenge to Clerical Authority", *Access: History* 3.1 (2000): 93-102.

Davis, Deanna L. "Feminist Critics and Literary Mothers: Daughters reading Elizabeth Gaskell." *Signs: A Journal of Woman in Culture and Society*, 17 (1992): 507-532.

Davis, Philip. *The Victorians*. Beijing: Foreign Language Teaching and Research Press, 2007.

Dentith, Simon. *Parody*. London: Routledge, 2000.

Doan, Laura L. "Introduction." *Old Maids to Radical Spinsters: Unmarried Women in the Twentieth-Century Novel*. Ed. Laura L. Doan. Urbana: Illinois UP, 1991, 1-15.

Dodsworth, Martin. "Introduction", *North and South*, Harmondsworth: Penguin, 1970.

Duthie, Enid L. *The Themes of Elizabeth Gaskell*. London: Macmillan, 1980.

Easson, Angus. *Elizabeth Gaskell: The Critical Heritage*. London: Routledge, 1979.

———. "Mr. Hale's Doubts in *North and South*." *The Review of English Studies*, New Series, 31.121 (1980): 40.

Eliot, George. *The George Eliot Letters*. Vol. 3. New Haven: Yale UP, 1954.

Ellis, Sarah Stickney. *The Daughters of England: Their Position in Society, Character and Responsibilities*. New York: D. Appleton and Company, 1842.

Foster, Shirley. *Victorian Women's Fiction: Marriage, Freedom and the Individual*. London and Sydney: Croom Helm, 1985.

Foucault, Michel. "The Eye of Power." *Power/ Knowledge: Selected Interview and Other Writings 1972 - 1977*. Ed. Colin Gordon. Hertfordshire: Harvester Press Limited, 1980, 146-165.

——. *Discipline and Punishment: The Birth of the Prison*. trans. Alan Sheridan. New York: Vintage Books, 1995.

Fowler, Rowena. "*Cranford*: Cow in Grey Flannel or Lion Couchant?" *Studies in English Literature, 1500-1900*, 24 (1984): 717-729.

Gaskell, Elizabeth. *Cranford and Cousin Phillis*. Harmondworth: Penguin, 1976.

——.*Cranford and Selected Short Stories*.Hertfordshire: Wordsworth, 1998.

——.*Mary Barton*. New York: Oxford UP, 2006.

——.*North and South*. New York and London: Norton, 2005.

——.*The Letters of Mrs. Gaskell*. Manchester: Manchester UP, 1997.

——.*Wives and Daughters*. Humphrey Milford: Oxford UP, 1910.

Goodman, Dena. "Public Sphere and Private Life: Toward a Synthesis of Current Historiographical Approaches to the Old Regime." *History and Theory*, 31.1 (1992): 1-20.

Greg, William Rathbone. *Why are Women Redundant*. London: N. Trübner & Co., 1869.

Harman, Barbara Leah. "In Promiscuous Company: Female Public Appearance in Elizabeth Gaskell's *North and South*." *Victorian Studies*, 31.3 (1988): 351-374.

——.*The Feminine Political Novel in Victorian England*. Charlottesville and London: UP of Virginia, 1998.

Holstein, Suzy Clarkson. "Finding a Woman's Place: Gaskell and Authority." *Studies in the Novel*, 21.4 (1989): 380-388.

Horsman, Alan. *The Victorian Novel*. Oxford: Clarendon Press, 1990.

Houghton, Walter E. *The Victorian Frame of Mind: 1830-1870*. New Haven: Yale UP, 1957.

Hughes Linda K. *The Victorian Serial*. Charlottesville: UP of Virginia, 1991.

——. "*Cousin Phillis*, *Wives and Daughters*, and Modernity." *The Cambridge Companion to Elizabeth Gaskell*. Ed. Jill L. Matus. Cambridge: Cambridge UP, 2007, 90-107.

Ingham, Patricia. *The Language of Gender and Class: Transformation in the Victorian Novel*. London: Routledge, 1996.

Jahn, Manfred. "Focalization." *Routledge Encyclopedia of Narrative Theory*. Eds. David Herman, et al., London and New York: Routledge, 2005. 173-174.

James, Henry. "An Unsigned Review of Wives and Daughters." *Elizabeth Gaskell: The Critical Heritage*. Ed. Angus Easson. London: Routledge, 1999, 463-467.

——. *The Portable Henry James*. Ed. John Auchard. New York: Penguin Group, 2004.

Jedrzejewski, Jan. *George Eliot*. New York: Routledge, 2007.

Johnston, Susan. *Women and Domestic Experience in Victorian Political Fiction*. Westport: Greenwood Press, 2001.

Keating, Peter. "Introduction." *Cranford and Cousin Phillis*. Harmondworth: Penguin, 1976, 7-30.

Keen, Suzanne. *Narrative Form*. Hampshire: Palgrave Macmillan, 2003.

Krueger, Christine L. "Speaking Like a Woman: How to Have the Last Word on Sylvia's Lovers." *Famous Last Words: Changes in Gender and Narrative Closure*. Ed. Alison Booth. Charlottesville & London: UP of Virginia, 1993, 135-153.

Kucich, John. *The Power of Lies: Transgression in Victorian Fiction*. Ithaca: Cornel UP, 1994.

Lacan, Jacques. "The Split Between the Eye and the Gaze." *The Four Fundamental Concepts of Psychoanalysis*. Trans. Alan Sheridan. New York & London: Norton, 1981, 67-78.

Landes, Joan B. *Women and the Public Sphere in the Age of the French Revolution*. Ithaca: Cornell UP, 1988.

Lansbury, Coral. *Elizabeth Gaskell: The Novel of Social Crisis.* London: Paul Elek, 1975.

Lanser, Susan Sniader. *Fictions of Authority: Women Writers and Narrative Voice.* Ithaca & London: Cornell UP, 1992.

Leech, G. and M. Short. *Style in Fiction.* London: Longman, 1981.

Logan, Deborah Anna. *Fallenness in Victorian Women's Writing: Mary, Stitch, Die or Do Worse.* Missouri: U of Missouri P, 1998.

Low, Lisa. "Refusing to Hit Back: Virginia Woolf and the Impersonality Question." *Virginia Woolf and the Essay.* Ed. Beth Carole Rosenberg and Jeanne Dubino. Hampshire: Macmillan, 1997, 257–274.

MacHale, Brian. "Free Indirect Discourse." *Routledge Encyclopedia of Narrative Theory.* Eds. David Herman, et al. London and New York: Routledge, 2005. 189.

Mann, Nancy D. "Intelligence and Self-Awareness in *North and South*: A Matter of Sex and Class." *Rocky Mountain Review of Language and Literature*, 29.1 (1975): 37–38.

Matus, Jill L. Ed. *The Cambridge Companion to Elizabeth Gaskell.* Cambridge: Cambridge UP, 2007.

Mcguigan, Jim. *Culture and the Public Sphere.* London & New York: Routledge, 1996.

Mill, James. *Elements of Political Economy.* Boston: Adamant Media Corporation, 2005.

Miller, Andrew H. *Novels Behind Glass: Commodity, Culture, and Victorian Narrative.* Cambridge: Cambridge UP, 1995.

Mulvihill, James. "Economics of Living in Mrs. Gaskell's *Cranford.*" *Nineteenth Century Literature*, 50.3 (1995): 337–356.

Nestor, Pauline. *Female Friendships and Communities: Charlotte Brontë, George Eliot, Elizabeth Gaskell.* Oxford: Clarendon Press, 1985.

Newton, Judith Lowder. "Power and Ideology of 'Woman's Sphere.'" *Feminisms: An Anthology of Literary Theory and Criticism.* Eds. Robyn R. Warhol and Diane Price Herndl. New Brunswick, New Jersey: Rutgers UP, 1991, 765–780.

Palmer, Alan. "Thought and Consciousness Presentation." *Routledge Encyclopedia of Narrative Theory*. Eds. David Herman, et al. London and New York: Routledge, 2005.

Pascal, Roy. *The Dual Voice: Free Indirect Speech and its Functioning in the Nineteenth European Novel*. Manchester: Manchester UP, 1977.

Richardson, Brian. "Beyond the Poetics of the Plot: Alternative Forms of Narrative Progression and the Multiple Trajectories of Ulysses." *A Companion to Narrative Theory*. Eds. James Phelan and Peter J. Rabinowitz. Oxford: Blackwell, 2005, 167-180.

Rosenthal, Rae. "Gaskell's Feminist Utopia: The Cranfordians and the Reign of Goodwill." *Utopian and Science Fiction by Women: Worlds of Difference*. Eds. Jane L. Donawerth and Carol A. Kolmerten. Syracuse: Syracuse UP, 1994, 73-92.

Saxton, Ruth O. *The Girl: Constructions of the Girl in Contemporary Fiction by Women*. New York: St. Martin's Press, 1998.

Schor, Hilary M. "Affairs of the Alphabet: Reading, Writing and Narrating in Cranford." *NOVEL: A Forum on Fiction*, 22.3 (1989): 288-304.

——.*Scheherazade in the Marketplace: Elizabeth Gaskell and the Victorian Novel*. New York: Oxford, 1992.

Shelston, Alan. "Preface." *North and South*. New York and London: Norton, 2005, vii-xvi.

Smith, Kenneth. *The Malthusian Controversy*. London: Routledge, 2006.

Smith, Roland M. "Una and Duessa." *PMLA*, 50.3 (1935): 917-919.

Spencer, Jane. *Elizabeth Gaskell*. New York: St. Marin's Press, 1993.

Stoneman, Patsy. *Elizabeth Gaskell*. Manchester: Manchester UP, 2006.

Tennyson, Alfred. *Alfred Tennyson: A Critical Edition of the Major Authors*. New York: Oxford UP, 2000.

Thaden, Barbara Z. *The Maternal Voice in the Victorian Fiction: Rewriting the Patriarchal Family*. New York and London: Garland Publishing, 1997.

Tischler, Nancy M. *All Things in the Bible*. Vol. 1. Westport: Greenwood Press, 2006.

Vicinus, Martha. *Independent Women: Work and Community for Single

Women, 1850-1920. Chicago: U of Chicago P, 1985.

Wainwright, Valerie. *Ethics and the English Novel from Austen to Forster*. Aldershot, Hampshire: Ashgate Publishing, 2007.

Warhol, Robyn. "The Look, the Body and the Heroine of Persuasion." *Ambiguous Discourse: Feminist Narratology and British Women Writers*. Ed. Kathy Mezei. Chapel Hill: The UP of North Carolina, 1996, 21-39.

——. "How Narration Produces Gender: Femininity as Affect and Effect in Alice Walker's *The Color Purple*", *Narrative*, 9.2 (2001): 182-187.

Weyant, Nancy S. *Elizabeth Gaskell: An Annotated Guide to English Language Sources, 1976-1991*. Lanham: The Scarecrow Press, 1994.

——. *Elizabeth Gaskell: An Annotated Guide to English Language Sources, 1992-2001*. Lanham: The Scarecrow Press, 2004.

Wright, Edgar. *Mrs. Gaskell: The Basis for Reassessment*. Oxford: Oxford UP, 1965.

Wright, Terence. *Elizabeth Gaskell: "We Are Not angels": Realism, Gender, Values*. Houndmills: Macmillan, 1995.

Yalom, Marilyn. "Introduction to Part Ⅳ", *Victorian Women: A Documentary Account of Women's Lives in Nineteenth-Century England, France and the United States*. Eds. Erna Olafson Hellerstein, Leslie Parker Hume and Karen M. Offen. Stanford: Stanford UP, 1981, 452-462.

Yeo, Eileen Janes. "Introduction." *Radical Femininity: Women's Self-representation in Public Sphere*. Manchester: Manchester UP, 1998, 1-24.

Zacharias, Greg W. *A Companion to Henry James*. Singapore: Blackwell Publishing, 2008.

Zlotnick, Susan. *Women, Writing, and the Industrial Revolution*. Baltimore: The Johns Hopkins UP, 1998.

中文文献

［英］安德鲁·桑德斯:《牛津简明英国文学史》,谷启楠、韩加明、高万隆译,人民文学出版社2000年版。

［法］福柯:《权力的眼睛:福柯访谈录》,严锋译,包亚明主编,上海人民出版社1997年版。

引用文献

［美］汉娜·阿伦特：《公共领域和私人领域》，刘锋译，《文化与公共性》，汪晖、陈燕谷主编，生活·读书·新知三联书店1998年版。

［美］J.希利斯·米勒：《解读叙事》，申丹译，北京大学出版社2002年版。

——：《亨利詹姆斯与"视角"》，申丹译，《江西社会科学》2007年第1期。

［美］罗宾·沃霍尔-唐：《形式与情感/行为：性别对叙述以及叙述对性别的影响》，王丽亚译，《江西社会科学》2008年第1期。

［法］米歇尔·福柯：《惊奇与欺骗的"两重游戏"?》，严锋译、包亚明主编，《权力的眼睛：福柯访谈录》，上海人民出版社1997年版。

申丹：《叙事、文本与潜文本：重读英美经典短篇小说》，北京大学出版社2009年版。

——：《叙事学与小说文体学研究》，北京大学出版社2004年版。

束定芳：《隐喻与换喻的差别与联系》，《外国语》2004年第3期。

王丽亚：《现代小说理论的奠基人：亨利·詹姆斯》，《英美小说叙事理论研究》，申丹、王丽亚、韩加明著，北京大学出版社2005年版。

殷企平：《在"进步"的车轮之下：重读〈玛丽·巴顿〉》，《外国文学评论》2005年第1期。

附录一

盖斯凯尔研究简论

在英国文学史上,伊丽莎白·盖斯凯尔的名字始终与关注社会现实问题的"工业小说"和"英格兰状况小说"(the "Condition of England" Novel)联系在一起出现在教科书上,① 她的代表作是《玛丽·巴顿》(1848)和《北方与南方》(1854);与此大相径庭的是,在盖斯凯尔小说的接受史中,她最受欢迎的作品却始终是家庭题材小说《克兰福德镇》(1851)和《妻子与女儿》(1865)。② 随着20世纪60年代以来女性主义的兴起,很多女性作家被重新发掘,但在相当长一段时间内,盖斯凯尔却似乎被遗忘了。在政治和文化批评流行的20世纪70—80年代,盖斯凯尔的名声仍然没有大的起色,比较值得欣慰的是以雷蒙·威廉斯为代表的新马克思主义批评家开始重视和推崇《玛丽·巴顿》等工业小说对城市生活与人异化问题的关注。③

从20世纪90年代开始,评论界逐渐抛弃由来已久的阐释定见,以更加开放和包容的态度去解读盖斯凯尔的作品,再次发掘了很多以前被忽视或者掩盖的意义领域。随着盖斯凯尔的书信集、作品全集、传记文献和研究专著的大量出版,1985年盖斯凯尔研究协会的成立,以及BBC在1999年、2004年和2007年相继将《妻子与女儿》《北方与南方》以及《克兰福德镇》改编拍摄成电视短剧,盖斯凯尔越来越受到批评家的重视和普通大众的青睐。较为激进的批评家如马尔科姆·皮托克甚至认为盖斯凯尔的

---

① Patsy Stoneman, *Elizabeth Gaskell*, Manchester: Manchester UP, 2006, p. 3.
② Valerie Sanders, *Lives of Victorian Literary Figures*: *Elizabeth Gaskell*, Vol. 3, London: Pickering and Chatto, 2005, pp. xx–xxi.
③ See Raymond Williams, *Culture and Society*, London: Chatto, 1958, p. 90.

文学地位应在勃朗特姐妹和乔治·艾略特之上。① 在 2002 年出版的《牛津英国文学史：维多利亚人》分卷中，菲利普·戴维斯打破以往文学史编撰中常见的以传统文学声誉进行论资排辈的做法，将盖斯凯尔和特罗洛普等人的作品视为现实主义写作的标杆，称他们的作品为高度现实主义的代表。戴维斯的文学史叙述方法为提升盖斯凯尔的历史地位起到重要的作用。② 2006 年 11 月 8 日剑桥大学研究 19 世纪英国文学的知名学者希瑟·格伦（Heather Glen）在《泰晤士报文学增刊》（TLS）上专门撰文宣告盖斯凯尔的"复活"（resurrection）。随着批评界对盖斯凯尔文学贡献的重新评估，她在英国文学史上的地位逐渐被提到新的高度。

近年来，盖斯凯尔研究开始向纵深发展，研究题材和理论切入角度都变得多元化，出现了从性别研究、伦理学、后殖民理论、消费文化、新历史主义、女性主义叙事学、接受史与译介史研究、计算机辅助技术以及跨媒体等多种角度出发的研究成果，从不同方面丰富了对盖斯凯尔作品的阐释。在众多理论与跨学科研究趋势的影响下，女性主义已经变得更加多元化和更有包容性，大大削弱甚至摒弃了之前在政治立场上唯女性是尊的做派和过于激进的侵略性，从专注于挖掘父权社会对女性的压迫过渡到重视与政治、文化叙事的对话。在当代女性主义批评更加开放和务实的理论视野关照下，盖斯凯尔的成就被重新发掘出来。可以说盖斯凯尔自 20 世纪 80 年代后期开始的"复活"之路昭示着女性主义运动变化轨迹与盖斯凯尔的女性意识正在由背驰慢慢走向趋同。

与西方学界的学术风向相呼应，盖斯凯尔的重新崛起在中国学界也有积极反响。盖斯凯尔的作品早在五四运动前后就被译介到国内，但是盖斯凯尔研究却在 20 世纪 80 年代才真正起步；那时无论文学史还是学术研究基本都是从阶级斗争立场出发，强调盖斯凯尔工业小说对工人阶级生活和劳资矛盾的描写。20 世纪 90 年代以后，尤其是进入 21 世纪以来，盖斯凯尔研究开始呈现多元化态势，国内学者从伦理学、消费文化、宗教思想、女性主义叙事学等方面展开研究。

---

① Malcolm Pittock, "The Dove Ascending: The Case of Elizabeth Gaskell", *English Studies*, Vol. 81, 2000, pp. 531-547.

② Philip Davis, *The Victorians*, Beijing: Foreign Language Teaching and Research Press, 2007, p. 144.

2000年以后国内盖斯凯尔研究近年来开始出现加速的迹象,[①] 从不同角度丰富了对盖斯凯尔作品的阐释,取得了一定成果。《外国文学评论》在2007年还发表了专门的评论文章《伊丽莎白·盖斯凯尔夫人的"复活"》作为对近年国外盖斯凯尔研究热潮动态的介绍和总结。[②] 近年来,笔者围绕文学与文化发表了一系列盖斯凯尔研究论文,并于2015年出版了《盖斯凯尔小说中的维多利亚精神》(商务印书馆)一书。除此之外,代表我国近年来盖斯凯尔研究领域水平的是殷企平的《在"进步"的车轮之下:重读〈玛丽·巴顿〉》、[③] 程巍的《反浪漫主义:盖斯凯尔夫人如何描写哈沃斯村》、[④] 周颖的《乡关何处是:谈〈南与北〉的家园意识》、[⑤] 傅燕晖的《英国维多利亚时代女作家的"责任"之说:从〈夏洛蒂·勃朗特传〉谈起》,等等。[⑥] 这些文章从中国学者关心的角度出发,将我国的盖斯凯尔小说研究推向新高度。近年来国内完成了大量专论盖斯凯尔的硕士学位论文,还有多篇博士学位论文,[⑦] 标志着我国学界正在对盖斯凯尔研究进行体系化的建构努力,必将进一步推动我国盖斯凯尔研究向纵深发展。

[①] 关于盖斯凯尔研究在新世纪以来的最新发展趋势与动态,可参见拙文《新世纪国外盖斯凯尔研究的流变与发展》,《当代外国文学》2012年第3期。

[②] 宁:《伊丽莎白·盖斯凯尔的复活》,《外国文学评论》2007年第1期。

[③] 殷企平:《在"进步"的车轮之下:重读〈玛丽·巴顿〉》,《外国文学评论》2005年第1期。

[④] 程巍:《反浪漫主义:盖斯凯尔夫人如何描写哈沃斯村》,《外国文学》2014年第4期。

[⑤] 周颖:《乡关何处是?:谈〈南与北〉的家园意识》,《外国文学》2013年第2期。

[⑥] 傅燕晖:《英国维多利亚时代女作家的"责任"之说:从〈夏洛蒂·勃朗特传〉谈起》,《国外文学》2014年第2期。

[⑦] 分别为陈礼珍:《维多利亚时代女性地位叙事的双重性:盖斯凯尔三部女性主题小说研究》,北京大学,2011年;傅燕晖:《"我们不是天使":伊丽莎白·盖斯凯尔与维多利亚时代家庭意识形态》,北京大学,2013年;甄艳华:《道德困境与个人成长:盖斯凯尔社会小说中女主人公心路历程》,上海外国语大学,2014年。

附录二

盖斯凯尔生平与作品年表[①]

1810 年	9 月 29 日出生于伦敦西部的切尔西,取名伊丽莎白·史蒂文森(Elizabeth Cleghorn Stevenson)。父亲威廉·史蒂文森(William Stevenson)具有苏格兰血统,母亲伊丽莎白·史蒂文森(Elizabeth Stevenson,婚前姓氏为 Holland)来自柴郡一个颇有声望的家族
1811 年	10 月 29 日母亲伊丽莎白·史蒂文森去世。伊丽莎白·盖斯凯尔于次月被送到柴郡小镇纳茨福德(Knutsford)姑妈家抚养
1814 年	父亲史蒂文森再婚(后育有一子一女)
1815 年	英国颁布《谷物法》
1821 年	9 月去沃里克郡的巴福德村(Barford)寄宿学校读书
1825 年	去埃文河畔的斯特拉福镇(Stratford-upon-Avon)寄宿学校读书
1828 年	唯一的兄长约翰(John)在赴印度远航途中失去联系,从此杳无音讯
1829 年	3 月 22 日父亲史蒂文森去世
1832 年	6 月《改革法案》获得通过 8 月 30 日在纳茨福德和神体一位论教派牧师威廉·盖斯凯尔(William Gaskell)结婚,婚后定居在曼彻斯特的多佛街(Dover Street)
1833 年	7 月诞下流产的女婴
1834 年	9 月 12 日大女儿玛丽安(Marianne)出生
1837 年	2 月 5 日次女玛格丽特(Margaret)出生 6 月 20 日维多利亚女王即位
1838 年	"反《谷物法》联盟"成立

[①] 本年表辑录和整理自 Nancy Weyant, "Chronology", in Jill L. Matus, ed. *The Cambridge Companion to Elizabeth Gaskell*, Cambridge: Cambridge UP, 2007, pp. xi - xx; Coral Lansbury: *Elizabeth Gaskell: The Novel of Social Crisis*, London: Elek Books Limited, pp. 220-223; Arthur Pollard, *Mrs. Gaskell: Novelist and Biographer*, Manchester: University of Manchester Press, 1965, pp. ix-xii。

续表

1839 年	威廉·盖斯凯尔匿名发表诗集《克己歌》(Temperance Rhymes) 6 月宪章派召开第一届代表大会,提交请愿书,被国会驳回
1841 年	7 月赴比利时和德国海德堡等地旅行
1842 年	5 月 2 日宪章派提交第二次请愿书,仍被驳回 8 月曼彻斯特等地出现工人运动 10 月 7 日三女儿佛罗伦斯(Florence)出生
1844 年	10 月 23 日儿子威廉(William)出生
1845 年	8 月 10 日威廉夭折
1846 年	6 月 25 日《谷物法》被废除 9 月 3 日四女儿朱丽叶(Julia)出生
1847 年	6 月用笔名发表第一个短篇小说《利比·马施的三个节日》("Libbie Marsh's Three Eras")
1848 年	10 月 18 日《玛丽·巴顿》(Mary Barton)出版,盖斯凯尔在英国文坛一鸣惊人
1850 年	6 月盖斯凯尔一家搬往曼彻斯特的普利茅斯林(Plymouth Grove) 11 月发表《荒原村庄》(The Moorland Cottage)
1851 年	12 月《克兰福德镇》第一章开始在狄更斯主编的《家常话》连载
1853 年	1 月《路得》(Ruth)出版 5 月巴黎之旅 6 月 17 日《克兰福德镇》(Cranford)结集出版
1854 年	1 月巴黎之旅 3 月 27 日克里米亚战争开始 8 月结识南丁格尔 9 月 2 日《北方与南方》(North and South)第一章在《家常话》开始连载
1855 年	2 月 14 日《北方与南方》结集出版 2—4 月巴黎之旅 3 月 26 日改编扩充版的《北方与南方》由另一家出版社出版 9 月《"利兹·蕾"与其他故事集》(Lizzie Leigh and Other Tales)出版
1856 年	布鲁塞尔等地之旅
1857 年	2 月巴黎和罗马等地的欧陆之旅 3 月 25 日《夏洛特·勃朗特传》(The Life of Charlotte Brontë)出版
1858 年	6—9 月连载《拉德罗伯爵夫人》(My Lady Ludlow) 10—12 月德国海德堡之旅
1859 年	3 月 19 日出版短篇故事集《围着沙发》(Round the Sofa) 10 月连载《女巫洛依斯》("Lois the Witch")
1860 年	7—8 月德国海德堡等地之旅
1863 年	2 月 20 日出版《西尔维娅的恋人》(Sylvia's Lovers) 3 月法国与意大利之旅 11 月开始连载《菲利斯表妹》(Cousin Phillis)

续表

1864 年	8 月开始连载《妻子与女儿》(*Wives and Daughters*) 8 月瑞士之旅
1865 年	3 月巴黎之旅 8 月在汉普郡购置新房 10 月 21 日出版《"灰妇人"与其他故事集》(*Grey Woman and Other Tales*) 11 月 12 日伊丽莎白·盖斯凯尔心脏病突发去世 12 月 16 日安葬在纳茨福德
1866 年	2 月《妻子与女儿》单行本出版

索　引

A

阿贝尔(Abel, Eileen Dolores)95
阿克顿(Acton, Aliza)50
阿伦特(Arendt, Hannah)7
阿洛特(Allott, Miriam)103
阿姆斯特朗(Armstrong, Nancy)76,77
《爱丁堡评论》(*Edinburgh Review*)22,46
埃利斯(Ellis, Sarah Stickney)41,87,88
艾略特(Eliot, George) 2,10,11,13,17,22,102,105,138,151
艾伦(Allen, Dennis W.)19,20
埃奇沃思(Edgeworth, Maria)10,13,138
奥尔巴哈(Auerbach, Nina)67
《傲慢与偏见》(*Pride and Prejudice*)27,89
奥斯丁(Austen, Jane)2,51,112,138

B

《北方与南方》(*North and South*)1,6,7,8,13,14,39,40,72,73,74,77,78,79,80,81,83,84,85,86,87,89,90,93,94,95,96,97,101,130,137,139,140,150,154
《悲剧的缪斯》(*The Tragic Muse*)105
悖论 7,57,79,99,100,112,137
边沁(Bentham, Jeremy)133
伯格(Berger, John)121
勃朗特,艾米莉(Brontë, Emily)29,138
勃朗特,夏洛特(Brontë, Charlotte)1,2,5,10,17,29,36,75,138
伯尼(Burney, Frances)3,13,138
《布莱克伍德》(*Blackwood's Magazine*)9,46
布莱特(Bright, John)48
布鲁克斯(Brooks, Peter)34
布罗德茨基(Brodetsky, Tessa)86,89

C

查特曼(Chatman, Seymour Benjamin)21,73,123
沉默 17,35,108,109,110,111,112

D

戴维斯,狄安娜(Davis, Deanna L.)17
戴维斯,菲利普(Davis, Philip)101,102,119,151
单身女子 1,8,21,22,24,25,26,27,28,29
道德权威 5,38,64,77,99,129,131,135
笛福(Defoe, Daniel)13
狄更斯(Dickens, Charles)1,13,23,29,38,39,45,51,52,64,84,87,154
迪斯累利(Disraeli, Benjamin)36
丁尼生(Tennyson, Alfred)3,91
多恩(Doan, Laura L.)27
多兹华斯(Dodsworth, Martin)86,97
杜米埃(Daumier, Honoré)13
《鬈发遇劫记》("The Rape of the Lock")29

E

二律背反 71
二元对立 7,19,76,133

F

菲尔丁(Fielding, Henry)13
《菲利斯表妹》(*Cousin Phillis*)13,154
非情节型叙事 21,29,30,35,36,37,39,40,41,43,59

福柯(Foucault, Michel)133
福克斯(Fox, Eliza)12,15,54
福勒(Fowler, Rowena)24
福楼拜(Flaubert, Gustave)112
《弗洛斯河上的磨坊》(*The Mill on the Floss*)89
弗洛伊德(Freud, Sigmund)16,19,76,121
夫妻一体(coverture)77
福斯特(Foster, Shirley)103
父权 4,8,12,14,16,17,18,19,20,21,22,24,28,30,34,35,41,42,43,48,50,57,63,64,66,67,69,71,77,78,80,83,85,86,88,96,98,99,100,101,109,117,118,119,121,122,123,125,129,131,133,136,139,140,151

G

盖斯凯尔,威廉(Gaskell, William)1,9,12,15,153,154
盖斯凯尔研究协会 1,150
甘孜(Ganz, Margaret)102
戈德温(Godwin, William)45
格里夫斯(Griffth, George)29
格雷戈(Greg, W. R.)25,26,28,46
格伦(Glen, Heather)151
公共领域 5,6,7,8,11,25,72,74,75,76,78,79,83,84,85,86,88,89,93,95,96,97,98,99,100,101,117,140
工业小说 2,3,14,94,150,151

《公主》(The Princess) 3

古巴(Gubar, Susan) 17

古德曼(Goodman, Dena) 75

《谷物法》44,48,59,94,153

《国富论》(The Wealth of Nations) 46,57

H

哈贝马斯(Habermas, Jürgen) 7,75

哈代(Hardy, Thomas) 37

哈曼(Harman, Barbara Leah) 77,78

海兹利特(Hazlitt, William) 45

《汉弗莱·克林克》(Humphry Clinker) 27

豪斯曼(Housman, A. E.) 3

赫里克(Herrick, Robert) 3

黑尔(Hale, Margaret) 8,13,40,72,73,84

《亨利·艾斯芒德》(The History of Henry Esmond) 29

宏大叙事 44

后结构主义 34

后殖民理论 151

胡德(Hood, Thomas) 38

《呼啸山庄》(Wuthering Heights) 29

华兹华斯(Wordsworth, William) 23,45,128

《皇后花园》("Of Queen's Gardens") 4

《荒凉山庄》(Bleak House) 13,29

《荒原村庄》(The Moorland Cottage) 40,154

《灰妇人》("The Grey Woman") 40

霍尔斯坦(Holstein, Suzy Clarkson) 85,111

霍斯曼(Horsman, Alan) 29

J

基督教 70,130,132

基恩(Keen, Suzanne) 104,105

吉尔伯特(Gilbert, Sandra) 17

吉利甘(Gilligan, Carol) 4

基洛里(Gillooly, Eileen) 67

《济贫法》45,47

《济贫法修正案》47

机械降神(deus ex machina) 67

《家常话》(Household Words) 23,38,39,51,52,84

加拉格尔(Gallagher, Catherine) 99

家中天使 4,5,41,57,73,74,76,77,85,88,89,97,126,135

《简·爱》(Jane Eyre) 27

解构主义 18,31,51

K

卡莱尔(Carlyle, Thomas) 45

卡沙克(Kaschak, Ellyn) 4

凯-夏托沃斯夫人(Kay-Shuttleworth) 10,11,94

康拉德(Conrad, Joseph) 37

科布登(Cobden, Richard) 48

克莱克(Craik, Wendy A.) 102

《克兰福德镇》(Cranford) 1,2,6,7,13,18,19,20,21,22,23,24,25,27,28,29,30,32,33,34,35,36,37,38,39,40,41,42,43,44,45,

索 引

46,47,48,49,51,52,53,54,57,58,59,60,61,64,65,70,71,74,78,80,85,86,101,137,139,140,150,154

柯勒律治(Coleridge, Samuel Taylor)45

克里斯蒂娃(Kristeva, Julia)34

柯林斯(Collins, Wilkie)2,38

克鲁格(Krueger, Christine L.)35

酷儿理论 41

库奇(Kucich, John)14,78,79

L

《拉德罗伯爵夫人》(*My Lady Ludlow*)13,154

拉康(Lacan, Jacques)121,129

《拉塞拉斯》(*Rasselas*)38

莱特,特伦斯(Terence Wright)43,44,97

莱特,埃德加(Edgar Wright)102,103

兰瑟(Lanser, Susan Sniader)5,6,18,19,41

兰斯伯里(Lansbury, Coral)22,24,40

理查森(Richardson, Brian)21,31,34

理查逊(Richardson, Samuel)13

《利比·马施的三个节日》("Libbie Marsh's Three Eras")13,154

李嘉图(Ricardo, David)45,47,48

利维斯(Leavis, F. R.)2

《理智与情感》(*Sense and Sensibility*)27

《莉兹·蕾》("Lizzie Leigh")13,154

连载 1,2,23,29,30,36,37,38,39,40,51,84,126

林德纳(Lindner, Christoph)6

《鲁滨逊漂流记》(*Robinson Crusoe*)33

《路得》(*Ruth*)1,13,42,154

伦理 14,15,23,55,58,59,125,151

罗伯森(Robson, Anne)53

逻各斯中心主义 26,34

罗根(Logan, Deborah Anna)57

《罗克萨娜》(*Roxana*)27

罗森萨尔(Rosenthal, Rae)24,63

罗斯金(Ruskin, John)4,39,63

《露西》("the Lucy Poems")128

M

马丁诺(Martineau, Harriet)10

马尔萨斯(Malthus, Thomas Robert)45,46,47,48,49

玛丽安娜(Marianne)11,53

《玛丽·巴顿》(*Mary Barton*)1,2,6,8,9,13,14,29,46,80,84,85,93,94,150,152,154

马洛(Marlowe, Christopher)3

《玛莎·普里斯顿》("Martha Preston")40

麦克黑尔(MacHale, Brian)112

《曼彻斯特卫报》46

曼恩(Mann, Nancy D.)96

米勒,安德鲁(Miller,Andrew)33
米勒,J. 希利斯(Miller,J. Hillis) 18,31,42,51,65,108,112
《米德尔马契》(*Middlemarch*)105
米特福德(Mitford,Mary Russell)51
《名利场》(*Vanity Fair*)27
摩尔(Moore,Susanne)122
目的论 21,31,33,34,35
穆尔维希尔(Mulvihill,James)44
穆勒,约翰·斯图亚特(Mill,John Stuart)45
穆勒,詹姆斯(Mill,James)43,44

N

内斯托(Nestor,Pauline)11
凝视 4,121,122,123,125,129, 133,136
牛顿,朱迪斯(Newton,Judith)3,89
牛津运动 10
《纽卡姆一家》(*The Newcomes*)105
《女巫洛依斯》("Lois the Witch") 13,40,154
女性化 79,80,81,82,83,84,88, 89,98,139
女性气质(femininity)2,19,24,35, 67,80,85,108,109
女性问题 2,6,7,10,14,20,137
女性主义 3,4,5,7,8,16,17,18, 19,20,23,24,34,41,42,65, 101,109,117,121,136,139, 140,150,151

P

《帕美拉》(*Pamela*)27,33
帕斯卡(Pascal,Roy)112
帕特莫(Patmore,Coventry)4,126
《旁观者》(*Spectator*)36
《匹克威克外传》(*The Pickwick Papers*)27,36,38
皮托克(Pittock,Malcolm)150
蒲柏(Pope,Alexander)3
普洛普(Propp,Vladimir)34

Q

奇情小说(sensation novel)38
《妻子与女儿》(*Wives and Daughters*) 2,6,7,8,13,16,74,77,78,80,85, 101,102,103,104,105,106,107, 108,109,111,112,113,115,117, 119,120,122,126,129,132,134, 136,137,140,150,155
乔多罗(Chodorow,Nancy)4
乔伊斯(Joyce,James)103,112
切博(Chapple,John)50
驱魔 129,130,131,132,134,135, 136,140
《劝导》(*Persuasion*)27
全知视角 118,119
全知叙述者 68,103,104,107,109, 112,113,115,118,119,121, 123,124,125,133,134

R

热奈特(Genette,Gerard)107

人口普查 25,50

S

萨克雷(Thackeray, William Makepeace) 13,22,29,38
萨克斯(Sacks, Sheldon) 31
萨米(Sami, Rana) 17
《三个火枪手》(The Three Musketeers) 105
三位一体 70
塞西尔(Cecil, David) 2,3
骚塞(Southey, Robert) 22,45
《沙滩联盟杂志》(Sartain's Union Magazine) 22
绍尔(Schor, Hilary M.) 19,35,65,66,68
赦恩(Shaen, Emily) 87
舍斯通(Shelston, Alan) 90,94
身体书写 19
神体一位论 1,70,130
《圣经》2,130
世界博览会 51
史蒂文森(Stevenson, William) 1,46,153
史密斯,芭芭拉·雷(Smith, Barbara Leigh) 11,77
史密斯,乔治(Smith, George) 11
《诗学》(Poetics) 32
《手握钉子的命运女神》(Fors Clavigera) 4
水晶宫 51
斯宾塞(Spencer, Herbert) 52
司各特(Scott, Walter) 13
斯密(Smith, Adam) 45,46,57
斯摩莱特(Smollett, Tobias) 13
斯通曼(Stoneman, Patsy) 14,16,79,110,128
斯特恩(Sterne, Laurence) 65

T

《泰晤士报文学增刊》(TLS) 151
《堂吉诃德》(Don Quixote) 33
《汤姆·琼斯》(Tom Jones) 27
特罗洛普(Trollope, Anthony) 2,38,102,151
腾尼斯(Tonnies, Ferdinad) 23
田园牧歌 41,42,50
天主教 130,132

W

挽歌 70
《弯曲的枝条》("The Crooked Branch") 40
王尔德(Wilde, Oscar) 3
《维莱特》(Villette) 29,89
威廉斯(Williams, Raymond) 150
维希努斯(Vicinus, Martha) 28,76
维扬特(Weyant, Nancy) 72
温克华斯(Winkworth, Catherine) 86
沃德(Ward, A. A.) 41
沃尔夫(Woolf, Virginia) 5,112
沃尔斯通克拉夫特(Wollstonecraft, Mary) 16,42
沃霍尔(Warhol, Robyn) 108,

109,122

沃克(Walker, Alice)109

《雾都孤儿》(Oliver Twist)27

物化 122,123,126,128

乌托邦 7,8,18,19,21,22,23,24,25,27,28,29,30,36,41,61,63,64,67,68,69,70,101,139

X

《西尔维娅的恋人》(Sylvia's Lovers)2,13,78,154

戏剧独白 113

西克苏(Cixous, Helene)34

西斯蒙第(Sismondi)49

夏蒂埃(Chartier, Roger)75

《夏洛特·勃朗特传》(The Life of Charlotte Brontë)1,10,152,154

现代化进程 10,15,21,28,58,59,61,70,71,72,94,139

现代性 8,86,136

现代主义 21,34,37,106

《仙后》(The Faerie Queene)93

现实主义 16,23,37,59,101,102,104,105,106,120,124,151

《闲谈者》(Tatler)36

线性情节强迫症(linear-plot obsession)33

宪章运动 94

限知视角 107,108,115,117,129,140

《项狄传》(Tristram Shandy)27,33,65

消费文化 36,51,52,151

肖瓦尔特(Showalter, Elaine)17,110

心理分析 117

新马克思主义 150

性别研究 151

性别政治 7,16,18,19,27,50,69,73,76,77,97,98,99,110,119,125,137

性别置换 73,78,79,80,81,83,84,99,140

休斯(Hughes, Linda K.)37,103,104,126

叙事节奏 38,39,40,102,130

叙事进程 14,24,30,31,33,34,35,36,38,39,41,51,59,60,61,64,66,67,73,80,82,84,85,89,95,102,108,113,115,117,120,122,123,126,128,129,139,140

叙事线条 18,30,31,32,33,36,38,39,40,53,64,65,66,67

叙述声音 18,23,41,107,108,115,125

叙述眼光 107,119

叙述者 18,19,30,31,32,47,52,53,55,56,57,59,61,62,63,64,65,66,68,69,80,81,82,91,92,98,102,103,106,107,108,110,111,112,113,114,115,116,117,118,119,120,121,123,124,125,127,128,130,133,134,136

《雪莉》(*Shirley*) 27,75

Y

亚当斯(Adams, James Eli) 126
亚里士多德(Aristotle) 7,32,34
亚马逊女战士 61
杨格(Yonge, Charlotte Mary) 2,10
《伊芙莱娜》(*Evelina*) 89
伊利格瑞(Irigaray, Luce) 34
《医生》(*The Doctor & c.*) 22
意识形态 3,4,7,8,13,16,18,27,30,33,34,35,36,37,38,41,43,52,58,75,76,77,78,86,97,99,101,111,117,121,122,123,125,131,132,136,139,140
意识中心 102,103,104,105,106,107,108,112,128
异性装扮 67
隐喻 89,92,93,97,129,130
《英格兰老一辈人》("The Last Generation in England") 22
英格兰现状小说 90,94
《英国季刊评论》(*British Quarterly Review*) 46
《英和对译袖珍辞典》 44
欲望 4,26,88,96,121,122,123,125,126,128,133

约伯(Job) 60
约翰斯顿(Johnston, Susan) 75
约翰逊(Johnson, Samuel) 38
圆形监狱 133,134

Z

詹姆斯(James, Henry) 37,102,103,104,105,106,107,108,112,128
《战争与和平》(*War and Peace*) 105
政治经济学 6,10,43,44,45,46,47,48,49,57,58,61,86
《政治经济学要义》(*Elements of Political Economy*) 43
《芝麻与百合》(*Sesame and Lilies*) 4
中心意识 101,103,104,124
主体性 109,114,115,122,128
主体意识 66,101,108,109,112,113,114,115,117,125,126,128,129,140
转喻 13,72,73,78,89,90,91,92,93,97,99,140
《紫色》(*The Color Purple*) 109
自由间接引语 51,56,101,108,109,110,111,112,113,114,115,116,117,125,126,127,140
自由贸易 48,49,59
《最后时刻》("Right At Last") 40

后　　记

　　本书是在我博士学位论文的基础上修订整理而成，该论文曾有幸获得北京大学优秀博士学位论文奖。撰写过程中我得到众多师长和朋友的指导，没有这些帮助，它将无法以现在的面貌存在。这是一个学术共同体精诚合作的成果。

　　感谢我博士研究生阶段的指导老师申丹教授。从选题、撰写、修改直到最后的定稿，申老师都进行了悉心指导，她不仅在全书的谋篇布局上为我筹划决策，而且在书中段落与细节上为我指出了无数薄弱或偏误之处。在她的指导下，每一个章节都经历了多次修改与增删，她的帮助遍布了每一页，乃至每一行。正因为有她作为坚强的后盾，我才能放开思路，在叙事学与历史文化研究之间穿梭，使之相互印证和相得益彰。申老师不仅在写作上提供了有形的帮助，更重要的是，她还以严谨的治学态度、犀利的批评眼光、缜密的思维方法、严密的逻辑推理、扎实的理论构架、细致的文本分析为我树立了值得景仰的学术研究规范，赋予我无形的知识力量，使我终身受益。

　　感谢我的第二导师苏耕欣教授。他参与了写作的全部过程，多次与我讨论主要架构，并详细批阅各处细节。在写作过程中，他关于19世纪英国文学研究领域的广博学识为我指明了方向，纠正了我在社会文化背景与文本细读方面的诸多不当之处。苏老师实事求是的研究态度和睿智灵活的研究方法使我获益匪浅。这几年与他的合作是愉快和卓有成效的。

　　感谢北大英语系的其他几位老师，他们开设的课程拓展了我的学术视野，从全书的开题设想一直到完稿的整个过程都给予我切实的指导。韩敏中教授极富创建性的意见使我最终将毕业论文的研究对象确定为盖斯凯尔；在与她的书信交流中，韩老师多次为我指点迷津。韩加明教授为各个章节关于维多利亚时代社会文化背景方面的论述提供了诸多指导，并在文本细节上为我提供了很多行之有效的建议。周小仪教授对现代主义相关的理论部分以及第四章的"凝视"部分给予了重要指导。刘锋教授对女性主义因素、叙事学术语以及"公共领域"部分的界定与论述提出了很多具有建设性的意见。高峰枫教授对涉及拉丁文以及希腊文化的内容给予了指导。毛亮教授对第一章的"非情节型叙事"部分以及全书叙事理论与文本分析框架之间的契合等方面提供了很多极富洞察力的见解和建议。唐纳德·斯通教授（Donald Stone）为我提供了研究盖斯凯尔的有效途径，并对第三章的研究起到了重要的推动作用。

感谢学姐段枫、许娅和我一起商讨构思、阅读每一遍书稿，并提出切实的修改意见。没有她们的热情帮助，我的写作过程肯定会充满更多的困难。感谢李菊、牟芳芳、祝茵等博士生同学和学弟余凝冰，我们在学业与生活上互相支持，在燕园共度了一段美好时光。

感谢杭州师范大学殷企平教授，在与他的多次交流中，整体框架设计以及各章的论述细节方面都得到了较大的提升和完善。感谢同事欧荣教授、马弦教授、曹山柯教授、徐晓东教授、陈敏博士、任顺元书记、章琪老师等人在本书修订期间所给予的各种帮助。

感谢浙江大学聂珍钊教授，他对概念界定和谋篇布局等方面都提出了建议，并且为涉及伦理学的章节进行了指导。

感谢江西财经大学谢海长博士、浙江大学隋红升博士、浙江工业大学何畅博士。几位学友提出了大量细致的建议，让诸多细节更加完善。

感谢英国盖斯凯尔研究协会接收我为名誉会员，并定期寄送盖斯凯尔研究的最新动态。

本书的阶段性成果曾在《外国文学评论》《外国文学研究》《外国文学》《国外文学》《外国文学动态》《江西社会科学》和《山东外语教学》等期刊先行发表。感谢上述期刊的编辑老师和审稿专家反馈的修改建议，使得本书在学理和细节上更加完备。

感谢中国社会科学出版社出版本书，尤其感谢慈明亮编辑为本书稿修订提供的大量专业建议。

感谢妻子李思兰、女儿朵朵及所有家人，他们给予我前进的力量。

本书的出版受到浙江省哲学社会科学规划后期资助项目的资助，中国博士后科学基金项目资助，以及杭州师范大学"攀登工程"与一流学科建设项目资助。在此表示诚挚感谢。

陈礼珍
2018年1月于杭州颐景园